高校事変 XI

松岡圭祐

角川文庫
22822

宮村内閣と緊急事態庁発足後の一か月（社説　7月18日付　讀賣新聞朝刊）

この夏の一か月間、宮村内閣はめざましい改革を成し遂げた。短期間での急激な支持率回復もうなずける劇的な成果は、歴史に残るといっても過言ではない。

振りかえれば、ホンジュラスにおける慧修学院高校の悲劇の直後、内閣支持率は8・7％（本社調べ・以下同）まで下落した。前矢幡内閣の政権下では、十代が犠牲となる大規模凶悪事件が多発したが、その教訓をまるで生かせていないとの声が多くあがった。

だが宮村邦夫首相（73）は、今度こそ抜本的改革を断行すると約束し、国民に理解を求めた。

改革の要となったのは、いうまでもなく緊急事態庁の設置だった。東日本大震災、武蔵小杉高校事変、コロナウイルス禍、ホンジュラス武装襲撃といった国家非常事態の発生時、既存の法律や指揮命令系統を制止する一方、危機対応の専門部署に権限を集約させる仕組みである。欧米ではすでに同様の機関が成立済みだ。

　これを内閣の責任放棄と見る向きもあったが、事実は大きく異なる。従来の政府による危機対応は、原則的に内閣閣僚らによる会議のみに委ねられてきた。協議の結果、特措法に基づく緊急事態宣言に留まるのが常だった。このため対応が後手にまわり、責任の所在も曖昧にされてきたことが、わが国の危機対応の致命的な欠陥だった。

　行政や司法から独立し、非常時のみ全権を委ねられる緊急事態庁は、国家の危機回避に関し全責任を負うことになる。政府がまったく頼りにならないとの思いを、国民が強くしてきた昨今だからこそ、独立した専門機関である緊急事態庁の発足は急務だった。この決定を下した直後、宮村内閣の支持率は17・6%まで急上昇した。

●緊急事態庁による最初の貢献――国家〝断捨離〟政策

　緊急事態庁は、非常時以外に仕事がないかといえば、まったくそうではない。緊急事態法の施行にともない、将来の国家的危機につながりかねない懸念材料への対処について、各省庁を指導監督する権限を有する。

　たとえば緊急事態法第十二条に基づき、経済産業省の牽引により、わが国は大規模な「断捨離」に動きだした。国内にあふれかえっている中古の車両・家電・精密機器などを、従来のリサイクルにまわすのではなく、そのまま外国に輸出する方針が確立された。

　東京湾を眺めていると、自動車やコンテナをいっぱいに積んだ超大型運搬船が、頻繁に出航していくのが目につく。それら運搬船は主にアンゴラ、イラク、リビアといった国々を寄港地とし、物資を格安で卸している。

　そもそも国内のリサイクル体制は行き詰まっていた。システム構築の遅れに加え、中国が廃プラスチックの輸入を禁止したことから、ごみの処分は深刻な課題となった。ならば工業製品の中古品をスクラップにせず、そのまま大量に輸出し、物を減らす代わりに外貨を獲得してはどうかという提案が、緊急事態庁からなされた。

　この国家規模での「断捨離」政策は、リサイクルよりもはるかに換金率が高く、経済にも大きく貢献し、わが国の貿易黒字の一翼を担うまでになった。

●緊急事態庁による刑事罰の厳罰化
　また緊急事態法第十八条に関連し、国内で凶悪化の一途をたどる武装半グレ集団に対しては、暴力団対策法の適用が可能になった。これにより武装半グレ集団への捜査・摘発が進むことが期待されている。

従来、全国警察組織の監督官庁は警察庁だったが、今後は緊急事態庁と警察庁の連携が強化され、重大犯罪の発生を未然に防ぐ体制に重きが置かれる。

さらに緊急事態庁は、司法機関への働きかけもおこなっている。犯罪抑止力として、刑の厳罰化も検討が進む。これについては、野党や人権派団体から反対意見もでているが、世論調査では支持すると回答した人が、不支持と回答した人を圧倒的にうわまわっている。

●文部科学省にも影響をあたえる緊急事態庁
宮村内閣の方針は、けっして国民への監視や弾圧を強化するものではない。たとえば少年犯罪の抑止に関しては、むしろ人権に配慮した改善策をしめしている。

従来の学習指導要領には、児童生徒が非行に走る兆候として「虚言が多い」などの傾向を目安とする、との記述があった。つまり不良とみなされる児童生徒が、よく嘘をつくと認められた場合、大きな問題を起こしていないにもかかわらず、学校側の判断で退学処分にできるとの慣例が、各都道府県の教育委員会に浸透していたのである。これは本紙でも「嘘つき放校」の悪しき習慣として問題視した。

緊急事態庁から文部科学省への要請により、学習指導要領から当該の記述は削除された。「嘘つき放校」のような偏見に基づく教育方針を改めることで、未成年による非行の実態を、より具体的かつ正確にあぶりだせるとしている。

●緊急事態庁が切り拓いた未来

しかしなんといっても、緊急事態庁による最大の貢献は、将来的なエネルギー危機を深刻なものととらえたことだ。経済産業省の資源エネルギー庁を後押しし、海洋基本計画の飛躍的な進歩につなげた。実験的資源採掘への出資に慎重だった国に対し、方針の変更を迫り、可能性の高い採掘現場には優先的に資本を投下するよう働きかけた。

結果、いまでは国民の誰もが知ることであるが、わが国の経済は驚異的な恩恵を受けることになった。排他的経済水域に位置する五か所の油田（試掘井）が、立てつづけに原油を掘り当てることに成功。ただちに生産井を併設し、汲みだし作業を開始。国内の原油貯蔵所は、民間借上タンクを含め満杯となり、石油精製工場に随時まわされている。油田の推定可採埋蔵量は約500億バレルとされ、一日の総産出量は約400万バレル。これは日本国内で一日に消費される石油の量にほぼ等しい。

原油自給にともなう経済復興を背景に、宮村内閣は本格的な賃金是正に着手、非正規を含む労働者全般への給与の最低保証額を上昇させる法案を可決した。来年度以降、消費税の撤廃も検討されている。

●内閣支持率急上昇――緊急事態庁とともに

ここへきてわが国は、バブル期以来の好景気への気運も高まり、内閣支持率は過去最高の小泉内閣を超え、じつに89・8%を記録した。緊急事態庁の貢献について、どう思うかをたずねた世論調査では、貢献していると答えた人が94・6%にのぼった。

従来のわが国の政策は、慎重を期するとの建前のもと、実際には常に及び腰で、閣僚が責任をたらいまわしにするばかりだった。原油採掘の例が最もわかりやすいのだが、ときには思いきった決断こそが、閉塞状況を打開する鍵となる。

その点、わが国をふたたび希望の光に導いた宮村首相の采配は、やはりたいへんなものだと認めざるをえない。残る国内課題、少子高齢化問題や反社会的勢力撲滅のほか、富める国家として国際社会にどう貢献していくか、宮村内閣の舵取りを見守っていきたい。

1

十七歳のハビエルは、ホンジュラスの首都テグシガルパ郊外のスラムに育った。水道やガスが通っていない、電気もまともに来ない、バラック小屋ばかりが建ち並ぶ区画だった。

父はほかの大人たちと同様、まともな職が得られず、酒や麻薬に溺れた。母の記憶はない。噂ではハビエルの幼少期、家政婦か露天商をして日銭を稼いでいたというが、そんな働き口すらあったかどうか疑わしい。本当はもっと低俗な仕事だったかもしれない。

標高二千メートル、高原の峡谷には富裕層の住む高層ビル群と、貧困層ばかりのスラムがひろがる。熱帯に思われがちだが、冬には気温が四、五度にまで低下する。古びた自動車が道路にひしめきあい、大気を汚染しつづける。

子供たちはみな喘息ぎみで、栄養失調で痩せ細り、しかも貧困家庭で育った。親からの虐待が自覚できる歳になると家出をする。ストリートチルドレンになり、やがてマラスになる。マラスは若者ギャングの総称だった。

ハビエルもそのひとりだ。十一歳で首にタトゥーをいれた。Tシャツに革ジャケットを羽織り、頭にはバンダナを巻く。目もとにサングラス、首に金のネックレス。仲間はひとつ年上のダミアンと、ふたつ年下のマテオだった。三人でつるむのはギャングの基本といえた。窃盗のチームプレーに必要な、最小限度の頭数だからだ。

年長のダミアンの父は軍人だったが、退役後は麻薬の売人になり、マラスと深い関わりを持っていた。そのおかげでダミアンの地位は高かった。彼についていけば食いっぱぐれずに済む。ハビエルがマテオとともに、ダミアンのチームに加わった理由は、それだけでしかない。

乾季の終わり、雨季の始まりになる六月、中米の武装集団ゼッディウムが侵攻してきた。テグシガルパ全域が瞬く間に戦場となり、市街地からスラムまで焼け野原になった。

一夜が明けた早朝、ハビエルは大勢のマラスとともに、ゆうべ遅くまでつづいた激戦の跡地に繰りだした。若者ギャングの集団、総勢二十人以上はいる。死体から装備品や武器を剝ぎとり放題、その好機だった。陽が高く昇ると、キャンプ地にいる米軍が動きだす。いまのうちにひとりでも多く、死体の身ぐるみを剝がねばならない。

辺り一面の建物は軒並み崩壊し、視界が開けていた。まず耳にしたのは、尋常でない数の羽音だった。蝿のたかりぐあいが凄まじい。

死体は見慣れている。だがいまは、あまりの多さに吐き気をおぼえる。状態も凄惨そのものだった。ちぎれた腕や脚は当たり前、血にまみれた内臓や腸が、路上の一帯にぶちまけられている。いたるところにボディアーマー用のヘルメットが転がっていたが、なかには兵士の頭部がそのまま残る。

高価なセラミック製のボディアーマーはゼッディウム。バリスティックヘルメットや防弾ベストで身を固めるのは米軍。収穫が多い死体は、それら二種にかぎられる。ほかに迷彩服の死体もあったが、ふだんから街なかで見かける中年男たちでしかない。ほとんどがマラスの父親世代だった。一部には首にタトゥーが入った死体もある。マラスのなかでも年長者が、ゼッディウムの呼びかけに応じ、民兵に加わったようだ。

年下のマテオが陰気にいった。「なあ、ハビエル。これ……」

マテオが見下ろすのは、迷彩服の死体のひとつだった。死体は尻餅をつき、わずかに残る壁にもたれかかっていた。ほかの死体よりは原形を留めている。カラスの巣のような頭髪、太い眉毛、二重顎。目を開いたまま死んでいた。見た顔だとハビエルは思った。

「ああ」喉に絡む声でハビエルは応じた。「テオんとこの親父だろ。床屋だったな」

「あっちにカミロの親父もいた」

「見たよ」

「馬鹿だよな」マテオがつぶやいた。

「そうだな。馬鹿だよ」

蜂起(ほうき)しなければ、軍警察が日系企業から武器を買い、自分たちへの弾圧が強まる。大人たちがそういいだした。なぜか支援に来たゼッディウムと手を組み、市民は軍警察と衝突した。マラスのほとんどは息を潜め、事態の収束をまった。予想どおり米軍が介入してきて、内戦は早々に終わった。

なにも変わりはしない。高層ビル群のほうには被害がない。一方スラムはいっそう貧困になる。当面は米軍が治安維持にあたる。非合法活動もままならない。食うに困るのは目に見えている。

年上のダミアンが、重そうな装備品一式を揺すりながら駆けてきた。米軍の防弾ベストにチェストリグを巻いている。チェストリグのポケットには手榴弾(しゅりゅうだん)がおさめてあった。右手に大きく膨らんだ軍用バッグを提げる。ダミアンがぞんざいにいった。

「おいハビエル。これ、なんて書いてある?」

差しだされたのは便箋(びんせん)だった。英文が印字してある。

スペイン語の読み書きもままならない、そんな若者がマラスには多くいる。しかしハビエルはそこまで学業を疎かにしていなかった。将来を考え、ひそかに英語を勉強してきた。

米軍の内部文書らしい。きょうコルテス港を出港する、貨物船に関する情報が記載されている。

ゼッディウムの殲滅は完了、港湾の特別警戒は必要なし。午後六時二十分に、砂糖とコーヒー豆を北朝鮮に輸出する船が出航する。埠頭に置かれた積み荷の検査は完了。船内への積みこみ作業に立ち会いの必要なし。

ハビエルはスペイン語に訳しながら読みあげた。「港湾警戒管理隊リチャード・フェルマー少尉殿。兵力不足の折、コルテス港に人員を割くにはおよばず……」

「賢ぶるんじゃねえ！」ダミアンが一喝した。「難しいことはわかんねえ。カネになることは書いてねえのか。現金輸送の情報とかよ」

「ない。砂糖とコーヒー豆だけ」

「そんなもん。そこいらの倉庫にあるじゃねえか」

「そうだね」ハビエルはダミアンに便箋を差しだした。

「いらねえ」ダミアンが受けとりを拒絶した。「そんなもん、おまえにくれてやる」

ダミアンはしゃがみこんでバッグを開けた。中身の戦利品をあさる。着替えのシャツとスラックス、スニーカー。水筒、非常食、薬。万能ナイフ。ホルスターにおさまった拳銃。タブレット端末。ＩＤ。それに厚みのある財布。

財布だけをとりだした。ダミアンは上機嫌にいった。「カネ持ってんな、米軍野郎は」

百ドル札の束がごっそり引っぱりだされた。アメリカン・エキスプレスのほか、カードも数枚ある。マラスにはスキミングの専門家もいた。死亡の情報が遺族に伝わる前に、キャッシングで現金を引きだせる。

誰かの声がきこえた。「おいみんな。こっちだ、集まれ！」

あちこちに散っていたマラスが、丘の向こうの木立に駆けていく。みな死体から剝ぎとった荷物を、両手いっぱいに抱えていた。

ダミアンが財布をバッグに戻した。「行くぞ。ついてこい」

ハビエルはマテオとともに、ダミアンにつづいた。英文の便箋はポケットにねじこんだ。

戦利品は英語の教材だけで充分だ。これまで積極的に泥棒を働いたことはない。窃盗のチームプレーでも、ハビエルはいつも囮か見張り役だった。マラスには殺人すら厭わない連中がいる。ハビエルはつきあいきれなかった。いずれマラスとは距離を置き、まともな大人になりたいとひそかに願っていた。無理かもしれないが、希望は捨てたくない。一生ギャングのままでいるつもりはない。

丘の谷間、木立を分けいったところに、二十人以上のマラスが群れていた。全員が見下ろす先、降り積もった枯葉の上に、ひとりの女が仰向けに倒れている。

年齢はハビエルと変わらなく思える。水兵のような襟に膝丈のスカート、いずれも服はぼろぼろで、乾いた泥にまみれていた。半袖から露出した腕も擦り傷だらけだ。脚はすらりと長い。片方の靴が脱げている。黒髪のストレートロング、小顔は色白で端整だが、アジア人のようだ。

瞼を閉じたまま、ぴくりとも動かない。死んでいるのか。頬にうっすらと痣が浮かんでいた。それでも美人であることに変わりはない。

そういえばベアトリス・スクールを、日本の高校生らが訪問したはずだ。たしか慧修学院高校。けれどもこのセーラー服は、ニュースで見た画像の生徒とは異なる。ほかの学校の生徒だろうか。

ここにいる集団のなかでは、リーダー格の十九歳、クラウディオが慎重に歩み寄った。アジア人少女の脇腹を蹴る。少女は反応をしめさなかった。

サブリーダーの立場にある小太りのチュスが、クラウディオに駆け寄った。年齢はクラウディオのひとつ下。チュスはクラウディオの陰に隠れていたが、少女が動かないとわかると、急に強気になったらしい。にやにやしながら少女の顔をのぞきこんだ。制服の胸のポケットをまさぐる。

クラウディオが見下ろした。「チュス。この女、財布を持ってそうか?」

「ねえな」チュスは手帳らしき物をとりだした。「なんだこれ。何語だよ」

ダミアンが呼びかけた。「こっちにくれ」

チュスが手帳をダミアンに投げた。ダミアンはそれを受けとると、開きもせずハビエルに渡してきた。「読むのはおまえの仕事だ」

この場でダミアンは、集団に貢献を果たすことで、地位の向上を狙っている。舎弟も同然のハビエルは、ダミアンの命令に従わねばならない。

ハビエルは手帳を開いた。読めない字だらけだった。東洋の象形文字、いわゆる漢字のようだ。学生証らしきカードに顔写真が貼ってある。つぶらな目を開いた顔は、仏頂面ではあるものの、どこかあどけなさが残る。この少女にちがいない。氏名の表記は読めなかった。

手帳に折りたたんだ紙が挟んであった。開いてみるとパスポートのコピーだった。

ホンジュラスに来る外国人は、パスポートを安全な場所に預け、コピーを持ち歩く。マラスにもお馴染みの防犯事情だった。

パスポートのアルファベット表記によれば、少女の名はユイ・ユウリ。年齢は十八歳とわかった。この〝結衣〟なる象形文字でユイと読むのか。ハビエルは報告しようとした。「ダミアン……」

「まて」ダミアンが片手をあげ制してきた。

ダミアンの目は、横たわる少女に釘付けだった。周りのマラス全員がそうだった。誰もが固唾を呑んで少女を見つめる。ハビエルはみなの視線を追った。

チュスが調子に乗り、結衣なる少女の胸を両手で揉んでいた。次いでスカートをめくり、両脚を大きく開かせた。「肌がすべすべしてんな。白人みてえだ」

意識を失った結衣は、脱力して弛緩しきり、人形のようにもてあそばれている。大勢のマラスに向け、大股を開いた状態で寝そべる。服の裾も喉もとまでたくしあげられた。腹から胸まで露出している。馬乗りになったチュスが結衣の顔をなめまわした。一同がげらげらと笑った。ダミアンも同様だった。ハビエルはマテオと顔を見合わせた。マテオは困惑のいろを浮かべていた。ハビエルも憂鬱な気分だった。

クラウディオがチュスの肩を叩いた。「代われ」

周りが沸き立つなか、今度はクラウディオが結衣の上に覆いかぶさった。全身の肌を撫でまわし、ぼろぼろの服を裂いていく。結衣は半裸に近くなった。

誰かが声を張りあげた。「やっちまえよ!」

集団の喚声が呼応した。だが異論を唱える者もいた。「死体とやんのかよ。天罰が下るぜ」

いっせいに静まりかえる。マラスはほとんどがカトリック教徒だ。

けれどもチュスが煽るようにいった。「死んでねえ。肌が生温けえからな」

クラウディオが身体を起こした。「いい女だ。ラモンの売春宿に売る。それでも味見したいって度胸のある奴、いるか」

みな視線を交錯させた。互いの顔いろをうかがっている。

女を売るにあたり、事前に商品に手をつけたとわかれば、ラモン一派に殺される。しかしここにいるのは若者ばかりだった。誰もが姦淫を見物したがっている。掟を恐れない、勇気ある馬鹿が手を挙げるのをまっている。

ハビエルのなかに反感が募った。ただちにやめさせたい。とはいえほかのマラスには逆らえない。

ふいにダミアンが声を張りあげた。「俺がやる!」

どよめきが沸き起こった。囃し立てる声のなか、ダミアンはバッグをハビエルに押しつけてきた。「持ってろ。なくすなよ」

ダミアンが肩で風を切りながら進みでる。クラウディオとチュスが醒めた目をダミアンに向ける。ダミアンがうなずくと、ツートップは腕組みしながら、何歩か退いた。

無抵抗で無防備な結衣が、地面に手足を投げだし倒れている。ダミアンはその前にひざまずくと、ズボンのベルトを緩めた。

見物するマラスが騒然としだした。興奮をあらわに、やれ、やっちまえと声が飛ぶ。ダミアンは結衣の上で四つん這いになった。ズボンを下ろし、ダミアンの尻が露出すると、一同はひきつった笑い声をあげた。

ダミアンは鼻息荒く結衣に覆いかぶさった。顔を近づける。いまにも唇を奪おうとしている。

正視に耐えない。ハビエルは目を逸らしたくなった。

ところがそのとき、ダミアンの背がわずかに浮いた。ぐっ、と籠もった声を発したのち、なぜか金属音がした。ダミアンの後ろ姿が、のけぞりぎみに痙攣している。

結衣は仰向けに寝たままだったが、片脚のみバネのように跳ねあげた。膝蹴りは重心を正確にとらえていたらしい。ダミアンの身体は瞬時に仰向けになった。結衣は起きあがることなく、地面に横たわった状態を保ち、ただダミアンを羽交い締めにした。

ハビエルは衝撃を受けた。ダミアンの口には手榴弾が深々と突っこまれていた。球体は口内にすっぽりとおさまり、先端部の信管だけが、上下の唇のあいだにのぞく。結衣の左手がピンを放りだした。手榴弾のピンが抜かれている。ダミアンが手榴弾を吐きだせば、レバーが浮き、その場で爆発が起きてしまう。悪くすれば口を大きく開けただけでも起爆する。

集団が恐怖の叫びを発した。クラウディオとチュスも慌てふためき、後ずさりだした。ダミアンは必死の形相で呻き、助けを求めるように両腕を振りかざした。だが結衣による羽交い締めは、寝技のようにダミアンを仰向けにしたまま、しっかり固定しつづける。ダミアンの手は口に届かない。

「ば」チュスがダミアンに怒鳴った。「馬鹿! わめくな。口を開けようとすんな!」

なおもダミアンは呻き声を発しつづけた。口はしだいに大きく開きだした。手榴弾も少しずつ押しだされてくる。

クラウディオが真っ先に逃げだした。チュスもあたふたしながら後につづいた。ほかのマラスも絶叫し、蜘蛛の子を散らすように逃げ惑った。

　マテオがハビエルの手を引いた。「逃げよう。やべえよ、爆発に巻きこまれちまう」

　だがハビエルは立ち尽くしていた。ダミアンなどどうでもいい、結衣なる少女を置き去りにできない。このまま逃げて、直後に爆発が起きれば、一生悪夢に見る。そう思えばこそ動けない。

　ほどなくマテオが痺(しび)れを切らし、身を翻し走り去った。仰向(あおむ)けに折り重なるダミアンと結衣。至近距離にたたずむハビエル。三人だけが残された。

　ふいに結衣がいった。「荷物をこっちに投げて(ランサメラボルサ)」

　スペイン語だった。ハビエルは愕然(がくぜん)とした。もがくダミアンの紅潮した顔面の向こう、結衣の澄ました表情が半分のぞいている。

　獲物を狙う豹(ひょう)のように冷やかなまなざし。ダミアンを羽交い締めにしながら、ハビエルをじっと見つめてくる。

　隙のなさは熟練の兵士のようだった。さっき包囲されたときには、もう意識が戻っていたのだろう。クラウディオとチュスに無抵抗だったのは、ふたりが武器を持っていなかったからだ。ダミアンはチェストリグに手榴弾をおさめていた。それを奪ったとたん、結衣は行動にでた。いまも抜け目なく、ハビエルの提げたバッグを要求している。

「あのう」ハビエルは話しかけた。「結衣。きみの名は結衣だね？」

「生徒手帳もかえして。バッグにいれてよ」

「そうする。……怪我はしてない？　消耗しきってるように見えたけど」

「ひと晩寝て回復した」

「そっか」ハビエルはうなずいた。結衣は強がっているものの、疲弊しているのはあきらかだった。穏やかな物言いでハビエルはきいた。「米軍に知らせる？　救援部隊が来るよ」

「知らせないで」

妙な感触がハビエルの胸をよぎった。結衣は軍による救いを求めていないのか。

息苦しそうにばたつくダミアンのほうが、むしろハビエルに助けろと要求している。そのようすを眺めるうち、思わずため息が漏れた。ハビエルは本音を口にした。「安心したよ」

「なぜ」結衣がきいた。

「きみが乱暴されなくてよかった」

しばし沈黙があった。結衣の顔がダミアンの陰に隠れた。静かな口調で結衣が呼びかけた。「早くバッグを」

「わかった」ハビエルはバッグのジッパーをわずかに開け、手帳をなかにおさめた。

ふと思いつくことがあった。結衣は米軍に救出されることを望んでいない。公権に身を委ねられない、なんらかの理由があるのだろう。マラスと同じ、はぐれ者か。

ハビエルはさっきの便箋をとりだした。それをバッグのなかに押しこんだ。

「結衣」ハビエルはいった。「手紙をなかにいれといた」

便箋を読めばわかる。コルテス港に米軍の監視はない。北朝鮮に出航する貨物船、埠頭にある積み荷は検査済み。コンテナに潜りこめばホンジュラスから脱出できる。

彼女の祖国、日本と北朝鮮がどんな関係か、ハビエルはろくに知らなかった。ギャング稼業の傍ら、英語を学ぶだけでは、遠い外国のことまではわからない。目的地で結衣が無事でいられるかどうかは不明だ。だがこのバッグには、着替えもカネも、非常食も入っている。

ハビエルはバッグを投げた。放物線を描いて飛んだバッグが、ダミアンと結衣から少し離れた場所に落ちた。

しまったとハビエルは思った。結衣の手はバッグに届かない。

周りに不穏な動きがあった。マラスは逃げおおせてはいなかった。一同がふたたび現れ、じりじりと結衣への包囲網を狭めていく。

いきなり結衣がダミアンの背を蹴った。ダミアンは起きあがり、勢いあまって前のめりにふらついた。マラス一同は接近しつつあったものの、ダミアンがゾンビのように向かってきたため、またもみな叫びながら逃走していった。

結衣がすばやく地面に転がり、バッグをつかんだ。ハビエルがまのあたりにしたのはそこまでだった。直後、ダミアンがひときわ大きな呻き声を発し、爆発の閃光に目が眩んだ。轟音が大地を揺さぶる。ダミアンの身体が弾け飛び、肉片が撒き散らされた。瞬時に熱風が吹き荒れた。ハビエルは風圧をまともに受け、砂埃のなかに押し倒された。

2

甲高く耳鳴りがする。ハビエルは身体を起こした。周りでマラスが同じように倒れていた。ちらほらと顔があがる。みな砂まみれで、表情が恐怖にひきつっていた。

濃霧に似た煙と砂埃が薄らぎ、視界が戻りつつある。ハビエルはその場にたたずんだ。木立に結衣の姿はなかった。

墨田区の葉瀬中学校、三年B組の教室は賑やかだった。夏休み中の登校日で、ひさしぶりに再会した生徒らがはしゃぎあう、そればかりではない。開放された窓から、蟬の合唱が絶えず響いてくる。

女子生徒の涼しげなブラウスとチェックのスカートが、教室内を駆けまわっている。けれども十五歳の枝沢美佳は、ひとりその喧噪に加わらずにいた。自分の席に座り、手にしたスマホを操作した。

自撮りをするのでもなければ、音楽を聴くわけでもない。少し前のニュース動画のサムネイルをタップする。ワイヤレスイヤホンから音声が流れだした。

燕尾服姿、精悍な顔つきの十八歳が画面に映しだされた。オーケストラを従え、絢爛豪華な音楽ホールの舞台中央で、ピアノを弾いている。キャスターの声がいった。

「高校三年生の天才ピアニスト、桐宇翔季さんのウィーンでの復帰コンサートは、盛況のうちに幕となりました。地元メディアも絶賛しています。ホンジュラスから帰国した慧修学院高校三年の生徒は、まだ大半が医師による治療、もしくは精神面のケアを受けていますが、桐宇さんの元気な姿は、暗い世相に射す一縷の光として……」

美佳はウィンドウを閉じ、別のサムネイルに触れた。わりと日数を経たのちのニュースが、動画で再生された。「テグシガルパでの武装襲撃は、雲英グループの元CE

０、故・雲英健太郎氏による計画だったと、娘の亜樹凪さんが証言しています。健太郎さんの父、グループ名誉会長の雲英秀玄氏の談話では、孫の発言は事実無根とのことで……」

清楚を絵に描いたような雲英亜樹凪の笑顔が、画面いっぱいに映しだされている。ホンジュラスの事件以前に、皇室の晩餐会に招待されたときの映像だった。当時、雲英亜樹凪といえば、内親王も同然の国民的人気を誇っていた。いまはスキャンダルの渦中にある。どこまでが雲英製作所の陰謀だったのか、亜樹凪も父親の目的を事前に知っていたのか、ネットでは勝手な憶測が横行している。

勝手な憶測といえば、優莉結衣ほど風当たりが強い人物はほかにいない。まだ十八歳だというのに、ゼッディウムの一員に加わっていた可能性ありとして、堂々と実名報道がなされている。

七月十九日付のニュースのサムネイルをタップした。キャスターの声が告げた。「優莉匡太元死刑囚の次女、優莉結衣容疑者は、テグシガルパでの武装襲撃に関与していた可能性が濃厚として、近く国際指名手配されるとのことです。同容疑者は武蔵小杉高校事変を始めとする、国内での重大事件に関わっていた疑いがあらためて取り沙汰され、警視庁が捜査を進めています。なお同容疑者は十八歳ですが、メディア各社は事件の重大性を考慮し、実名報道に踏み切りました」

スマホの画面のなかに優莉結衣の顔がある。笑みひとつなく、ただ虚空を眺める瞳に、どこか暗く孤独な翳がさす。空虚なまなざしは、美佳のかつてのクラスメイト、優莉健斗に似ていた。

優莉結衣とは自室で会った。美佳の部屋に、結衣は突然現れた。噂は噂でしかないと思った。彼女が犯罪者だったなんて、いまでも信じられない。

軽く肩を叩かれた。桜井椿の丸顔がのぞきこんだ。「美佳。ひさしぶりー」

「あー。おはよ。椿」

「なに見てんの？」椿が美佳のスマホに目をやった。たちまちその表情が曇りだす。

気まずい沈黙が漂うなか、美佳は急ぎウィンドウを閉じた。

新潟でのバス事故に端を発する、あの悪夢のような一夜から、半年以上が過ぎていた。当初はカウンセラーの世話になる生徒が多かったが、みなほどなく落ち着きだした。退学を選んだ一部の生徒を除き、無事に三年に進級できた。

慧修学院高校や武蔵小杉高校、与野木農業高校で起きた惨事にくらべれば、美佳たちの経験は見劣りする。世間はそう思っているのだろう。話題にされることも、最近では少なくなった。

それでもここの生徒らにとって、優莉健斗について語るのはタブーだった。連日報道される優莉結衣の名も、健斗の姉である以上、誰も口にしたがらない。

椿が物憂げにささやいた。「やっぱさ……。そういう家族だったっていうか、きょうだいだったたって考えるしか……」

美佳は黙りこんだ。優莉結衣は噂どおり凶悪犯だった。父親を同じくする健斗も、似たようなものと考えるべき、椿はそういいたいのだろう。健斗は容疑者死亡のまま書類送検された。世間と同様に、椿はその事実しか知らない。健斗が一方的にバス運転手を射殺したと信じている。

詳細はいまだにわからない。しかしすべてが健斗の乱心による凶行だとは、どうにも受けいれがたかった。姉の結衣は真相を追っていたようだ。以後は音信不通だが、なんらかの結論に達しただろうか。

にわかに静かになった。生徒のお喋り(しゃべ)が途絶えた。誰もがそそくさと席につく。

担任の井原(いはら)が教壇に立った。三十代後半の男性教師だった。バス事故で亡くなった二年C組の担任、樋又(ひまた)よりいくらか年上だが、見た目は若く感じられる。冷静で控えめな性格の先生よね、美佳の母はそういうが、うわべだけ取り繕っているだけのような気もする。あまり親身になって指導してくれる印象はない。

起立、礼の号令がかかる。頭をさげたのち、全員が着席した。美佳はふと、空席がいくつかあるのに気づいた。海津蘭子、森橋花梨、村永悠斗。三人は二年のころも、美佳と同じクラスだった。元二年C組の生徒。あのバスにも、もちろん乗っていた。

教師の井原がいった。「みんな、受験に向けて最後の追いこみの時期だから、気を抜くなよ。特別補習に参加する者は、ちゃんと制服を着てくるように。夏休み中だからといって、遊び気分で登校しちゃだめだ」

二学期早々に実力テストがある。美佳も勉強に集中すべきだった。いつまでも過去の記憶に煩わされている場合ではない。バス事故の被害生徒は、みなすでに立ち直った、学校側がそう結論づけている。進学の条件に手心は加えられない。

内申点は中三の二学期が重視される、だから夏休み明けは頑張るように。井原はそんな話を淡々と語った。ほどなく腕時計を一瞥し、井原がいった。「短いが、きょうはこれで終わろう」

また起立と礼の号令。生徒らがおじぎをし、解散になった。ざわめきがひろがる。生徒らがいくつかのグループに分かれ、さっさと教室をあとにする。

井原が呼びかけた。「枝沢、桜井。ちょっと」

美佳は椿と顔を見合わせた。ふたりで教壇に歩み寄った。

すでに教室内は閑散としている。ほかに居残る者はいない。井原が淡々と告げてきた。「じつは森橋や海津のことだ。それから村永も」

椿が井原を見つめた。「きょう三人とも欠席でしたね」

「そこだ。それぞれの親から連絡があって、揃って具合を悪くしたらしくてね。しかも夏休みの初日から、ずっと体調を崩してる」

「初日から？」美佳は驚いた。「もうずいぶん経ちますけど」

「ああ」井原が頭を掻いた。「変なのは三人だけじゃないんだ。ほかのクラスの菅野や岸辺、仁田あたりも具合が悪くなったそうだ。みんな夏休みに入った直後からでな」

元二年C組ばかりだ。美佳はきいた。「なぜですか」

「わからん。ふたりはなにか、変わったことはないか」

美佳は椿を見つめた。椿も美佳を見かえした。途方に暮れる椿の顔がある。同感だと美佳は思った。井原に向き直り、美佳は首を横に振ってみせた。「べつに……」

「そうか」井原がため息をついた。「中三の夏休みは重要だ。毎日、何時間も勉強をしないと、受験への備えが不充分になる。ところがみんな、夏休みに入って寝こんでばかりいる。問題だと思わないか」

「はい……」

「相談なんだがね。ふたりとも夏休み中の補習授業にでてくれないか」

椿が目を丸くした。「はぁ？　なんで？　わたし、成績悪くないですけど。出席日数も足りてます。美佳も……」

井原が申しわけなさそうな顔になった。「わかってる。ただな、体調不良になった子の親御さんらが、勉強の遅れを気にしてな。わが子を補習授業に参加させたいといってる。でも森橋や海津は、そこに出席するメンバーをきいて、参加したくないというんだ」

意味がよくわからない。美佳は井原にたずねた。「なんの話ですか？　わたしと椿には関係ないと思いますけど」

「せめてきみらが来るなら、森橋や海津も参加する気になると主張してる。せめてという言葉の意味が、さっぱりわからんのだがね。村永も似たようなことをいってる。ほかのクラスの、元二年C組の子たちもだ。なにか心当たりは？」

椿が口を尖らせた。「ありませんよ」

美佳もうなずいた。「わたしも……」。みんな体調を崩してるのに、補習授業にでられるんですか？」

「医師の診断では、なんの問題もないらしい。たぶん心の問題だろうと」井原の視線は逸れがちになっていた。「悪いことを思いださせたくないんだが、ほら、冬場の事故……。みんなバスに乗ってた仲間どうしだろ。なにか強いつながりを求めてるのかもしれない」

「だけど」椿は苦笑した。「こっちはべつに……」

同感だと美佳は思った。二年C組のクラスメイトらと、特に仲がよかったわけではない。美佳はずっと椿とだけつるんできた。ほかの生徒たちとは、特に対立しない一方、親睦も深めずにいた。

かつて二年C組はどこかぎくしゃくしていた。優莉健斗の存在を、みなが意識していたせいだろう。美佳は気にせずにおこうとしたが、まず保護者らが険悪な空気になり、それが生徒たちにも伝染した。クラスに対しては、つかず離れずの態度をとるのが最良、美佳にはそう思えた。

いまになって自分たちふたりが、ことさらに求められる理由がわからない。美佳は拒絶した。「補習を受ける必要は感じてません」

「わかってるとも」井原がじれったそうに応じた。「枝沢の成績は優秀だ。桜井も補習の対象じゃない。ただそこをなんとか、みんなのために協力してくれないか。時間は無駄にしないよ。補習授業中、きみたちには志望校の過去問に取り組んでもらう。わからないことがあったら、先生が細かく教えるから」

「先生が……?」

「そう。僕も来てほしいと求められたんだ、体調を崩した生徒たちにね」

美佳はまた椿と顔を見合わせた。互いに困惑のいろを深めている。それを確認しあうだけでしかない。

昨年度の井原は二年A組の担任だった。C組ともバス事故とも無関係だ。にもかかわらず、なぜか元C組の生徒らに求められている。協力の意思をしめす井原の前では、美佳も椿も断れる空気ではない。

しかしいったいどういうことだろう。なぜ自分たちが必要とされるのか。夏休みに入ったとたん、体調不良におちいる理由もわからない。海津蘭子、森橋花梨、村永悠斗。一学期の終業式までは元気だったのに。

3

朝から上空は厚い雲に覆われている。たぶん夕方までずっと、日没前と見まがうような暗さがつづくのだろう。いまにもひと雨きそうだが、スマホに表示される天気予報は、終日曇り空のままだった。とても信じがたい。

美佳は軽自動車の助手席におさまっていた。ドライバーは母の真裕美(まゆみ)。窓の外に通学路の景色が流れる。幹線道路から遠く外れた、古くからある住宅街だった。道端に制服は見かけない。夏休み中、登校するのは補習を受ける生徒だけだ。

母は運転しながら軽い口調でいった。「よかったじゃないの。勉強を井原先生にみてもらえるんでしょ?」

能天気な意見だと美佳は思った。「娘が補習授業を受けにいったんじゃ、ママ友のなかで見下されるでしょ」

「もうラインで伝えといた。美佳は特別扱いだって。志望校が名門私立だもんね。受験対策で個別指導を受けにいくって」

あきれて声もでない。見栄(みえ)っ張りの母が黙っているはずがない、そう思っていたが、ほかの保護者らに先手を打っていたとは。

美佳はきいた。「変だと思わない？」

「なにが？」

「二Cだった子ばかり、夏休みが始まったとたん体調を崩して……」

「そんなの偶然でしょ。美佳はね、みんなに頼られてるの。美佳が来てくれるのなら補習にでるって、よっぽど信用されてなきゃ、誰もいいださないでしょ」

「椿も？」

「ああ。あの子もそうかもね。でもみんなの目当ては美佳よ。ゆうべお父さんもそういってた。美佳がいれば落ちこぼれの烙印を押されずに済むって、みんな思ってるんでしょ」

学校生活を知りもしないのに。美佳は沈黙した。ボリュームを絞ったカーラジオの音声が、自然に耳に入ってくる。

交通情報に次いでニュースが始まった。アナウンサーの声がいった。「緊急事態庁と外務省による北朝鮮との折衝により、一九八四年に失踪していた、当時二十代の男女四名が、昨日羽田空港に到着し、三十七年ぶりに家族との再会を果たしました。この四名は当時、北朝鮮による拉致とは無関係とされていましたが、実際には工作員により攫(さら)われ……」

　母が声を弾ませた。「最近はなんか、いいニュースがつづくのね。拉致被害者が帰ってくるなんて。緊急事態庁ができて、ほんとにこの国は変わった」

　よくきくフレーズだった。母ばかりか父も頻繁に口にする。いや担任の井原も、ほかの先生たちも、世の大人たちみながそうだ。

　中三の美佳にはぴんとこなかった。それでも石油を自給できるようになったときけば、いまが歴史の転換点にあることは理解できる。夏のボーナスが倍になったと、父も大はしゃぎだった。景気は確実に向上している。ファミレスのほとんどが二十四時間営業に戻った。街には高級ブランドのショップが次々にオープンする。

　家にどれだけ物があふれようと、リサイクルショップが高価買い取りをしてくれる。国を挙げての〝断捨離〟政策で、中古品は諸外国にどんどん輸出される。それでいっそう経済が潤っているらしい。

　武装襲撃事件が多発したうえ、東京オリンピックが国民の激しいブーイングのなかに終始。ひところは日本の終焉(しゅうえん)すら囁(ささや)かれた。政府への怒りと失望が強かったぶん、かつてとは正反対の現状に、大人たちは熱狂している。むろん給料があがったことが、歓(よろこ)びの大きな要因にちがいない。

中学生の立場からすれば、さしてありがたみは感じられない。緊急事態庁が警察庁と文科省に働きかけた結果、夜間の補導が厳しくなった。もう深夜の渋谷に十代の姿はない。センター街にたむろするだけで、ただちに署に連行され、翌朝まで留置場で過ごすことになる。わずかでも抵抗すれば即逮捕ともきいた。

そんな報道がなされても、以前のように人権派が異論を唱えなくなった。豊かな暮らしを保障された大人たちは、ふたたび生活が壊れるのを恐れている。けっして国に逆らわない。

来春に受験を控える中三には、どうにも解せない部分がある。大人は無条件に緊急事態庁を信奉しすぎではないのか。今年発足したばかりの緊急事態庁は、まだ教科書にも載っていなかった。公民の授業で習った三権分立が、緊急事態庁のせいでバランスを欠いている、そう思えてならない。立法も司法も行政も、危機的状況とあれば、なんであれ緊急事態庁にゲタをあずけてしまう。

そもそも緊急事態庁とはなんなのか。公式サイトの文面を読んでも、いまひとつぴんとこない。第三者の権威ばかりで構成された、シンクタンクに似た組織だというが、名簿のなかに首相や閣僚は含まれていない。

政府への不信を背景に結成されただけに、政治家が関わっていないことは、かえって世論の支持を得た。でもそれなら、本当に緊急事態が勃発したとき、国の舵取りはどこがおこなうのだろう。最終決定権はどちらにある。内閣か、それとも緊急事態庁か。

軽自動車がゆっくりと停まった。曇り空の下、灰いろに染まった校舎が見えている。葉瀬中学校の校門前に着いた。

母がきいた。「帰るのは夕方?」

「たぶん……」

「なら連絡して。お母さんも仕事が終わってから迎えに来る」

さばさばした母の横顔に、なんとなく距離を感じる。美佳はささやいた。「お母さん」

「なに?」

「……なんでもない」美佳はドアを開け、車外に降り立った。

黒い雨雲が低く漂う。まだ水滴が降りかかる感触はない。風は生温かった。夏のわりには気温が低めかもしれない。遠雷がかすかに耳に届く。

母が車内から手を振る。軽自動車が発進した。オートで点灯するヘッドライトが、進路を照らしている。辺りはそれだけ暗かった。

学校の周りは閑静な住宅街だった。老朽化した家屋も多い。都内であっても、駅を遠く離れればこんなものだ。ちらほらと畑もある。付近一帯にコンビニはない。

校門近くにパトカーが一台駐車していた。年配の制服警官が車外にでている。美佳と目が合った。警官が視線を逸らした。挨拶もなにも発しない。

美佳は校門を入った。部活練習のない、ひっそりとしたグラウンドを横切り、ひとり校舎に向かう。

昇降口を入った。蛍光灯は点いていない。土間に長テーブルが据えてあり、顔見知りの教師がふたり並んで座っている。井原はいなかった。ここが受付のようだ。

「あのう」美佳は声をかけた。

教師のひとりがきいた。「クラスと名前は？」

「三年B組、枝沢です」

ノートのページが繰られる。教師がぶっきらぼうに告げた。「三階。多目的教室」

それ以上の説明はなかった。美佳は自分のシューズボックスに向かい、靴を履き替えた。ほとんどひとけのない廊下を歩く。中央階段を上っていく。

どこも蛍光灯は消えたままだ。この学校ではふだんからそうだった。節電のため、先生の指示があるまで、勝手に明かりを点けてはならない。いまも曇り空の微光だけが窓から射しこみ、静寂の校内をおぼろに照らす。ひたすら陰気で殺伐としている。

三階に上るまで、生徒ふたりとしかすれちがわなかった。いずれも知り合いではない。また遠雷が鳴り響く。

さらに廊下を歩いていき、多目的教室の前に立った。特別教室とは名ばかり、ただ余った普通教室のひとつにすぎない。美佳は引き戸を開けた。

室内がいっそう暗く思える。やはり普通教室と同じ仕様の机が並んでいる。二十人に満たない数の生徒がいた。半分ほどが着席し、ほかは立っている。ただし戯れるようすもなく、誰もが無言のままだった。

一同が美佳を見つめた。着席組はずいぶん身を硬くし、姿勢を正して座っている。みなの表情がわずかに安堵のいろに転ずる。

椿が小走りに駆けてきた。「美佳。おはよ」

「……わたしたちもこの教室なの？」

「そうみたい」椿が顔をしかめた。「補習授業の日に出席はするけど、教室はちがうかと思ったのに」

胸のうちに不安がひろがりだした。喩えようのない気味の悪さが漂う。顔ぶれのせいだった。元二年C組の生き残りのうち、いまも在学する生徒たち。ざっと数えてみると、美佳を含め十七人いた。

バス事故ののち、いちどもこうして集まったことはない。三学期末だったこともあり、二年C組は解体となり、数人ずつほかのクラスに振り分けられた。カウンセラーがそうすべきだといったからだ。

なのにまた集まった。もう精神面でのショックを受ける心配はないと、学校側は判断したのだろうか。乱暴な考えだと美佳は思った。いまもあの夜の記憶がよみがえってくる。バスの転落で生徒十一人と、担任の樋又先生が亡くなった。生存者のみ避難し、雪のなかの廃校に転がりこんだ。こんな重苦しい沈黙があった。

太りぎみの男子生徒が窓ぎわに立っていた。去年まで野球部員だった石鍋彰がいった。「枝沢もか」

「なにが?」美佳はきいた。

「補習じゃないんだろ?夏休みに入って、びくびくしだしたわけでもないよな。でも一部の奴らが病気になったうえ、みんな来てほしいとうったえたもんだから、こうして引っぱりだされた」

「……石鍋君もそうなの?」

同じ元野球部員の寺田昴が鼻を鳴らした。「青白い顔で座ってる奴らが元凶だよ。

体調不良で勉強も手につかないってんで、補習を受けに来てる。俺たちにはそんな必要ねえのに」

着席組が気まずそうに視線を逸らした。たしかに美佳と同じクラスの三人も座っていた。元ハンドボール部員で、おかっぱ頭に体格のいい海津蘭子。巻き髪を明るく染めた森橋花梨。長身で不良きどりの村永悠斗。怯えた顔は似合わない三人が、揃って臆した態度をしめす。

ほかに蘭子と同じ元ハンドボール部員、岸辺麻那も着席組だった。しかし必ずしも仲のいい者どうしが、一緒に体調を崩したわけでもない。元吹奏楽部の仁田桃香は、血の気の引いた顔で座っているが、友達のはずの柳原寿美怜は、さも平然と立っている。

美佳は元野球部員の石鍋を見つめた。「どういうことなの?」

「理由はこいつらにきけよ。座ってる奴らにな。なんで俺たちまで補習の巻き添えにしたのか、全然喋りたがらねえ」

すると着席組の村永が震える声を響かせた。「ふざけんな。全員の問題じゃねえか」

同じく着席している蘭子も、耐えきれないというように吐き捨てた。「わかってるでしょ、みんなも。体調崩したわたしたちだけが悪いんじゃない。健康なのはただ鈍感なだけ」

立っている寿美怜が鼻で笑った。「鈍感？　あんたたちこそ心配性でしょ。補習にでるでないは勝手だけどさ、自分たちだけでやってくれる？　わたしたちまで来なきゃいけなくなったじゃん」

桃香が顔をあげた。「まってよ。寿美怜には関係ないって？　そうじゃないでしょ。ほんとは不安なんでしょ？」

寿美怜が目を泳がせた。立っている生徒らが一様に動揺をのぞかせた、そんなふうに見える。椿だけがきょとんとした顔を美佳に向けてきた。

美佳にはわけがわからなかった。「いったいなんの話？　どうして夏休みに入ってすぐ、体調を崩したの？」

沈黙があった。寿美怜が無表情に石鍋を見た。「さっきからなに？　この子のいまさらな質問。枝沢さんって……」

「知らねえんだろ」石鍋が応じた。「優等生だからな」

村永が乱暴に吐き捨てた。「ほっときゃいい。部外者ぶる奴なんか」

石鍋は椿に目を転じた。「おめえもな。うざいから首突っこんでくるな」

男女問わず生徒らが、無言のうちに同意をしめす。椿が戸惑い顔になった。美佳もひどく落ち着かない気分になった。いつの間にか美佳と椿だけ、除け者にされているようだ。

地響きのように雷鳴が轟き、窓ガラスを振動させた。さっきより近づいてきている。降雨の音がきこえだした。はっきりと耳に届くほど、激しく降る雨だった。

だしぬけに男子生徒の声があがった。「ちょ、ちょっと。あの人……」

窓際に立つうちのひとり、小柄で眼鏡をかけた男子生徒、奉賀旬人が外を見下ろしていた。閃光が走った。稲光らしい。奉賀の青白くこわばった顔が照らしだされる。数秒の間を置き、雷鳴が校舎を揺るがした。

生徒らがいっせいに窓辺に向かう。美佳も椿とともに駆け寄った。

校門を痩身のレインコート姿が入ってきた。ゆっくりとグラウンドを横切り、校舎に近づいてくる。女だった。年齢は高校生ぐらいだろうか。フードからはみだしたストレートロングの黒髪、色白の小顔。レインコートの下は黒シャツに、ややだぶついたスラックス、ブーツといういでたちだった。腕も脚もすらりと長く、モデルのようなプロポーションを誇る。

美佳の隣りで、生徒らがスマホのカメラレンズを女に向ける。画面を拡大し、顔をたしかめようとしていた。

くせ毛でにきび面の男子生徒、護貞省吾が驚きの声を張りあげた。「優莉結衣だ！」

どよめきは恐怖のおののきに近い響きを帯びていた。生徒たちはみなスマホカメラを通じ、女の顔を確認したらしい。教室内に女子生徒らの悲鳴がこだました。誰もがあたふたと窓辺から遠ざかり、廊下側の壁へと避難していく。

美佳は耳を疑った。本当に優莉結衣なのか。自前のスマホをとりだし、カメラアプリに切り替えた。グラウンドを歩く女の顔を拡大表示する。

たしかに優莉結衣だ、一瞬はそう思った。だがすぐに違和感が生じた。どこかちがう。以前に顔を合わせたときの彼女と同一人物に思えない。この引っかかるような気持ちは、前にも経験した。

夜のニュース番組、六本木からの中継を観たときだった。雑居ビルの狭間、警官らに保護された女子高生の姿が映しだされた。〝保護された優莉結衣さん（17）〟とテロップがでていた。げっそりと痩せ細った顔は、衰弱しきっているものの、一見本人に感じられた。けれども数秒と経たないうちに、美佳のなかで疑問が募りだした。

テレビや新聞で優莉結衣を目にしただけなら、彼女と信じてふしぎではない。しかし美佳は結衣と直接会い、言葉を交わした。六本木で保護されたのは、よく似ているが結衣ではない、そう思った。事実あれは誤報だった。のちに結衣の双子の姉、智沙子だと訂正された。

いまもまったく同じ印象を受ける。当時よりはふっくらしているが、あの中継に映っていた顔にちがいない。酷似していても結衣ではない。

美佳はひとり窓辺に残っていた。「あれは智沙子さんでしょ」

ざわっとした驚きがひろがる。石鍋が頓狂な声を発した。「なに？　智沙子だ？　でたらめいうんじゃねえ！」

桃香はなおも怯えた顔のままだった。「ありえない。ったく、枝沢さん、どこまで的外れなことばっかりいうの。いい迷惑」

当惑が深まる。美佳は桃香を見つめた。「でも……」

「智沙子ってさ、たしか優莉匡太の長女でしょ。保護されたあとは、どっかの児童養護施設にいるって、ニュースでいってた」

マスコミの取材攻勢を避けるため、施設の住所は非公開。その後、智沙子に関する続報はなかった。いまも施設暮らしをつづけていると考えるのが自然だった。失語症で喋れないとの報道もあった。長いこと田代槇人に誘拐監禁され、拷問に近い虐待を受けた、その精神的ショックが疑われた。一方で幼少期から大脳の言語中枢に損傷があったとする声もある。いずれにせよ、現在は施設の職員がつきっきりで、一歩も外にでない生活を送っている。それが智沙子に関する常識的な解釈だった。

智沙子がここに現れるはずがない。しかし美佳の目には智沙子としか思えなかった。

「あれは優莉結衣じゃない」

ひとかたまりになって怯える生徒らのなかで、村永が苛立たしげにきいた。「うぜえな。なんでそういえるんだよ」

本人に会ったからだ。バス事故の翌日、自分の部屋で。だがそんなふうに打ち明けても、おそらく誰も信用しない。

引き戸が開いた。一同がびくっとした。入室したのは井原先生だった。

井原は教壇に向かいながら、妙な顔で生徒らを眺めた。「みんな、どうした？　なんでそっちに集まってる？　席につけ」

恐怖にとらわれた集団は、なかなか散開しなかった。男子生徒のひとりが、最も廊下寄りの席に座った。ひとりまたひとりとそれに倣う。縦の列が埋まると、生徒らは着席を競いだした。みな窓際に近づきたくないと思っているようだ。

「先生」花梨が声を震わせた。「優莉結衣が……」

「優莉結衣？」井原は眉をひそめた。「あのう、あれか。優莉健斗の姉か」

「校門を入ってきたんです」

「落ち着きなさい。ありえない話だ。校門の前にはパトカーが停まってる。校長先生がわざわざ署に掛けあってくれたんだよ。お巡りさんによる警備がなきゃ補習にでたくないって、わがままをいったのはきみらだろう？」

美佳はまだ窓際にいた。グラウンドに目を向ける。レインコートの女はもういなかった。校庭を囲むフェンスの向こうに、駐車中のパトカーが見えている。たしかに警官の目がある。結衣にしろ智沙子にしろ、堂々と校門を入ってこられるはずがない。

ほかの生徒らもそう思ったらしく、教室内は徐々に落ち着きだした。椿もすでに席についている。小さな声で呼びかけてきた。「美佳」

美佳は椿の隣りの席に座った。どうにも気になる。クラスメイトらはなにをそんなに怖がっているのか。よりによって夏休み中の補習の日に、優莉結衣が弟の母校を訪ねるなんて、まずありえない。なにより優莉結衣は、ホンジュラスで目撃されたのを最後に、消息不明とされている。

井原先生がふとなにかに気づいたような顔をした。「ああ。ひょっとして、あれか。優莉結衣が凶悪犯だと報じられたからか。ここに来るかもと恐れてるのか」

一同が表情をこわばらせた。美佳のなかで腑に落ちるものがあった。なるほど、そういうことか。

優莉結衣が武装集団ゼッディウムに加わっていた、そんな報道があったのは、たしか七月十九日。あの日を境に、結衣は凶悪犯の烙印を押された。夏休みは翌日からだ。健斗の元クラスメイトに対し、姉が事情をききに来るのではと、みな不安にとらわれたのだろう。

だがそんな心配は理不尽だ。優莉結衣が凶悪犯だというのも疑わしい。いちど彼女に会って、異常者ではないと確信した。あのとき結衣は健斗の死について、とっくに嗅ぎまわっていた。クラスメイトのせいでないことは、もう充分に理解しているはずだ。

井原が声を張った。「夏休みに入ってからの、勉強の遅れをとり戻すため、いまから補習をおこなう。それ以外のつきあってくれたみんなには、個別に志望校の過去問に取り組んでもらう。いまからプリントを配るから……」

細く甲高い発声がかすかにきこえた。女子の金切り声に思える。井原が口をつぐんだ。また教室内の空気が張り詰めだした。

桃香が緊迫した声を響かせた。「いまのなに？」

「せ」麻那がうったえた。「先生。明かり点けてよ」

「……そうだな」井原は黒板のわきに向かった。「たしかにきょうは暗すぎる」

スイッチをいれる音がした。けれども蛍光灯は点灯しなかった。井原が何度もスイッチをいじった。「おかしいな」

美佳は腰を浮かせ、わずかに伸びあがり、窓の外を眺めた。いつもより暗いと感じる、その理由がわかった。光がひとつもない。街路灯から近隣の住宅の門柱まで、すべての照明が消灯している。これだけ暗ければ、あるていどはセンサーで自動点灯するはずだ。

「停電してる」美佳はつぶやいた。

生徒らがふたたび狼狽しだした。階下からまた悲鳴がきこえた。次いで大人の男性らしき叫び声。教師のひとりかもしれない。

寒気が襲った。教室の温度がいくらか低下した、そんなふうに感じられる。いま校内の複数の教室で、補習授業がおこなわれている。いったいどこからきこえてくるのだろう。

井原先生も表情を険しくし、引き戸に向かいだした。「ようすを見てくる」

戸を開く音だけでも、ひどく耳障りに思える。井原が廊下にでていく。村永が立ちあがり、井原を追った。生徒らが続々と席を離れ、廊下へと繰りだす。椿が目でうながしてくる。美佳もそうせざるをえなかった。

みなで廊下を歩いた。井原先生は中央階段の下り口に立っていた。集団が追いつくと、井原が片手をあげ、静止するよう指示した。

階下から男女の叫び声が、ひっきりなしに反響しつづける。そんななか、女のひどく冷静な声がきこえた。「健斗と同じクラスだった？」

背筋を冷たいものが駆け抜ける。耳におぼえのある声だった。まぎれもなく優莉結衣だ。智沙子なら喋れるはずがない。

クラスメイトの女子の誰かが、けたたましい悲鳴を発した。元二Cの生徒らは恐怖にとらわれ騒然となった。みな三階の廊下を逃走しだした。

悲鳴や足音が階下にまで響いたのはあきらかだ。美佳は動けず、ひとりその場に立ちすくんだ。いや、留まっているのは美佳だけではない。教師の井原も愕然とした面持ちでたたずんでいる。

椿が駆け戻ってきて、美佳の腕をつかんだ。「美佳！　逃げよ。ここにいちゃまずいって」

校舎に入ったのが本当に優莉結衣なら、直接会って話をしたい。というよりクラスメイトらが、ここまで結衣を怖がる理由がわからない。凶悪犯と報じられていれば、やはり誰もがそれを鵜呑みにしてしまうのか。

美佳の腕は強く引っぱられた。困惑をおぼえながらも、美佳は椿とともに走らざるをえなかった。

三階廊下を一気に駆け抜けた。先行する生徒らの何人かは、途中の引き戸に入った。そこに隠れるつもりらしい。美佳と椿は、廊下の突きあたりの階段を下りだした。

駆け下りる集団のなかで、男子生徒の菅野が怯えをあらわにしていた。「やっぱりだ。優莉結衣が来た。復讐だ。もう逃れられない」

「復讐って？」美佳はいった。「優莉君……健斗君のことなら、わたしたちのせいじゃない」

「なわけねえだろ！　てめえ、いい加減なことばかりほざきやがって。なにが智沙子だよ」

怒鳴られる意味がわからない。たしかに智沙子でなかったのは予想外だ。しかし健斗の死については、このクラスに責任があるはずがない。廃校で健斗は猟銃を奪い、バス運転手を射殺後、自分の命を絶った。クラスメイトの誰もその場には居合わせなかった。

二階廊下に着いたとたん、なぜか生徒らがすくみあがった。蘭子が悲鳴に似た声を張りあげた。「戻って！」

廊下には数人の生徒が倒れていた。女子もいれば男子もいる。白い制服が真っ赤に染まっていた。その向こうにレインコートの後ろ姿がある。こちらを振りかえった。

顔をたしかめている余裕などない。生徒たちは絶叫とともに、いっせいに逃げだそうとした。だが一階には下りられない。下り階段にも血まみれの生徒らが転がっている。三階へ引きかえそうにも、ひしめく生徒ら全員がパニックを起こし、階段を上れなかった。

蘭子がわめき散らした。「なにやってんの！　早く戻ってよ。あいつが来る。優莉結衣が……」

次の瞬間、蘭子のおかっぱ頭に血飛沫（ちしぶき）があがった。頭骨が砕け、破片が脳髄とともに飛び散る。側頭部に斧（おの）が刺さっていた。

レインコートの女が投げた。女は歩を速め、たちまち駆け足になり、廊下を接近してくる。

美佳は自分の悲鳴をきいた。椿も叫んでいた。生徒たち全員がそうだった。集団は無我夢中で階段を駆け上った。

三階廊下に戻ったとき、階段の下から優莉結衣の声がきこえた。「健斗と同じクラスだった？」

息ひとつ乱れていないようだ。男子生徒の絶叫が響き渡った。また誰かが犠牲になった。それもひとりやふたりではない。叫び声が何重にもこだまする。

逃げるしかない。みな廊下を猛然と駆けていった。中央階段付近に達すると、井原先生はまだそこに立っていた。こちらを見て愕然とした表情になる。

「先生！」一緒に走る桃香が怒鳴った。「早く下りて！　逃げて！」

生徒たちの波が井原を呑みこみ、ともに階段を駆け下りた。結衣が後方から追ってきている以上、中央階段を下れば校舎から脱出できる。

踊り場をまわったとき、頭上から悲鳴がきこえた。桃香がひるむ反応をしめした。

「寿美怜……」

石鍋が桃香の手を引いた。「馬鹿、立ちどまんな！」

なおも男女の叫び声が反響しつづける。なぜだ。どうして結衣が殺戮に及ぶ。そんなことがあるはずない。

二階の廊下に降り立ったとき、美佳の足は自然にとまった。

椿が必死の形相で呼びかけてきた。「なにやってんの！　美佳。急いで！」

「先に行って」美佳は震える声で告げた。

「はぁ!? 馬鹿いわないで。ここに留まってちゃだめ！」

だが留まれないのは椿のほうだった。村永が椿に抱きつき、下り階段へと強引に連れ去った。ほかの生徒らも椿を囲み、集団で階下に遠ざかっていく。なおも椿の叫ぶような声がきこえていた。「まってよ。美佳を置いていけない！　美佳。美佳！」

美佳は動かなかった。二階廊下は鮮血に染まり、生徒たちが累々と横たわる。なるべく見ないようにしながら、階上を振りかえる。

靴音が響いた。レインコート姿がゆっくりと下りてきた。返り血を大量に浴びている。フードに縁どられた小顔がある。射るような鋭いまなざしが美佳をとらえた。

顔は結衣そっくりだが、やはりちがう。別人だ。見知らぬ獲物をまのあたりにした、そんな目をしている。美佳に会ったことをおぼえていない。かつて結衣に感じた聡明さも思慮もない。

女が首から下げるペンダントは、妙に大きかった。それがICレコーダーだとわかった。音声が流れだしたからだ。「健斗と同じクラスだった？」

鳥肌が立った。女は喋っていない。再生される音声は、一定の間隔を置きリピートしている。結衣にうりふたつの女が、無言のまま迫ってくる。

絶大な恐怖が全身を包みこむ。やはり直感は正しかった。美佳はかろうじて小声を搾りだした。「ち、智沙子……さん……？」

智沙子はぴくりと反応した。仏頂面のまま階段の途中で立ちどまる。探るような目を向けてきた。

そのとき、二階廊下突きあたりの引き戸が、唐突に開け放たれた。そこは家庭科室だった。元野球部員の石鍋と寺田が、それぞれ包丁を握り、階段を駆け上った。わめきながら智沙子に突進していく。ふたりは棒立ちの智沙子に斬りつけた。腕、太腿、腹。石鍋は包丁を智沙子の胸に突き立てた。

金属音が響き渡った。ふたりは驚愕のいろとともに立ちすくんだ。

包丁の尖端は智沙子の胸を貫かなかった。智沙子は瞬きひとつしない。斬りつけた箇所、シャツやスラックスが裂けているものの、下から金属製の繊維類がのぞく。無数の針金が複雑に編みこんである。鎧も同然に隙間なく皮膚を覆っている。

智沙子は石鍋の喉もとをつかんだ。なんと女の細い腕一本で、巨漢の石鍋を軽々と持ちあげた。石鍋は呼吸ができないらしく、顔を真っ赤にし、必死で身をよじった。

だが智沙子はそんな石鍋の頭を、瞬時に壁に叩きつけた。強力なバネが弾けたかのような、すさまじい勢いをともなう動作だった。まるで交通事故のごとく、石鍋の頭部がひしゃげ、大きく陥没した。顔面は原形を留めていない。血まみれになった石鍋が階段にくずおれた。

「ひっ」寺田がすくみあがった。まだ包丁を握っているものの、すっかり腰が退けている。

智沙子の目が寺田に向けられた。常軌を逸した速度で、智沙子の手が寺田に伸びた。包丁を奪いとるや、智沙子は縦横に刃を振るった。寺田は顔から胸にかけ、無残に切り刻まれ、血を噴きながら仰向けに倒れた。ずるずると階段を滑り落ちてくる。

美佳は気が動転し、悲鳴とともに下り階段へと走った。ほとんど転落するも同然に下っていく。一階に着くや昇降口に逃走した。

長テーブルの近くに教師ふたりが倒れていた。やはり土間も血の海だった。美佳は上履きのまま、土砂降りのグラウンドに駆けだした。

黄昏どきのような暗がりに、ときおり稲光が閃き、行く手をおぼろに照らす。校門の外にパトカーが見えている。助けを求めるしかない。

校舎から遠ざかろうとしたとき、頭上にガラスの割れる音をきいた。はっとして仰ぎ見る。二階の窓を突き破り、人影がふたつ投げだされた。

女子と男子、生徒がひとりずつグラウンドに落下し、人形のように転がった。巻き髪の森橋花梨は目を剝いたまま絶命していた。喉もとが深々と抉りとられている。くせ毛でにきび面の護貞は、首が百八十度回転し、背中のほうを向いていた。口から泡を噴いている。

美佳はまたも悲鳴をあげた。もつれる脚を必死に立たせ、前のめりに駆けだした。ずぶ濡れになりながらも、死にものぐるいで校門をめざす。この学校から逃れたい。いまはそれしか思わない。

校門から外に飛びだした。制服警官がこちらに背を向けている。前屈姿勢でパトカーのボンネットに寄りかかり、頭を垂れていた。

「お巡りさん！」美佳は警官の後ろ姿にすがりついた。「助けて。いま校舎に智沙子って人が……」

美佳は息を吞んだ。警官は頭を垂れているのではなかった。丸めた背は、首から上を失っていた。頭部は制帽ごと、パトカーの向こうの路上に転がっている。

またしても絶叫を発した。もはや自分を制御できなかった。膝の力が抜け、その場にへなへなと崩れ落ちた。もう走れない。

そう思ったとき、何者かが美佳の両肩をつかんだ。美佳は取り乱し、全力で手足をばたつかせた。

「枝沢！」井原先生が怒鳴った。「勝手にひとり遅れやがって。手間かけさせんな」

はっとした。豪雨を浴びる井原の顔がすぐ近くにあった。

井原は美佳を横抱きに持ちあげた。そのまま路地を走りだす。街路灯も門柱も点かない、ひたすら暗い市街地を、井原が息を弾ませながら走る。角をいくつか折れた。

戸建ての開放された門扉のなかに駆けこむ。

ありふれた民家の一軒だが、玄関先には狭い庭があり、ブロック塀で囲まれている。そこに生徒たちがしゃがみ、身を寄せあっていた。井原は一同に合流した。

集団のなかに椿がいた。椿は泣きじゃくりながらいった。「美佳。よかった」

美佳は椿と手をとりあった。ほかの顔ぶれは桃香、麻那、寿美怜、村永、奉賀。みな顔面蒼白だった。菅野は玄関のドアを叩いている。留守なのか住民の反応がない。

「なんだ」村永が嫌悪をあらわにつぶやいた。「枝沢か。来なくていいのに」

桃香も同調した。「花梨に来てほしかった。枝沢さんとかどうでもいい」

花梨はさっき死んだ。だがそれをいうのは憚られる空気だった。みんな美佳のほうが犠牲になればよかったといいだしそうだ。そんな発言をききたくなかった。

井原がスマホをいじった。「畜生。やっぱりまだ圏外だ」

全身の震えがとまらない。美佳は震える手で自分のスマホをとりだした。画面を見る。圏外の表示だった。美佳はきいた。「みんなのも……？」

無反応の沈黙が、全員のスマホが同じ状況にある、そう伝えていた。奉賀の眼鏡が水滴にまみれている。その奥で目を瞬かせ、奉賀がささやいた。「一一〇番通報もできない」

「どっかに誰かいないの？　住民は？」美佳は周囲の家に呼びかけようとした。「誰か……」

村永の手が美佳の口をふさいだ。「しっ。喋ってんじゃねえよ、馬鹿女」

井原先生も人差し指を唇にあて、静寂をうながした。「声をだすな。優莉結衣にばれる」

美佳は反論しようとしたが、口をふさがれているため呻き声にしかならない。村永が手を放した。すかさず美佳は語気を強めた。「あれは優莉結衣じゃない。智沙子」

「もう」麻那が顔をしかめた。「まだいってんの？　いい加減しつこい。あいつ喋ったじゃん」

「ちがうの。首からICレコーダーを下げてる。だから同じ言葉を繰りかえすだけ」

寿美怜が物憂げにつぶやいた。「結衣でも智沙子でもいいけどさ。やっぱ弟のことでむかついてんでしょ。わたしたちを殺しに来てる」

麻那が咎めるようにいった。「寿美怜」

重苦しい沈黙がひろがる。寿美怜が視線をおとす。玄関先に立つ菅野だけが、せわしなくドアをノックしつづける。

美佳はいっそう不可解に思った。「なにか知ってるの？　健斗君が死んだからって、どうして智沙子が襲ってくるの？」

椿もわけがわからないようすだった。「そもそも優莉君は殺人犯じゃん。それ以前から嘘つきだったし。わたしたちが復讐される謂れがある？」

村永がぼそりといった。「虚言癖じゃなかった」

また一同が静かになった。誰もが神妙な面持ちで、互いに視線を交錯させる。

意味不明、そんな顔をしているのは美佳と椿だけだ。美佳のなかに動揺が生じた。

「どういう意味？」

奉賀が眼鏡の眉間を指で押さえた。「樋又先生がさ、優莉のついた嘘を、なるべく多く録音しろって……」

「はあ？　なんのこと？」

「だからさ……。こっちから優莉に嘘を教えて、ほかのクラスメイトに伝えるようにいったんだよ。嘘ならなんでもよかった。ゲームの安売りがあるとか、次の授業は自習だとか」

麻那がヒステリックに制した。「やめてよ。いまさらいわないで」

だが奉賀はつづけた。「もちろんみんなグルで、スマホのボイスレコーダー機能で録音してた」

美佳は戸惑いを深めた。「なにそれ？　樋又先生がそんなことを？」

「おい」井原先生が口をはさんだ。「亡くなった人のことをとやかくいうな」

村永が鼻を鳴らした。「先生。そんな顔をしたって、もう知ってるよ。ほかの先生たちも共犯だろ？」

「やめろ。黙れ」

「教頭から指示があったんだよな？　優莉健斗を『嘘つき放校』に追いこみたいって」

「黙れといってるだろ！」

一同が静まりかえった。ひたすら冷たい雨に打たれる。そんな構図だけがあった。稲光が辺りを照らす。うつむく生徒たちの顔は暗がりに没していた。ほどなく雷鳴が響き渡った。

美佳は言葉を失っていた。衝撃を禁じえない。嘘つき放校。最近、学習指導要領から削除されたことで、にわかに話題になったワードだ。去年まで存続してきた、学校運営側の悪しき慣習だった。

　どうりで健斗自身、嘘をついておきながら、後ろめたい顔をすることが多かったわけだ。徹底的に無視され、誰とも交流がないはずなのに、いきなり健斗のほうから話しかけてくる。しかも常に嘘ばかり口にする。孤独ゆえの衝動的な虚言癖、ただ周りの気を引きたがっているのでは、美佳はそんなふうに推測した。納得にはほど遠かったが、ほかに説明がつかなかった。

　でも嘘をつくようそそのかされていたのなら、彼の言動すべてが腑に落ちる。健斗は争いを好まない、すなおな性格の持ち主だった。誰かにそう伝えろと頼まれた場合、そのように従うしかない。嘘つきに仕立てあげられていることに、たぶん気づいていたのだろうが、けっして逆らわなかった。たとえ孤立しようと、クラスの一員でありつづけるために。

「ひどい」美佳はたまりかねていった。「みんなで健斗君を追い詰めてたの？　学校から追いだすために？」

　村永が首を横に振った。「先生たちの意図は知らなかった。優莉匡太の子供なら嘘をつくんじゃないか、なら証拠を押さえようと、樋又先生が俺たちを煽ったんだ」

井原先生が苛立たしげな態度をしめした。「助長しろとはいわなかったはずだぞ。頻繁に嘘をつくよう仕向けろなんて誰がいった？」

「汚えな、先生」村永は醒めた顔で井原を見つめた。「先生たちはそう匂わせてた。優莉が嘘をついた証拠を多く集めれば、それだけ風紀への意識が高い生徒ってことになり、内申点にも影響するって」

「仕方なかった！」井原がじれったそうに身を乗りだした。「みんなには納得いかんかもしれんが、これが大人の事情ってやつだ。優莉匡太の子なんて、なにをしでかすかわからん。現にこうして危ない目に遭ってるじゃないか」

寿美怜がうなずいた。「そう。父親が人殺しの家族なんか信用できない。やっぱ退学させときゃよかった」

美佳は胸を痛めた。「みんなが不安に駆られたのは、このせいだったのね」

健斗への罪悪感があったがゆえ、姉に復讐されるかもと恐れた。……予想どおりになった。来たのはもうひとりの姉だったが。

麻那が不快そうにつぶやきを漏らした。「怖いのは当然でしょ。だからなに？　やったことはまちがってない。優莉匡太の子供なんかと、一緒のクラスになりたくなかった」

玄関先の菅野が、ノックする手をとめた。背を向けたまま小声でいった。「俺たちが殺される筋合いはねえ」

「だよね」麻那は涙ながらにうったえた。「優莉健斗と同じクラスになったばかりに、死ぬなんて冗談じゃない」

菅野が振りかえった。「現に優莉は成澤を殺した！　俺の友達を。ほかにも坪谷や皆川を……」

「ちがうでしょ」椿が菅野を睨みつけた。「成澤君たちはバス事故の犠牲になっただけ」

「優莉はあの日も嘘をついたんだぞ！　バスに乗る集合場所を、わざとまちがえていいふらした。あれは誰にいわれるでもなく、あいつが自分で嘘をついたんだ」

美佳はささやいた。「その嘘にだまされていれば、誰もバスに乗らずに済んだ。ひとりも死ななかった」

菅野が言葉に詰まる反応をしめした。ほかの生徒らもまた沈黙した。

健斗は事前に危険を察知していたのかもしれない。バスにガソリン容器や猟銃が積んであることを知って、クラスメイトらを乗せまいとした、そんな可能性も否定できない。そうでなければ自発的に嘘をつく理由はない。

虚言癖ではなかった。いじめられていることを承知のうえで、それでもクラスと関わりを持とうと努力しつづけた。彼のことが不憫でならない。学校に居場所がなかった。最初から拒絶されていた。しかも健斗が自殺したことを幸いに、誰もが事実を闇に葬ろうとした。

菅野がため息まじりにこぼした。「うるせえよ。枝沢」

美佳のなかで憤りが募った。「なにかいった？」

「うるせえってんだよ。やっぱおまえには知らせなくて正解だった。優等生ぶりやがって、どこにチクるかわかったもんじゃねえ」

椿が不満げにきいた。「わたしも？」

「おまえの耳に入ったら、枝沢が知ったも同然じゃねえか。優莉みたいなキモい奴、追いだすほうが正義……」

だしぬけに結衣の声が近くからきこえた。「健斗と同じクラスだった？」

総毛立つとはまさにこのことだった。稲光が辺りを明滅させる。開いた門扉にレインコートが立っていた。智沙子の肉食獣のような目が、間近から美佳たちを見下ろす。

教師の井原が腰を抜かしたように後ずさった。生徒たちの陰に隠れようとする。女子生徒らが揃って悲鳴をあげた。男子生徒らもひたすらうろたえるばかりだった。

そんななか、玄関先にいた菅野が、ひとり智沙子に突進した。「この糞女……」

智沙子の右腕がまっすぐ突きだされた。手に黒い物体を握っている。回転式の拳銃だった。グリップから紐がぶら下がっている。紐の先端はちぎれていた。さっきの警官から奪った拳銃にちがいない。

乾いた銃声が耳をつんざき、銃火が閃光のように走った。菅野は至近距離から顔面を撃たれた。後頭部に血液が飛散した。のけぞった菅野が、そのまま仰向けに倒れ、背を水たまりに打ちつける。大の字になり、ぴくりとも動かなくなった。

断末魔に近い複数の悲鳴が、いっせいに響き渡った。だが智沙子は容赦しなかった。矢継ぎ早に発砲が連続した。美佳が恐怖にすくみあがっているうちに、周りの悲鳴がひとつずつ消えていく。桃香、麻那、寿美怜が沈黙した。女子生徒の頭が次々と破裂し、血まみれの制服が雨のなかに突っ伏す。

眼鏡をかけた奉賀が、四つん這いになって逃げだした。「うわあー!」

さらに一発の銃声が轟いた。奉賀は後頭部に被弾した。額から前方に赤い液体がぶちまけられる。奉賀は前のめりに倒れこんだ。

弾を撃ち尽くしたのか、智沙子は拳銃を放りだした。なおも庭先で仁王立ちになっている。

全身の血流が凍りつく。美佳は耳もとにけたたましい悲鳴をきいた。自分のほかに、唯一生き残っている女子生徒、椿の叫びだとわかった。

男子生徒の生存者は村永だけだった。「先生！　こいつ、もう銃を持ってねえ！　ふたりでやりゃ勝てる！」

尻餅をついていた井原を、村永が力ずくで引き立てる。井原はなおも及び腰だった。しかし村永が雄叫びとともに智沙子に駆けていくと、井原はどうしようもなくなったらしく、捨て鉢な態度でつづいた。

智沙子はたじろぐようすを見せなかった。両手を背後にまわすと、一本ずつ包丁をとりだした。血に塗られた刃。さっき石鍋と寺田が家庭科室から持ちだした凶器だった。

村永が殴りかかるや、智沙子は包丁を水平に振った。喉もとを掻き切られた村永が、がっくりと膝をついた。もげそうになった首から鮮血が噴きだす。村永は仰向けに倒れ、激しく全身を痙攣させた。

教師の井原は大きく伸びあがり、智沙子に飛びかかった。だが智沙子は姿勢を低くし、もう一本の包丁を下方から突きあげた。井原の顎に刺さった刃の尖端は、頭頂部まで貫通した。脱力した井原が棒倒しになる。全身が地面に衝突したとき、水飛沫が高々とあがった。

残るは美佳と椿だけだった。ふたりとも水たまりのなかにへたりこんでいた。椿が絶叫した。「殺さないで！　お願いだから殺さないで！」

美佳は椿の口を手で押さえた。椿を庇うべく身を寄せつつ、至近距離の智沙子を見上げた。

恐怖ばかりではない。底知れぬ悲哀もこみあげてくる。美佳は震える声でうったえた。「許してなんていわない。でも友達だけは見逃して。椿を殺さないで。お願い」

智沙子がいっそう近づいてくる。右手に血の滴る包丁がしっかり握られていた。

「お願い」美佳は泣きながら繰りかえした。「あなたが怒るのは仕方ない。健斗君が孤立してるのはわかってた。でもわたしはなにもしなかった」

一歩ずつ死が迫る。智沙子の無表情が見下ろす。その胸でＩＣレコーダーが揺れていた。結衣の声がまた告げた。「健斗と同じクラスだった？」

「同じクラスだった」美佳は嗚咽とともに応じた。「悪いのはわたし。気づけなかった。健斗君が嘘つきに仕立てられてるなんて」

ふいに智沙子が立ちどまった。美佳を見下ろしたまま静止した。まだ刃を振りかざそうとしない。

智沙子は胸のICレコーダーに手を伸ばした。ボタンを操作する。再生データを切り替えたらしい。男の冷静な声がきこえてきた。若い声だった。「俺は優莉架禱斗だ」

美佳は愕然とした。架禱斗。優莉匡太の長男。

慧修学院高校の生徒らの証言に基づき、ホンジュラスにいるとの報道も当初あったが、のちに否定された。長男の架禱斗は十三歳のころ姿を消した。七年以上が経過したため、失踪宣告を経て、現在では死亡とされている。そんな報道を目にしたばかりだ。

架禱斗の声が淡々といった。「これをきいているおまえは、健斗をどんな目に遭わせたか、充分に自覚しているだろう。嘘つき放校か。くだらない慣習だ。俺の怒りがわかるか。健斗は心やさしい弟だった。犯罪にも関わらなかった」

復讐の首謀者は長男だったのか。架禱斗がいまどこにいるのか、なぜ智沙子が施設を抜けだせたのか、事情はなにひとつわからない。それでも克明に伝わってくるものがある。弟を追い詰めたクラスメイトたちへの強い殺意だった。

なおも架禱斗の声がつづいた。「たとえ国家を牛耳る立場になっても、弟のことは忘れられない。けさ校長も教頭も殺しておいた。おまえも健斗の無念を知れ」

音声が途絶えた。智沙子がICレコーダーを停止した。いまのは死刑宣告にちがいない。

もうどうにもならない。それでもうったえたいことがある。美佳は泣きじゃくりながらわめいた。「わかってる！　ひどいことをしたのはわかってる。もっと健斗君のことを考えてあげるべきだった。ぜんぶわたしのせい。だから最後に、わたしを殺して怒りを鎮めて。なんべん刺してもいいから！　わたしで終わらせて。椿だけは殺さないで！」

自決の心理とはこういうものかもしれない。命を投げだしてかまわない、むしろ積極的にそう切望する、いま自分がそんな境地にあるとわかる。正しいか否かは問題ではない。どうせ答えはでない。願いが通じる可能性も皆無に等しい。それでも偽らざる思いをぶちまけたかった。

涙に揺らぐ視界に智沙子の顔がある。美佳は息を呑んだ。結衣のまなざしが見下ろしている、そう感じた。あの孤独と寂寥に満ちた目にうりふたつだった。

だがそんな変化は、わずか数秒間にすぎなかった。智沙子の瞳にまた虚無が宿った。いまにも包丁が振り下ろされる、美佳はそう覚悟した。椿を抱き締め、目を固くつむった。

しばらく時間がすぎた。物音がきこえた。うっすらと目を開ける。水たまりのなかに捨てられた包丁が見えた。

美佳ははっとして顔をあげた。智沙子の姿はどこにもない。

椿が泣きながら頬を寄せてきた。「美佳。美佳……」

友達の身体は温かい。生きている。無事だ。ふたりだけは見逃された。死なずに済んだ。

とめどなく流れ落ちる涙が、顔に降りかかる雨に混ざりあう。みな過去を悔やむしかないのか。失意に暮れようが、憤怒に身をまかせようが、健斗は帰ってこないのに。

4

枝沢美佳と桜井椿。ふたりの女子生徒の証言を、警察も無視できない。

彼女たちは葉瀬中学校襲撃事件の生存者だ。錯乱の可能性があるとわかっていても、事実を確認せざるをえない。

警視庁公安部の笹塚倫徳は、覆面パトカーの後部座席から外に降り立った。午後四時すぎ、ようやく陽射しも弱まってきた。吹きつける潮風がスーツをはためかせる。

緑の多い丘陵地帯だった。棚田の向こうは海になる。民家はほとんどない。切妻屋根に煙突の戸建ては児童養護施設になる。前にも来た。横須賀市津久井四丁目、友愛育成園。

助手席のドアが開いた。笹塚よりひとまわりも上、五十代の厳めしい面構えの男。捜査一課の警部、坂東志郎係長も戸建てを眺めた。

セダンのエンジン音が途絶えた。静寂がひろがった。運転席から姿を現したのは、坂東よりずっと若い警部補、神経質そうな細面だった。強行犯係の長谷部憲保主任が腕時計を眺めた。「五分早く着きましたね」

笹塚は戸建てに歩きだそうとした。「少々早めでもかまわないだろう」

ところが坂東はクルマのわきを離れようとしなかった。「捜査一課は約束の時間を厳守する」

ちくりと細い針で神経を刺された気になる。笹塚は立ちどまった。

怒りを募らせるほどのことではない。刑事警察は長いこと公安警察を目の敵にしてきた。緊急事態庁の指導の下、一丸となって捜査に臨めと命じられても、現場のわだかまりが解けるにはまだ日が浅い。

笹塚は両手をポケットに突っこみ、車体にもたれかかった。「そうですか。五分ね」

「いや」坂東が応じた。「もうあと四分になった」

互いに虫が好かないのは承知のうえだ。笹塚は黙って戸建てに目を戻した。庭に洗濯物が干してある。生活感がある。ただし人の姿は見えない。辺り一帯が無人だった。もう少し気温が下がらないと、散歩する気にもならないのだろう。

ほかに視線を向ける。山の谷間に校舎が見えている。津久井浜南高校だった。生徒の声はしない。いまは夏休み中だった。

坂東は誰とも目を合わせずにいった。「武蔵小杉高校事変の当日、笹塚さんは現場にいたとか」

「いましたよ」笹塚も坂東に視線を向けなかった。

「優莉結衣には……」

「会いました。武装勢力の全滅後、混乱状態の校庭で」

「その場で逮捕すべきだったな」

「むろんそうするつもりでしたが、横槍が入ったので」

「横槍？　それで引き下がった？　公安らしくもない」

笹塚は鼻を鳴らしてみせた。「横槍ってのは、救助されたばかりの矢幡総理ですよ。

いまじゃ前総理か。前総理は私におっしゃいました。阿須法務大臣に指揮権発動を命じさせる。検察には断じて優莉結衣を起訴させないと」

「総理大臣の権限ってやつか。たとえ指揮権発動になっても、公安として捜査はつづけるべきだった。証拠が固まりさえすれば立件に持ちこめる」

「前総理にそう申しあげたんですが、校内の誰ひとり、優莉結衣が暴力を振るったとは証言しなかったので」

「事実はちがった」

「ええ。前総理も、いまになってお認めになるとはね」

「優莉結衣に会ったからには、また本人に会えば……」

「そりゃもちろんわかります。双子の姉と見まちがえたりはしません」笹塚は人差し指の爪で眉間を掻いた。「坂東さんは直接会ったことがないんでしょう？　優莉結衣に」

「ない」

「野放図の事件を担当しておられたそうですが」

「あれは二代目野放図だった。優莉匡太の半グレ同盟が解散して、何年も経ったあとだ。一部の残党は関与していたが、優莉結衣はまだ中学生だった」

「無関係だったと？」

「優莉匡太の子供はみな、公安さんの監視の下にあったはずだ」

また皮肉か。捜査一課をからかってやりたくもなる。笹塚はきいた。「市村凛の行方は？　つかめましたか？」

風の音だけがきこえた。坂東はしばらく黙っていた。長谷部も無言でたたずんでいる。

やがて坂東が振りかえった。歳相応の皺を刻んだ顔が、笹塚をじっと見つめた。坂東はさばさばした態度でいった。「警察は事件が起きてからでないと動かない、よくそんなふうに揶揄される。緊急事態庁が絡む新体制の下じゃ、もう大規模な凶悪事件は起きないとかいわれてた。ところがどうだ。ひと月も経たないうちにこのありさまだ」

「優莉結衣が帰国してるとは誰も思わなかった」

「葉瀬中の女子生徒ふたりは、襲撃犯が智沙子だったと証言してる」

「校舎内の生存者が、優莉結衣の喋る声をきいてます。避難前の近隣住民も」

朝の出勤時刻を過ぎ、民家のほとんどは留守だった。居残っていた住民らも、一帯が停電になったため、学校に避難しようと外にでた。ところが校門前でレインコートの女が、警察官の首を刎ねた。それをまのあたりにした住民らは、豪雨のなかを逃げだした。通報を受け、応援が駆けつけるまでのあいだ、学校周辺は無人地帯と化した。校舎から脱出した生徒六名、教師一名は誰にも助けを求めることができず、民家の庭先で犠牲になった。

坂東はひとりごとのようにつぶやいた。「優莉結衣の声は録音だったと、女子中学生二名が主張してる。優莉架禱斗のメッセージもきかされたとか」

そこまでいくと幻覚の可能性が高い。とっくに死んだとされる架禱斗の姿を、慧修学院高校三年生らも、ホンジュラスで見たと証言している。だが日本政府はありえないと否定した。

国際テロリストの諏訪野猛が、優莉匡太の長男、架禱斗だとする情報があった。ところが事件の直後、警察庁長官が直々に誤報だと認めた。たぶん諏訪野猛が優莉架禱斗を名乗っただけだという。それでも優莉架禱斗の生存について、一部マスコミがもっともらしく喧伝したため、葉瀬中の女子生徒らも鵜呑みにしてしまった、そんな可能性もある。

坂東がいった。「上ではなにが起きてるかわからんな」

「どういう意味ですか」笹塚はきいた。

「政府から下りてくる情報だよ。優莉匡太の長男が生きてるといったり、死んでるといったり、優莉結衣は無実だといったり、やっぱり極悪人だといったり。俺たちは現場で振りまわされるばかりだ」

「捜査一課の係長さんが政治批判ですか」

「公安の取り締まりに引っかかるか？」坂東が口もとを歪めた。「誰も宮村政権には文句をいえない風潮だしな。原油自給、拉致被害者帰還。国家〝断捨離〟政策で外貨を稼ぎ、公務員の給料もアップ」

「社会が安定したのは事実です。それゆえの内閣支持率高騰ですよ」

「怖いのはその天井知らずの支持率だ。たとえ国が暴走したとしても、政府に絶大な信頼を寄せる国民は、なにか考えあってのことだろうと信じる」

笹塚にはさして興味の持てる話でもなかった。「緊急事態庁が制止するでしょう」

坂東の鋭いまなざしが笹塚に向けられた。厳めしい表情が数秒つづいたのち、ふいに弛緩したが、笑顔と呼べるほどではなかった。「ま、そうかもな」

長谷部が腕時計に目を落とした。「そろそろ時間です」

三人は戸建てに歩きだした。坂東がいった。「公安さんにききたいんだがね。優莉匡太にはたくさんの子供がいる。だが優莉匡太の親は？　どこの何者だ？」

「不明です」笹塚は歩きながら応じた。「日本で最も少ない苗字をご存じですか」

「増雄とか善連とか芦ヶ沢とか。全国で十人前後しかいないってな。あとは勘解由小路」

「優莉姓は匡太とその家族だけです。匡太以前にはいませんでした」

「改姓したのか」

「家裁に協力者がいたのかもしれません。記録が残ってないんです。でも優莉匡太の戸籍は存在してます。法的に認められた苗字なんです」

敷地を柵が囲んでいたが、門扉はなく出入り自由だった。庭の芝生を横切り、玄関に達する。建物の外観は、世帯の住む家屋と変わらない。長谷部がチャイムを鳴らした。

ほどなくドアが開いた。三十代の女性職員、斉藤邦子が顔をのぞかせた。Tシャツにデニム、エプロンを身につけている。邦子が微笑とともに会釈した。「こんにちは。どうも、遠いところをわざわざ」

「長谷部です。こちらは同じく捜査一課の坂東。それから……」

初対面ではない。笹塚は前にもここを訪ねたことがあった。「おひさしぶりです」

邦子がおじぎをした。「その節はどうも」

「あらましはもう伝わってると思いますが」

「ええ。智沙子さんは奥です」

「ひとりで外出されたことは……」

「まさか。いちどもありません。わたしたちがつきっきりですし、でかけても浜辺の散歩ぐらいです」

「会えますか」

「もちろんです。どうぞ」

邦子がドアを開け放った。三人の刑事はなかに入った。靴脱ぎ場から廊下、二階への階段、リビングに通じるドアが見える。間取りも家庭用だった。

廊下にあがったとき、長谷部がささやいた。「笹塚さん。智沙子とも会ったことがあるんですか」

愚問だった。六本木で優莉結衣らしき女が保護されたとき、公安のなかで真っ先に駆けつけたのは笹塚だ。赤坂署員の目は欺かれていたが、笹塚は一瞬で気づいた。そっくりだが結衣ではなかった。その後、智沙子がここに入所したときにも立ち会った。というより智沙子のいる施設の所在は、公安のみの知る極秘事項だった。

坂東の面白くなさそうな態度も、これまでの経緯を考えれば当然かもしれない。いまになって警視庁にも情報が伝達された。合同での確認を命じられたからだった。葉瀬中学校襲撃事件の当日も、智沙子がここにいた、その事実をたしかめねばならない。リビングに入った。生活用品が雑然と積み上げられているのは、パントリーがないせいだろう。隣りに引き戸で仕切られた和室がある。畳の上にベッドが据えられていた。電動で上半身を起こせる医療用ベッドだった。

パジャマ姿の智沙子は、髪が長く伸びていた。顔はいくらかふっくらとし、その点では結衣の印象に近づいたかもしれない。しかし識別はつく。智沙子は鼻のわきと顎にほくろがある。まったく日焼けしていないため、そばかすもめだつ。なにより目がちがう。智沙子のまなざしは焦点があわず、ぼんやりと虚空を眺めるのみだった。

ベッドのわきに点滴スタンドがある。いまも智沙子は点滴中だった。固形物をほとんど食べられないため、栄養失調を補う必要がある。

邦子が智沙子に声をかけた。「お客さんが来たよ。笹塚さんは前にも会ったよね？」

智沙子の視線はあちこちをさまよった。無表情に唸り声だけを発する。失語症は医師により証明されている。知能は本来、問題がなかったはずだが、長いこと田代ファミリーに監禁された影響が残る。PTSDの症状を抑えるため、抗うつ剤を飲んでいた。鈍りがちな思考はそのせいだった。

施設長が部屋に居合わせた。四十代の女性、張本珠代がいった。「だいぶよくなってきたんですよ。意思の疎通も、最近はとてもスムーズで」

笹塚は珠代にきいた。「運動のほうは？」

「まだ外の散歩も車椅子で……。家のなかを少し歩けるていどです。お医者さんによれば、衰弱した筋肉が回復するには、しばらく日数がかかるとか」

坂東が雑談のようにつぶやいた。「双子の出生率はいま史上最高だそうだな。高齢出産のせいらしい」

長谷部がうなずいた。「ええ。高齢の母親の多くが体外受精だとか、医学的生殖補助を利用しますからね。複数の受精卵を作って、出産の成功率を高めようとするため、双子の出生率があがるとか」

結衣と智沙子、両方に会った笹塚は確信した。これは智沙子だ。医師の報告書にも、虹彩や静脈のパターンの測定結果が掲載されている。結衣とのちがいは科学的に証明済みだった。

しかしどれだけあきらかであっても、具体的な証拠を持ち帰らねばならない。笹塚はスマホサイズの指紋照合器をとりだした。「よろしいですか」

「ええ、どうぞ」珠代がそっと智沙子の右手をとった。「智沙子さん、五本の指を伸ばして。そう」

右手の指先をセンサーに押しつける。液晶画面に指紋が表示された。確認は一瞬だった。智沙子の指紋と証明がなされた。

「どうも」笹塚は礼をいった。これで上に報告できる。

坂東は棘のある物言いを口にした。「智沙子はいまここにいる。だが葉瀬中学校襲撃当日はどうだったか」

珠代と邦子が揃って戸惑いの反応をしめす。長谷部が坂東を見つめた。「それについては、もう調書が……」

「施設長や職員が、智沙子はずっとここにいたと証言した。しかし事実はちがうかもしれないだろう」

いかにも刑事警察らしいやり方だ。根拠もなくひたすら煽る。そのうち誰かがぼろをだすのを期待する。

だが場所をわきまえるべきだ。笹塚は呆れた顔をしてみせた。「ここを叩いても埃はでませんよ」

「どうだか」坂東は平然とつぶやいた。「いちど智沙子が空港に連れ去られたことがあったとか、そんな噂があったな。ホンジュラスにいるとの情報も……」

邦子が首を横に振った。「ほかの刑事さんからも尋ねられましたが、事実じゃありません」

珠代も同意をしめした。「関係者のあいだに、そういう噂が流れたようですけど、わたしどもは責任を持って智沙子さんをお預かりしてます」

坂東が声高にいった。「また誤報。最近はそればっかりだな。政府の都合に翻弄(ほんろう)されるだけか」

笹塚は釘(くぎ)を刺した。「坂東さん」

だが坂東は譲る態度をしめさなかった。「ここにはふだん警察官がいない。智沙子の管理は職員まかせ。なにが起きてるかわかったもんじゃない」

「あのう」珠代は猜疑心(さいぎしん)をのぞかせた。「どうすれば納得していただけるんですか」

「そうだな。たとえば……」坂東はベッドに歩み寄ると、すばやく肌掛けをまくった。

智沙子の下半身は短パンだった。両脚は骨が浮きでるほど細かった。なんとか自力で歩けるていどだろう。パジャマの袖(そで)からのぞく腕も同様だった。

葉瀬中での目撃証言によれば、結衣とみなされる人物は校舎内を駆けまわり、大量殺戮（さつりく）に及んだ。この腕と脚に可能なわざではない。

坂東の表情が曇った。あきらかに予想が外れたらしい。

珠代が憤然としながら肌掛けを戻した。「なにをなさるんですか。失礼ですよ」

「どうも」坂東は軽く頭をさげ、さっさと退室した。廊下から玄関へと歩き去っていく。

笹塚は長谷部と顔を見合わせた。ふたりで珠代に詫（わ）び、その場をあとにした。

外にでると長谷部が坂東を追いかけた。「係長」

坂東が足ばやに歩きながらつぶやいた。「政府はホンジュラスに自衛隊を派遣してないといった。でも海外メディアは、それらしき部隊が現地で全滅したと報じてる」

「なにをおっしゃってるんですか」

「簡単な話だ。政府のいうことは信用できん」

笹塚は苦笑してみせた。「とうとう断言ですか。公安としちゃ聞き捨てなりませんね」

「報告したきゃしろ。いまの日本はまるで社会主義国……」

坂東が足をとめた。笹塚も妙に思った。覆面パトカーの後ろにもう一台、別のセダンが停まっている。

助手席のドアが開き、口髭をたくわえた男が降り立った。黒髪を後ろに流し固めている。年齢は四十すぎだろうか。スーツの仕立てがいい。刑事ではなく役人に思える。

男が会釈をした。「緊急事態庁の羽貝です。確認は済みましたか」

公安と捜査一課に命じておきながら、職員を現地にまで派遣したのか。笹塚は訝しく思いながら応じた。「はい」

「結構。それぞれ上に報告をおこなってください。この件では今後、独断で動くことがないようお願いします。勝手な捜査はあらぬ噂のもとになりますので」

「勝手な捜査？」笹塚は面食らった。

長谷部が羽貝にきいた。「このあとまだ科警研で鑑定結果を……」

「緊急事態庁のほうで済ませました」羽貝が遮った。「葉瀬中の校舎内で所轄が採取した、毛髪や皮膚片のＤＮＡ型は、智沙子でなく結衣のものでした。ＤＮＡメチル化現象の差で識別できたそうです」

気にいらない。ふたりの刑事の顔にそう書いてある。公安の笹塚も釈然としなかった。所轄の鑑識でも科捜研でもなく、警察庁の科警研が鑑定を独占、その時点でも納得がいかずにいた。そのうえ緊急事態庁が鑑定を済ませたという。

長谷部が抗議した。「裁判所に通用する証拠能力が失われたと思いますが」

「事実が確認できたのだから問題ないでしょう。では」

それだけいうと羽貝は踵をかえし、クルマに戻った。助手席に乗りこむやセダンがバックした。Uターンののち、丘陵地帯に延びる道路を遠ざかっていく。

長谷部がいけ好かなそうにつぶやいた。「なんだありゃ……」

坂東も顔をしかめながら覆面パトカーに向かった。「勝手な捜査、根拠のない噂は俺たちのせいだといわんばかりだ」

笹塚は釈然としない思いでたたずんだ。こればかりは捜査一課の不満を否定できない。いまや緊急事態庁がすべてを仕切っているのか。警察は公安委員会制度に基づく、公平かつ公正な独立組織ではないのか。

5

捜査一課の坂東志郎警部は、夜十時すぎ、西日暮里駅から自宅に歩いていた。

警視庁への通勤は電車だった。千代田線で十七分。駅前に大きなスーパーがないのが短所だが、ネット通販が普及したいま、さほど気にならない。坂道が多いのもいい運動になる。

酒を断っているのに、別の意味で胸のむかつきがおさまらない。緊急事態庁は、警視庁と公安の両方に事実確認を強要した。これで智沙子は葉瀬中襲撃に無関係、そんな既成事実ができあがった。

最近は一事が万事こんな感じだ。架禱斗や智沙子、怪しい名が次々と挙がったのに、結局誤報で済ませられ、残ったのは結衣のみ。いまや彼女ひとりだけが諸悪の根源、その可能性が濃厚とされている。

だが本当にそうなのか。優莉結衣も何度となく凶悪事件の被疑者と目されては、じつは誤認と否定されてきた。結論はすべて上から降ってくる。現状の見解も正確かどうか疑わしい。

なのに緊急事態庁が検証を阻む。悪いことに警視庁の幹部ですら、そこに異を唱えない。

日本の急激な変化は、むしろ国民が本来そうあるべきと思っていた状況に、ようやくなったという安堵感に後押しされている。変化についていけないことはなく、待ちに待った社会にようやくなったと、誰もが歓迎している。よって、みないまの政府を否定しない。国民がこぞって盲信している。

自宅に近づいた。閑静な住宅街は、それぞれの敷地面積が狭く、小ぶりな戸建てばかりが軒を連ねる。これでも地価は安いほうだ。二十五坪の二階建て、庭なし、ガレージは軽自動車専用。そこが坂東の持ち家だった。

鍵を開け、玄関のドアを入った。「ただいま」

いつも廊下に出迎えるはずの、妻の尚美の姿がない。キッチンでまな板に包丁を打ちつける音がする。食事の準備中らしい。遅れるとは伝えてあった。

靴を脱ぎ、廊下を進む。リビングのドアを開けた。いつもの習慣どおり、なにも意識しないうえでの行動だった。むろん警戒心など働かない。

だがリビングに入ったとたん、坂東は異変を察した。呻き声がする。尚美は部屋の隅にへたりこんでいた。口をガムテープでふさがれ、手足を縛られている。高三になる娘の満里奈も同様だった。

愕然とする間もなく、黒スーツの集団が取り囲んだ。なかでも屈強そうな男が背後にまわり、坂東を羽交い締めにした。

「なにをする！」坂東はもがいた。「放せ。家族に手をだすな！」

目を凝らすと、黒スーツの素性があきらかになった。十代から二十代の若い男ばかり、痩身だが鍛えた肉体とわかる。黒髪を刈り上げ、顔は日焼けし浅黒く、目つきが鋭い。スーツの下は襟なしの黒シャツ。胸に黄いろい八角形のバッジをつけていた。

バッジには파괴と刻んである。

全身が悪寒とともにこわばった。パグェ。韓国系武装半グレ。

リビングと間仕切りなく接するダイニングにも、黒スーツがひしめいていた。総勢二十人はいる。

キッチンに異質な姿があった。こちらに背を向けて立っているのは、女子中学生っぽい夏用セーターに、チェックのスカートだった。さかんに包丁の音を響かせる。小柄で痩せていて、髪型はショートボブ。年齢は十五ぐらいだろうか。

その少女がため息とともに振りかえった。小さな丸顔にやたら大きな目、極端な童顔はブライスドールに似ていた。

会うのは初めてだ。だが一見して何者かがわかった。写真なら幾度となく目にしている。制服も知っていた。千葉県佐倉市立井野西中学校。捜査一課なら記憶していて当然だ。

坂東は驚愕とともにつぶやいた。「優莉凜香……」

「そのとおり」凜香が無表情に包丁をかざした。「坂東係長？　はじめましてー。母がお世話になりました」

「母？」

「気づかないかよ。あー、あんたが会ったことがあるのって、母の身代わりに入院した韓国人女だけか。でもさー、DVシェルター集団誘拐事件の被害者のひとりとして、母の顔写真ぐらい見かえしてるよね」

絶句せざるをえない。想像すらしなかった真実だった。

精神科医の姥妙悠児のもとに残っていた、少女期の市村凜の写真。いま目の前にいる凜香に、たしかに印象が重なる。

「おまえ」坂東はいった。「優莉匡太と、あの女のあいだにできた娘か」

「サラブレッドっていえよ。半グレ界隈じゃ最高ランク、親の十四光り」

「自分がなにしてるかわかってるのか！　非行じゃすまされんぞ」

「非行！」凜香は大きな目をさらに剝いた。「甘々じゃね？　そんな表現。地域の少年課かよ。笑わせんな」

「どういう経緯でパグェに加わったか知らないが……」

「やめろよ。どこまで侮辱する気だよ。サラブレッドっていってるだろ。こいつらは三代目野放図のメンバーだよ」

「三代目……」

「そう。ジェイソールブラザーズじゃないよ？　野放図！　栄えある優莉匡太半グレ同盟のひとつ、継がせてもらいましたー」

「ふざけるな！」

「おい」凛香が醒めた顔になった。「大きい声だすな。近所迷惑だろ。立場わかってんのかよ」

坂東は妻と娘に目を向けた。ふたりとも顔を真っ赤にし、大粒の涙をこぼしながら震えている。悪夢だ、坂東はそう思った。職業柄、家族の安全には注意を払ってきた。自宅の住所も極力伏せるよう気遣った。にもかかわらず突然の襲撃を受けた。尚美と満里奈は地獄の苦しみを味わっている。

凛香がなにやら目で合図した。黒スーツらがポリ容器の蓋を外した。尚美と満里奈に液体をぶちまける。においでガソリンだとわかった。ふたりはずぶ濡れになり、呻き声とともに身をよじった。

激しい動揺が坂東を襲った。「よせ！」

だが背後の男は途方もない筋力を誇っていた。坂東は全力で抗ったが、羽交い締めからはいっこうに逃れられない。

やれやれという態度で凛香が頭を掻いた。「玄関まで異臭が漂ってると、おまえリビングまで入ってこないじゃん。だからガソリンかけずにまってるしかなかった。ほんとめんどくさ」

「頼む」坂東は震える声でうったえた。「私はいつでも命を投げだせる。しかし妻と娘は解放してくれ」

「はん！　陳腐。それでも捜査一課かよ。犯罪者とは取引しねえとか、焼死体なんか見慣れてるとか、虚勢ぐらい張りなよ」

「要求はなんだ？」

「さっそく取引？　マジ？　拍子抜け。でも早く帰れるなら、それに越したことはないなー。夏休みだし、この時間なら池袋でモッパンセット食べて帰れるし」

「市村凜の所在なら把握してない。本当だ」

「そんなことはわかってるよ。知りたいのは紗崎玲奈の居場所」

紗崎玲奈……。坂東は思わず口ごもった。

凜香が包丁を指先で振った。「ほら。さっさと答えなよ。チーズボールが売り切れちまうだろうが」

「知らん」

「眠たすぎ」

「本当だ！　紗崎玲奈は被疑者でもなんでもない」

「母を刺した。市村凜に瀕死の重傷を負わせた」

「そんな事実は把握してない。捜査一課も行方を追ってなんかいない」

「そりゃ捜査一課はね。あんたはちがう。〝探偵の探偵〟を野放しにしたんじゃ、なにをしでかすかわからないってんで、個人的に玲奈の行方を追ってただろが。あの女が犯罪に手を染めないようにって？　泣ける」

坂東は言葉を失った。なぜそこまで……。

凜香が心のなかを読んだようにいった。「なんで知ってるかって？　うちのお母さんって〝探偵の探偵〟じゃん。所在調査の方法とか、いろいろ教わった。でも玲奈はさすがだよね、尻尾つかませないでやがんの。だけどおまえは、あいつとやりとりしてるよな」

「してない」

「してる。でなきゃ捜査一課がもっとおおっぴらに、紗崎玲奈を要注意人物としてマークしつづけてる。そうしないのは、玲奈がどこでなにをしてるか把握できてるから」

なんという勘のよさだ。情報収集力も抜きんでている。市村凜が姥妙から調査業のノウハウを教わったのも十五のころだ。凜香も同じ歳にして、同じ道を歩みだしたのか。

凜香は冷蔵庫の扉を開けた。「秘密を探りだす方法って、いろいろあるんだね。初めて母に感謝する気になった。おかげで二学期の実力テスト、もう教師の家から解答を盗んでやった。夏休みの宿題も、弱みを握った塾講師にやらせてるから、しばらく遊び放題」

「紗崎玲奈の居場所なんか知ってどうする。彼女はきみに無関係だろう」

「無関係？」凜香は冷蔵庫からペットボトルをとりだした。中身を一気に呷ってからいった。「わたしはずっと、あの糞みたいな母と会わずに育った。そんな女でも母親は母親だし。殺そうとした奴にはやり返しとく」

「殺そうとしたのか。紗崎玲奈が市村凜を」

「とぼけんな。警察として立件できなくても、だいたいの事情は察してただろが」

「母親のため、復讐を果たすつもりか？　そんなことはよせ。きみまで市村凜と同じになるな」

「おい！　おっさん。ありがちなセリフばっか吐くな。案件扱ってるユーチューバーか」

「私を殺しても、警察の追及からは逃れられんぞ」

凛香はまた冷やかな表情になり、包丁を放りだした。カセットコンロ用のカートリッジ缶をとりあげる。リビングに冬場から置きっぱなしのファンヒーターに歩み寄った。スイッチをいれ、温風吹きだし口の前に缶を置いた。尚美と満里奈がひときわ甲高く呻いた。

坂東の背筋を冷たいものが駆け抜けた。「よせ」

「うちのお父さんはさ」凛香がささやいた。「身近な物を使って爆発を起こす方法を、たくさん教えてくれた。D5って半グレ集団に研究させてたの。知ってるでしょ？」

缶が温まったら破裂する。しかもガソリンから揮発したガスが室内に充満している。坂東は焦燥とともに怒鳴った。「缶をどけろ！　大爆発になるぞ。おまえたちも全員死ぬ」

「それ最高！」凛香が目を輝かせた。「いっぺん爆風ってやつをもろに浴びてみたいと思ってた。スペルマなんて百回浴びても臭いだけでさー。もちろん爆発は一回きりで死んじゃうけど、最期にイケそう」

異常だ。坂東は周りの黒スーツに呼びかけた。「おまえらも後悔するぞ！」

「無駄！」凛香は興奮ぎみに声を張りあげた。「こいつらがいまさら死なんか恐れるかよ。腑抜けは三代目野放図にいらない。あー、でもこいつとこいつ、ＢＴＳの振りマネさせると最高にうまいの。踊らせてみる？　こいつらみんな、ふだんカロリーとらない。一日の食事、メインはゆで卵一個だけ」

「きけ。凜香。親の跡追いなんかするな。優莉匡太も市村凜も、きみとは別人だ。母親のための復讐が、そんなに重要か？　己れの身を滅ぼすだけだ。将来を棒に振るな。逮捕されるぞ」

「誰が逮捕すんの？　優莉家はもう国家を支配してる。お父さんが夢見たとおり、政府も警察も思いのままに操ってる」

「……なんの話だ」

「架禱斗兄ちゃんを甘く見るなよ。もうこの国は乗っ取られてんだよ、うちのいちばん上の兄貴によ」

十五歳の非行少女による戯言。そう解釈するところだ。それぐらい常軌を逸した話だった。

しかし坂東には聞き流せなかった。ありうると思った。かつて優莉匡太は堂々と、国家の主権を奪う、そう宣言した。子供たちにも優莉姓の戸籍をとらせたのは、それが理由だった。自分の血筋のみで日本を支配する、優莉匡太はそんなふうに息巻いた。あの男は国家転覆後の未来まで思い描いていた。馬鹿げた夢想と一笑に付されたが、いまは状況が異なる。次女の結衣だけでも、とんでもない規模の犯罪を、何度も実行したとみなされている。長男の架禱斗が生きていて、四女の凜香まで加わっているとなれば……。

坂東は凜香を見つめた。「姉の結衣も仲間なのか?」

すると凜香の顔に明確な変化が表れた。憂いのいろが克明に浮かびあがる。見開いた目が潤みだした。凜香は声を震わせた。「結衣姉がホンジュラスから帰らなかったのは、おまえらのせい。おまえらが結衣姉を追い詰めるから」

「帰らなかった?……葉瀬中を襲ったのは結衣じゃないのか。智沙子か?」

凜香は口をつぐんだ。いったん冷静を装ったものの、たちまち堪え性のなさを表出させた。ふいに憤りをあらわにし、凜香はチャッカマンを手にとった。尚美と満里奈のもとに、つかつかと歩み寄る。「なにもかもうざい。みんなで吹っ飛べばすっきりする」

「やめろ! そんなブラフは通用せんぞ」

「ブラフかどうか、熱風を骨の髄まで味わいなよ」凜香はチャッカマンの先を、坂東の妻と娘に交互にあてた。「どっちにしようかなー! やっぱ娘が火だるまになってから、家じゅうドカンがいいか。それとも奥さんのほうか。こんな狭小住宅、馬鹿高いローンとともに消し飛べばいいよね」

満里奈が号泣しながら首を横に振る。尚美は娘を庇おうとしたものの、チャッカマンを顎の下にあてられたとたん、呻き声とともにのけぞった。

坂東は必死に怒鳴った。「頼むからやめてくれ！」

「やめなーい！　かっとばせー、坂東！」

「火をつけるな！　絶対ボタンを押すな！」

凜香は正真正銘の異常者だった。目を剝いて笑い、昂揚したがごとく歌いだした。

「燃ーえろよ燃えろーよ！　炎よ燃ーえーろー！」

尚美と満里奈は泣きじゃくっていた。ひたすら救いを求めるまなざしを坂東に向けてくる。

絶望が涙となって滲みだし、坂東の視野を波立たせた。坂東は震える声を搾りだした。「やめてくれ」

「着火しまーす！」凜香の興奮は絶頂に達していた。「大爆発五秒前！　四、三。ほらおまえら、いくぜ。野放図しか勝たん！　パグェ万歳！」

黒スーツたちがいっせいに唱和した。「パグェ、マンセー！」

だめだ。ひとりもまともな人間がいない。こいつらは猟奇的な異常集団だ。おそらく自殺願望にも取り憑かれている。凜香の人差し指がボタンを押してしまう。阻止するすべはない。

「秦野だ！」坂東はわめいた。「神奈川県秦野市。紗崎玲奈の居場所だ」

室内が静まりかえった。凜香が動きをとめた。もう笑ってはいなかった。冷やかなまなざしが坂東を見つめてくる。黒スーツたちも身じろぎひとつしない。

坂東は声をあげ泣いた。妻や娘と同様、どうにもならない哀感にとらわれながら、大粒の涙を滴らせた。

凜香が身体を起こした。しらけたような態度で凜香がつぶやいた。「鶴巻温泉で刺身食べてこようかな。紗崎玲奈も三枚に下ろして」

6

辺りは真っ暗だった。凜香はキャンプ用の折り畳み椅子に浅く腰かけ、線香花火に点火した。

印旛沼に面する佐倉ふるさと広場は、夜中になるとすべてが闇に沈む。近くを走る京成線も、とっくに終電を過ぎている。遠方の崖の上に、民家の窓明かりが小さく見えるだけだ。むろん向こうから、こちらのようすは判然としない。

広大な沼の周囲にサイクリングロードが延びるほかは、自然環境が優先されている。たいして整備も施されていない。田畑ばかりの一帯に、オランダ風車があって、その近くに木製のベンチが連なる。未舗装の場所には雑草が生い茂る。

こういう暗がりは、地域に住むカップルのドライブデートに使われがちだ。けれどもここだけは、ふしぎと様相が異なる。深夜には誰も寄りつかない。警備会社のクルマが、午後十時と午前二時に巡回するが、見回りもそれだけだ。街路灯も防犯カメラもない。しかも沼畔の並木沿いは、あるていどの幅が砂利敷きになっていて、クルマが停め放題だった。

黒塗りのワンボックスカー三台も、いまそこに駐車している。パグェのメンバーらが仕事に追われていた。泣き叫ぶ坂東一家の三人を金網で包む。簀巻きにされた三人を、それぞれ黒スーツ数人ずつが、神輿のように掲げて運ぶ。木立からサイクリングロードへ、そして沼のほとりの雑草地帯へと分けいっていく。

凜香が座っているのは、ワンボックスカーから少し離れた場所だった。線香花火の下端、放射状に散る火花を、ただ無言で眺める。

処刑を直視しないのはなぜか。凜香は自問自答した。退屈だからだ。けっして良心の呵責に耐えかねているわけではない。良心。そんなものあるか。

坂東が声を震わせながら、嘆きに似た声を発しつづける。「頼む。妻と娘だけは見逃してくれ。なにも話さない。約束する」

娘の満里奈が嗚咽を漏らした。「お父さん！　怖いよ。お母さんー！」

ききたくない声だ、そう感じた。耳を塞ぎたいが、右手は線香花火をぶら下げている。嫌でも一家の叫びを、凜香の聴覚は拒絶できない。

満里奈の母親、尚美の声が必死にうったえた。「お願いです。助けてください。満里奈だけでも……。殺さないで。なんでもいうことをききますから、娘の命は奪わないで」

落ち着かない。線香花火が小刻みに震える。冷静さを欠いている。馬鹿な女。凜香は自分についてそう思った。これぐらいなんとも思わなかったはずだ。野放図を継ぐ段になって、いまさら心をかき乱されてどうする。

黒スーツのひとりが近づいてきた。十九歳のリーダー格、剃りこみの入ったオールバックの韓国人、ジニだった。

ジニが凜香にいった。「騒々しいよな。先に始末しようか」

「あ？」凜香は線香花火から目を逸らさなかった。「ふざけんな。死体は沈みにくいんだよ。生きてりゃ溺れて、飲みこんだ水が肺と腹に満ちるだろ。比重が重くなって浮かびにくくなる。基本中の基本」

「海じゃなく沼ってのもアリなんだな。勉強になる」

「お父さんがいってた。淡水より塩水のほうが浮きやすいのに、なんでみんな海に遺棄したがるのかって」

「海なら遠洋に運ばれてくれるかもしれねえ」

「なわけない。近海を漂って、そのうちぷっかり浮かぶ。濁った沼に沈めときゃ、誰の目にもとまらない」

　印旛沼の水質は全国ワースト一位になったことがある。利根川水系の広範囲にわたる流域から、家庭や工場の排水が流れこむからだ。いまは濁りぐあいが多少改善しつつある、そこがポイントだった。

　本当に水質が最悪であれば、定期的に潜水点検がなされる。最下位を脱して以降の現在は、東京湾につながる印旛放水路で、透明度のチェックがなされるにすぎない。佐倉市役所に確認済みだった。

　沼の面積は九・四三平方キロ。深さは三メートルに満たないが、極端に濁っていて、現在の透明度は〇・七メートル。岸から数キロメートルに沈んでいれば見つからない。

ジニがつぶやいた。「白骨化しても、金網の重さで浮いてこないわけか」

「そう」凜香は応じた。「ここには外来種のブルーギルやアメリカナマズが繁殖してる。肉はそいつらがきれいに食う」

「食い散らかした肉片が、水面を漂わないか」

「カミツキガメも一万六千匹生息してる。そいつらが片づけてくれる」

しばし沈黙があった。ジニは嫌気がさしたように背を向けた。「韓国人は家族を重んじる。おまえは血も涙もないな」

むかっ腹が立つ。立ち去るジニの背に、凜香は罵声(ばせい)を浴びせた。「ひいてんじゃねえよ、ゴミが!」

線香花火はとっくに燃え尽きていた。それを放りだし、花火のパックに手を伸ばす。ロケット花火は音で苦情が来る。世間には通報する馬鹿も少なくない。二十連発の大筒なら景気がいい。沼畔に人がいたようだと目撃情報がでても、花火を打ち上げていれば、さして疑われない。

大筒を地面に立てた。導火線に火をつける。ほどなく小さな火柱が噴出し、夜空で弾(はじ)けた。ほぼ無音だった。本物の打ち上げ花火よりは見劣りがする。それでもいまは充分に思える。

ジニがパグェのメンバーたちに声を張った。「金網が重い。モーターボートにはなるべく華奢な奴が乗れ。ああ、おまえ、女みてぇに細いな。操縦できるか？　なら頼む」

静寂にモーターボートのエンジン音が響き渡った。坂東一家三人の命乞いの声が遠ざかる。それとともにエンジン音も小さくなる。やがて無音になった。

しばらくして、ドボンと水に投げこむ音がきこえてきた。かすかに一回、二回、三回。

なにをいわれても気にしないでね。初めて児童養護施設に預けられたとき、大人がそういったのをおぼえている。凜香はまだ六歳だった。小学校には一年生から通えることになった。大人たちは付け加えた。心配ない、学校にはすぐ慣れるし、みんなと友達になれる。

しきりに問題のなさを強調する、そんな大人たちの言動に、かえって不安を掻き立てられた。ランドセルを背負って登校し、施設の大人と別れた。すぐに洗礼がまっていた。なにをいわれるでもない。まず石が投げつけられた。

休み時間の投石は、ひとりの男子児童から始まった。すぐにほかの児童も同調した。通りかかった教師は、しばらくその状況を眺めてから、こら、そのひとことを発しただけだった。教師が立ち去ると、また石が飛んできた。男子児童らの笑い声が渦巻いた。

目に見える男子のいじめは、女子の精神的ないじめほど苦痛ではなかった。凛香の持ち物は頻繁に消えた。上履きも縦笛も筆記具もなくなった。

葬式ごっこなど日常茶飯事だった。凛香の顔写真がコピーされ、遺影のように額縁におさめられた。花瓶と一緒に凛香の机に置かれた。

担任教師は助けてくれなかった。むしろ立場の弱い女子児童は、男性教師にとって好都合、そんな考えにとらわれた変態ばかりだった。身体が発達した小三以降、居残りを命じられるたび、凛香は教師から手をだされた。校舎にひとりきりの放課後。最悪の思い出だ。泣き叫んでもどうにもならなかった。

友達がいなかったわけではない。中一になってから売春仲間の霞美と知りあった。霞美は働かない父と、まだ小三の弟と同居していた。生活費と弟の学費を稼ぐため、霞美は身体を売った。同じ縄張りの暴力団員の下で働く凛香は、ほどなく霞美と仲良くなった。

優莉という苗字をきいても、霞美は凛香を敬遠しなかった。ふたりで原宿にでかけた日は楽しかった。初めて子供らしい喜びを経験できた。ファンシーポケットのお洒落な雑貨をふたりで買いあさった。

　しばらくして霞美の姿を見なくなった。ラインも通じない。どうしたのだろうと訝しく思っていると、渋谷のラブホで少女の惨殺死体が見つかった、そんな報道があった。それが霞美だった。変態の手にかかった、運が悪かった、暴力団員からそうきかされた。

　初めてできた友達の死を知った。葬儀にでた凜香は、棺のなかに横たわる友達の死に顔を目にした。わんわんと泣きわめいた。心から涙を流したのは、たぶんあのときが最後だろう。

　田代ファミリーに引き取られて以降、凜香は十代前半にして大人並みの収入を得だした。身体を売ることも多かったが、食べるのには不自由しなくなった。このまま将来は半グレになるしかないんだろう、ぼんやりとそう思った。

　そんな矢先、凜香は原宿にサリンを撒けと命じられた。結衣を泣かせてやりたい一心で仕事に臨んだ。だが逆に叩きのめされた。おめおめと逃げ帰ると、田代槇人は凜香を権晟会に売り飛ばした。ヤクザに強姦されるばかりの、地獄のような日々がつづいたのち、さらに沖縄へと転売された。米兵くずれはヤクザより乱暴だった。大勢での輪姦を好むうえ、生理中の出血に興奮する異常性欲者が揃っていた。抵抗すれば顔を殴られる。全力で鞭打たれ、殴る蹴るの暴行を受け、首を絞められた。死にかけたことも何度となくあった。

夜空に開く花火を、いまこうして眺めていても、いっこうに涙は滲まない。自分に憐れみを持てるのは、まだ余裕がある証だろう。凜香はそう感じていた。本当に絶望の淵を経験すれば、もう悲しくはならない。生へのこだわりも捨て去れる。

またエンジン音が鳴りだした。モーターボートが徐々に陸へと接近してくる。ジニの声が呼びかけた。「凜香。撤収だ!」

ちょうど花火の二十連発も尽きたところだ。凜香は腰を浮かせた。黒スーツらが駆け寄ってきて、折り畳み椅子を片づける。花火の残骸も回収する。ちゃんとペットボトルで水をかけ、ゴミを袋にまとめる。パグェは案外まめな連中だった。

後始末はまかせておけばいい。ワンボックスカーの一台に、凜香は歩いていった。

ジニがスライドドアを開け放った。「施設まで送る」

凜香はジニにささやいた。「都内に戻って」

「なに? おまえの児童養護施設はこの近所だろ」

「いまは夏休みだって。帰ってもつまんない」

「東関道をここまできて、また引きかえそうってのか」

「どうせおまえらもそっち方面に戻るじゃん。わたしひとりぐらい乗っけてけよ。モッパンセットも食べきってないし」

「食欲があるのかよ」ジニはあきれた態度をしめした。「やっぱサラブレッドはちがうな」

凜香は無言で車内に乗りこんだ。シートに身をあずけ、窓の外へと目を向ける。

無人になったモーターボートが陸に引き揚げられた。ふつうのゴムボートに推進用モーターがついただけのしろものだ。それゆえ軽い。ほっそり痩せたパグェのメンバーが、ボートを逆さにし、頭から被るようにして運んでくる。たったひとりで持ち上げて運べる。ボートは別のワンボックスカーに積まれた。

ぼんやりともの思いにふけった。なにかの本に書いてあった。姉妹のよいところは、ほかの誰よりもわかりあえること。

そんなわけがあるか。凜香は虚しさのなかで一笑に付した。結衣とは本気で殺しあった。もう二度と会えない。わかりあえる機会なんかない。

7

未明の墨田区、錦糸公園の近くで、凜香はワンボックスカーから降ろされた。公園はひっそりと暗がりのなかにある。周辺にはさほど高くないビルが林立している。数えるほどしかない商業看板の大半は、とっくに消灯済みだった。光を放つのはコンビニぐらいだ。ファミリータイプのマンションも多い。公序良俗を乱す店舗などありはしない。

区画整理が行き届いている。タイル張りの歩道も幅がある。ただしこの時間、タクシーが車道を流すものの、歩道に往来する人の姿はない。小綺麗ながら味気ない都心の一角、ありがちな景色がひろがる。

地域の健全さが保たれているのは、公園の隣りに建つ、ひときわ立派なビルのおかげだろう。東京簡易裁判所、墨田庁舎。警視庁の墨田分室もこのビルにある。同じ敷地内に建つ五階建てのビルは、緊急事態庁墨田分室だった。まだ建って間もない。規模こそ裁判所ほどではないが、厳粛な雰囲気を醸しだす。

正面のエントランスは当然、閉鎖されている。凜香は裏手にまわった。裁判所との狭間を歩いていく。夜間通用口があった。

警備員が立っていた。だが中学校の制服を着た凛香を一瞥すると、警備員はあっさりわきにどいた。

凛香は金属製のドアを押し開けた。センサーライトのみが照らす、殺風景な通路の果てに、防火扉が閉じている。扉の向こうは墨田分室の受付だった。昼間、来訪者は受付前のエレベーターで、二階から四階の各部署に向かう。

いま凛香が足を踏みいれた通路には、別のエレベーターがある。凛香はそれに乗りこんだ。ボタンを押すと扉が閉じ、エレベーターが上昇しだした。五階直通だった。

静止後、ふたたび扉は開いた。

五階はコンドミニアムになっている。エレベーターの扉は玄関に面していた。左のドアはバスルーム、右のドアはシューズインクローゼット。靴脱ぎ場はないが、すぐスリッパに履き替えるのが常だった。

リビングに入った。床は大理石が敷き詰めてある。面積は広いものの、ルンバのおかげで掃除はさほど大変ではない。

カーペットの敷かれた一角にソファが据えられている。少し離れてダイニングテーブル。窓はすべてラブホテルのごとく、木製の内扉が塞いでいる。外に面したガラスには、反射率の高いミラーフィルムが貼ってあるため、窓全体がマジックミラーになっていた。昼間は室内を消灯したうえで、内扉を開ければ、外から気づかれることなく市街地を見下ろせる。

ふたつのベッドルームにつながるドアのあいだ、アイランドキッチンに母親が立っていた。

二十九歳の市村凜は、花柄のワンピースにエプロンを身につけ、フライパンで炒めものをしていた。凜香と同様、ショートボブにした髪は、調理作業の邪魔にならないらしい。

凜香は歩み寄った。「こんな朝っぱらから料理かよ」

母の凜は表情を変えなかった。「鶏を捌いてくれる？」

まな板に丸鶏が横たえてあった。一羽まるごとの鶏肉だった。凜香はエプロンを着けながらいった。「新鮮じゃん」

「きょう三浦半島にドライブしてきてね。農家でいらない鶏をもらってきた」

盗んできたという意味だった。凜香は驚かなかった。「いらないって判断した理由は？」

「その鶏だけ攻撃性が強くてね。ほかの鶏をつついて怪我させてた」

「あー。鶏の出血はまずいよね」

「そう」凜がうなずいた。「赤い血を見るとみんなでつつこうとする。たちまち養鶏網のなかが修羅場になる。ぶっ殺して正解」

わざわざ農家が不要に思う鶏を選んで盗んだのは、べつに配慮したからではない。通報を防ぐためだ。緊急事態庁の根まわしにより、警察の捜査はいかようにも制御できるが、駐在所の動きまで封じるとなると手間だった。農家も帰ってきてほしくない鶏について、盗難届はださないだろう。

凜香はきいた。「鶏は自分で絞めた？」

「ちゃんと斧で首を刎ねて、足を縛って吊して、血を抜いた」

「首がなくなってからもバタバタしたんじゃね？」

「よく知ってるね」

「中一のころ施設から逃げて、食い物がなくてさ。田舎に潜んでたら養鶏場があって。自分で捌いて、調理して食った」

「ならわかってるでしょ。八十度ぐらいの湯に、血を抜いた鶏を突っこむ。関節が硬くなったら、ロープを引き揚げて全身の羽根をむしりとる」

「あんときはガスバーナーで炙ったら、それらしくなったけど、やり方あってた？」

「あってる」母が答えた。

「これまだ内臓ついてるよね？」

「見たとおりよ」

内臓つきの丸鶏。捌くには本来、食鳥処理衛生管理者の資格が必要になる。むろんそんなことは気にかけない。おおまかなやり方は幼少期、父の仲間たちがやるのを見ておぼえた。

凜香は包丁を手にとり、鶏の足首に振り下ろした。膝のように見えるが、じつは踵の関節を切断する。腹に縦に切れ目をいれる。両手で鶏の両脚を持ち、力ずくで左右にひろげる。尻から骨に沿って、もも肉を切りとる。

母がいった。「凜香」

「なに？」

「三人、どこに遺棄してきた？」

「印旛沼」

「ああ……」

「まずかった？」

「いえ。でもあのへんって、市街化調整区域の土地が格安で売ってるでしょ。近くに住む老夫婦にカネをやって、そいつらの名義で五坪ていど買わせりゃよかった」

「重機を使わなきゃいけないじゃん。浅く埋めたんじゃ家庭菜園の最中に掘り起こされる」

「ガサ状がなきゃ私有地は調べられない。老夫婦が畑を営んでいれば、なおさら手をだしにくい。重機をかっぱらって、深く掘るだけの価値はある」

いらっとくる物言いだった。しかし母親の意見にも一理ある。知識は盗んでおくにかぎる。

ささみや胸肉、手羽先を獲得したのち、内臓を切り離す。包丁を水平にいれてから、竜骨の根元をつかみ、胸側と背骨側の骨を引き剥がした。背骨にくっついている心臓と肝臓、砂肝を切りとる。内臓の配置はなんとなく人間と共通している。砂肝は包丁でふたつに割る。なかは小石がびっしり詰まっていた。歯のない鶏は餌を砕くため小石を飲みこむ。それらを取り除き、きれいに洗う。小腸はゴミ袋に放りこむ。

まな板の上は血だらけになったが、洗えば済むことだ。内臓を剥がしたあとの骨を、母親に引き渡す。凛がそれらを鍋にいれた。鶏ガラスープができあがっていく。

内臓にしろ血液にしろ、母娘ともに抵抗を感じない。人間だろうが動物だろうが平気で切り刻める。女がバラバラ殺人を起こしがちなのを、世間の男どもは驚異の目で見るが、なにもわかっていない。死体は重い。女の手では運びにくい。包丁の扱いにも慣れているから、死体を分解するのは理にかなっている。

母と出会ってから、ぶっきらぼうな言葉の応酬がつづくうち、一緒にいるのも苦でなくなった。むしろこういう時間を求めている、そんな気もしてくる。母娘の会話。世間並みの生き方といえる。それも自分なりの価値観を変えなくていい。母も同じように異常者だからだ。

かつて市村凜を猛烈に毛嫌いした。最低な女がいて、しかもそれが自分の母親、そんな事実に慄然(りつぜん)とした。血のつながりに心底怒りをおぼえた。だがそういう感情も薄らぎつつある。徐々に反発する理由も見あたらなくなってきた。人殺しはふたりの共通項だ。世間に馴染(なじ)めない辛(つら)さも、自分を変えたくない我儘(わがまま)さも、母と娘で変わらない。

凜が炒めた野菜を皿に移した。「きょうドライブから帰ったら、篤志(あつし)と弘子(ひろこ)が遊びにきてた」

「へえ」凜香は手を休めなかった。「あいつらも暇だね」

「弘子は夏休みだし」

「泊まっていかなかったの?」

「怪しまれたくないんじゃない？　緊急事態庁は架禱斗が意のままにできるけど、警察組織にはまだまだ昔気質(むかしかたぎ)の奴らがいるし」

緊急事態庁の分室は関東だけでも十七箇所。それらに新生半グレ同盟のメンバーらが隠れ住んでいる。気づいていない職員も多いが、緊急事態庁の幹部クラスは、架禱斗の息がかかった連中ばかりだった。分室長はむろん半グレ同盟の居住を知っている。警察には悟られない。まさか市村凜が東京簡易裁判所の敷地内に住んでいるとは、誰も想像できないだろう。

半グレ天国。架禱斗のおかげでそんな日本になった。凜香はつぶやいた。「これで結衣姉が帰ってきてくれたら……」

市村凜が手をとめた。肉斬り包丁を手にとると、ふいに血走った目を凜香に向けた。凜は叫び声とともに突進してきた。

世間の母娘でいうと、これは小言か、せいぜいビンタのレベルにあたる。凜はいちおう本気で殺しにかかってきているものの、娘がそれで死ぬとは思っていない。母の怒りの発作はいつものことだ。

凜香は手もとの包丁を逆手に持ち、水平にかまえた。互いの刃(やいば)がぶつかりあう。凜の肉斬り包丁が振り下ろされるのを、凜香の包丁がインターセプトした。つばぜり合いのなか、凜が歯ぎしりしながら吐き捨てた。「結衣はもういいでしょ！」

「なんでよ」凜香は母を睨みつけた。「ひとりだけ葉瀬中襲撃の犯人に仕立てあげられて、かわいそうじゃん」

「どうせもうホンジュラスで死んでる。結衣はひとりで罪をかぶって、わたしたちを助けてくれた。その結衣の恩義にこそ報いるべきでしょ」

勝手ないいぐさだ。一瞬、涙ぐむ自分に気づいた。感情を悟られたくない。凜香は包丁を大きく振り、肉斬り包丁を弾き飛ばした。同時に凜香の包丁も手から離れ、回転しながら宙を舞った。二本の包丁が金属音とともに、大理石の床に転がった。

母は痛そうに手を揉んでいたが、そのうち仏頂面のままいった。「もも肉の骨、とったほうが食べやすい」

「やっといた」凜香は応じた。「膝の軟骨も剝がした」

「なら包丁をすぐ拾って洗う必要もないのね」

「あとはハツとレバーを洗うだけ」

ふたりともキッチンに向き直った。母と娘の感情のぶつかりあい。よくある日常だと凜香は思った。

「でもさ」凜香は蛇口から水をだし、鶏肉を洗い始めた。「わたしたち、日本国内では安泰だけど、外国が文句いってこない？　腐敗政治に難癖つけてくるとか」

「ないない」凛がテレビのリモコンを手にとり、ボタンを押した。「中三の理解度ってそんなもんね。はい、社会勉強」

　壁のテレビに映しだされたのは、衛星放送の海外チャンネル、CNNだった。チャンネルがBBCに切り替わる。次いでユーロニュース、台湾の民視新聞台、中国のCCTV－新聞。いずれもインドかバングラデシュあたりの映像だった。病院が混乱している。診察をまつ患者の列や、満床の入院ベッドにカメラが向けられる。

　凛香はうんざりした。「またなんかのウイルス？」

「そう。今度は空気感染しうるオメガウイルス。致死率七十三パーセント。インド北部から発生」

「シビックがばらまいたんじゃなくて？」

「さあ。架禱斗のやることは、わたしたち庶民にはスケールがちがいすぎて。でもなんにせよ世界はこのニュースで持ちきり」

「ああ」凛香は投げやりに相槌を打った。「そう」

「もともと外国では、日本のできごとなんてほとんど報じられない。わざわざ極東の島国に関心を持たない。報道があったとしても、中国のついで」

「原油自給で経済大国になったんじゃなかった？」

「まだ日が浅いし、どの国も積極的に報じたがらない。自分たちの国の石油会社が、株価を下げるのを懸念してる。他国の幸せを喧伝したがる国はないってこと」

「ホンジュラスの事件は報じられてるでしょ？」

「葉瀬中事件もね。日本以上に」

「日本以上？」凜香はきいた。

「もうこの国じゃ悪いニュースがあっても一過性。優莉結衣の影に怯えればこそ、みんな警察力に期待する。緊急事態庁への支持も強まる」

景気が目に見えてよくなったのはたしかだ。馬鹿みたいなバラエティー番組が増えた。成金が豪邸やブランド品を披露してばかりいる。世のなかがバブルに戻りつつある、その証しかもしれない。父がいっていた。かつてバブル期には、凶悪犯罪の未解決事件が多かったと。

半グレにとって都合がいい、いまはそんな世のなかかもしれない。架禱斗が意図的にそうしたのだから当然か。貧乏でぎすぎすした社会では、犯罪者も肩身が狭い。経済が活性化して、国力がつけば、誰もが浮かれ騒ぎだす。警戒心もそれだけ低下する。

母がいった。「冷蔵庫からワインとってよ」

「飲むの？」

「あんたも飲むでしょ。いちおうお祝いだし」凛は皿をダイニングテーブルに運びながらいった。「ライン読んだけどさ。紗崎玲奈は神奈川県秦野市？」

「そう」

「お母さんも一緒に行きたい」凛が笑顔になった。「鶴巻温泉があるとこでしょ。いちど旅館に泊まりたかった。でもあんたにまかせる」

無邪気さが腹立たしく思える一方で、母娘の旅行も悪くない、そうも感じる。相反するふたつの心情が、いつも胸のうちでぶつかりあう。

本当のところ、この母親をどう思っているのだろう。結衣がいれば、状況はなにもかも異なる気がする。だがどんなふうにちがっているかは想像がつかない。煩わしい。なんのために生きている。いつ死んでも悔いがない、そんな自分ではなかったのか。

8

捜査一課の長谷部憲保警部補は、不愉快な面接に臨まねばならなかった。

取調室然とした殺風景な室内も、被疑者として扱われているようで忌々しい。テーブルを挟んだ向かいに三人が座る。真んなかは人事一課の監察係長、池畑だった。五十前後で禿げた頭に、猜疑心に満ちた目つき。右隣りは部下の三十代後半、秋崎。池畑の忠実なイエスマンでしかない。

もうひとりは部外者になる。黒髪を後ろに流し固め、口髭をたくわえている。横須賀の友愛育成園で会った。緊急事態庁の羽貝だった。

秋崎が切りだした。「坂東係長の一家三人が行方不明になった件ですが……」

長谷部は居住まいを正した。「荒川署に捜査本部を設置したところです。今後の捜査については……」

「いや」池畑係長が片手をあげ制した。「たずねたいのはそこじゃない。きみは坂東係長とともに動くことが多かったな」

「はい。よく捜査担当者に任命されましたので」

「坂東係長の借金についてきいたことは？」

思わず耳を疑う。長谷部はたずねかえした。「なんですって？」

「消費者金融だけでなく、闇金も含め一億円以上もの負債がある」

「まさか。ありえませんよ」

「なぜだ」

「隠れて副業をするような者なら別ですが、坂東係長にそんな気配は……」

「取り立ての連絡らしきものはなかったか？　捜査の経費に不明瞭な支出は？」

「まってください！」長谷部は苛立ちを募らせた。「坂東係長の自宅には、大量のガソリンが撒かれてました。大勢の人間が靴で踏みいった痕跡もあります」

「それが反社の取り立てではないのかときいてる」

「私が知るはずないでしょう」

　緊急事態庁の羽貝が冷淡な目を向けてきた。「気になることがあってね。横須賀で坂東係長がおっしゃるのを小耳に挟んだ。報告したきゃしろ。いまの日本はまるで社会主義国……」

「言葉の綾です」長谷部はきっぱりといった。「深い意味はありません」

「公安の笹塚君にも同じ質問をした。彼はもう少しすなおに答えてくれた。坂東係長は緊急事態庁発足後の捜査体制に、多少の疑問を抱いていたようだと」

「それは誰でも同じです」

「そうか？　警視以上の全員に、現状について問いただしたら、どんな答えがかえってくるだろうな」

　露骨な圧力だ。警察組織内ではめずらしくもない。ただしほかの省庁の人間が、捜査一課の刑事にこんな態度をしめすのは、あきらかに越権行為だった。

長谷部は憤慨とともに問いただした。「個人的な意見を述べる自由もないんでしょうか？」

「あるとも」羽貝が見つめてきた。「ぜひきかせてもらいたい」

「昇給が顕著な現在、体制批判を強くする国家公務員はごく少数です」

「犯罪検挙率も上昇している。警察が力を発揮できている、その正当な報酬だろう」

「貧困層による犯罪はむしろ増加傾向にあります。窃盗や自販機荒らし、暴行、恐喝などです。凶悪犯罪についても、葉瀬中を襲撃した優莉結衣の行方はつかめていません。優莉匡太半グレ同盟の再結成の動きも顕著とみられますが、拠点はいっさい不明です。坂東係長の一家三人は、なんらかの犯罪に巻きこまれた可能性が……」

「市村凜の行方もわからずじまいだな？」羽貝が口をはさんだ。「坂東係長の指揮のもと、二代目野放図の実態もろくに解明できずに終わった。窪塚悠馬警部補が殉職したというのに、少々ありえない体たらくでは？」

「部外者のあなたにはわかりません。私たちは全力で捜査に臨みました」

羽貝は手もとの書類を眺めた。「市村凜を意識不明状態で保護したと報告しておきながら、じつはまったく別人の韓国人女性……。こんなことが起こりうるのかね。坂東係長が意図的になんらかの工作を働いた可能性は？」

　かちんとくる物言いだった。長谷部は反論した。「緊急事態庁の関与こそ、意図的な工作ではないのですか」

　池畑が咎めてきた。「長谷部」

「いや」羽貝は平然としていた。「意見をきこう」

　長谷部は羽貝を見つめた。「なんの兆候もなく、状況が二転三転する事例が、あまりにも多すぎます。優莉結衣は犯罪者なのか、そうではないのか、どっちなんですか。優莉架禱斗もホンジュラスにいたはずなのに、やはりいないことになってる」

「それはきみら警察がだした結論だろう」

「いいえ。外事課は外務省からの情報に頼っており、その外務省は緊急事態庁の方針に従ってる。われわれ捜査一課は、陸上自衛隊の精鋭とされた隊員らが、家族と音信不通である事実をつかみました。彼らはおそらく特殊作戦群に属し、ホンジュラスに派遣されたのではないかと」

「そんな事実はないと政府が否定してる」

「だから変なんです。坂東係長もそこを疑問視していました。警察庁と緊急事態庁が協力関係にあるわりには、国内で半グレ同盟が規模を拡大しているのも奇妙です」

「それできみの考えは？」

「いささか突飛に思われるかもしれませんが、政府もしくは緊急事態庁が、反社勢力と結びついているのではないですか。国家権力が匿えばこそ、半グレ同盟の拠点がわからないんです」

羽貝がしらけ顔を池畑に向けた。池畑と秋崎は、我関せずといいたげに、あわてて視線を逸らした。

「長谷部君」羽貝が問いかけてきた。「どこからそんな妄想が生じた？」

「妄想ではなく推測です」

「つまり憶測か」

「いえ。推測は捜査の初歩です。捜査員として培った勘がそう告げているんです」

「裏付けはなにもないんだろ？」

「思いかえせば妨害だらけでした。なんらかの裏付けをとろうとすれば、きまって上からの命令で阻止されるんです。緊急事態庁からの通達による場合がほとんどでした。捜査がすんなりいったときには、予定調和のにおいしかしません。国があらかじめ結果をさだめてるように思えます」

池畑が表情を険しくした。「長谷部。根拠のない体制批判は、警察官に求められる資質に反するぞ」

　長谷部は譲らなかった。「豊かになったおかげで、国民が政府を盲信してる。そんな状況下で、国家警察が独善的な権力を振るうのは、きわめて危険ではないですか？民主主義は見せかけだけで、全体主義そのものですよ」

「もういい、黙れ！」池畑は一喝した。

　室内に沈黙が降りてきた。だが胸のむかつきはおさまらなかった。

　組織に身を捧(ささ)げ、命令に従順であれ。警察官になったときにそう教わった。それが公務員の務めでもあるだろう。だが組織がまちがった方向に進んでいたらどうする。極端な話、国家が誤った命令を下そうとも、従う人間が誰もいなければ問題は起きない。突撃の号令がかかっても、兵士がひとりも動かずにいれば戦争にならない。

　しかし公務員は給料により生活を保障されている。職務だと自分を正当化し、疑うことを知らず、ただ組織の命令を忠実に実行する。そんな人間が多い。そのほうが楽だからだ。たとえ不審感をおぼえようとも、己れの無知ゆえかもしれないと思索を放棄し、個人的な収入の対価である労働のみを優先させる。大多数がそういう考えだから、流れはいっこうに変わらない。

　けれども胸のうちに生じた疑念は無視すべきではない。それが捜査員の心がけではなかったか。

羽貝が池畑に耳打ちした。池畑はうなずくと、咳払いとともにいった。「長谷部、ご苦労様。上から指示があると思う」

突き放されたような感覚に、にわかに焦燥が募る。長谷部は池畑にきいた。「どんな指示ですか」

「さあ。わからん。捜査一課長がきめることだろう。とにかくご苦労様」

席を立つよう急かされている。長谷部は腰を浮かせ、列席者らに一礼をした。

退室しようとしたとき、羽貝のつぶやきをきいた。「日本は戦後最大の国力を手にいれつつある。公務員が逆らう理由などないと思うがね」

やはり脅迫も同然のひとことだと感じる。長谷部はドアを開けたのち、室内を振りかえり、もういちどおじぎをした。「失礼します」

廊下にでたとき、坂東の言葉が脳裏をよぎった。簡単な話だ、政府のいうことは信用できん。

長谷部はひとり歩きだした。坂東係長の思想を踏襲すれば、まちうける運命も同じか。だからといって沈黙を守るのが正しいことなのか。この国はいちど過ちを経験しているのに。

9

七十三歳の宮村邦夫は、ほんの数か月前まで、戦後最悪の総理大臣といわれた。

東北出身の苦労人、二世議員ではなく無派閥で、市議会議員からの叩(たた)き上げ。矢幡政権下で官房長官を務め、令和(れいわ)なる新元号を発表。貧相な年寄りと評される外見。東京オリンピックの強行開催により、守銭奴そのものと印象づけられたらしい。

だがいまは批判の声もほとんどきこえてこない。円卓に集った閣僚らの表情も明るかった。会議が始まるまで談笑がつづく。大臣たちは気楽だ。誰も宮村のように、胃の痛みを感じてはいないだろう。

ざわめきが静寂に転じつつある。総理のスケジュールは忙しい。時間は無駄にできない。宮村はいった。「まずオメガウイルス関連ですが……」

黒縁眼鏡の奥に一重まぶたの五十五歳、緊急事態庁長官、糠盛俊雄(ぬかもりとしお)が真っ先に発言した。「国内製薬会社のワクチンが臨床実験を終え、先日承認されました。厚生労働省におかれましては、すみやかに全国民へのワクチン接種の段取りをつけていただきたいですが」

円卓が沈黙した。大臣らに先んじて緊急事態庁長官の提言。このところの閣僚会議では日常茶飯事になりつつある。当初は進行役が注意をうながしたこともあった。最近は誰も咎めたりはしない。みなうなずきながら、鳥津雄平厚生労働大臣に同意をうながす。

六十五歳の鳥津厚労相は、十歳も年下の糠盛を見下すことなく、ただ謙虚に会釈した。「オメガウイルスが日本に入ってこないうちに、さっそく手配したいと思います。以前の新型コロナウイルス時の経験もありますし、各自治体の理解も得やすいでしょう」

糠盛は雲英グループの元COOで、雲英製作所の副社長も兼務していた。不幸にして命を落とした雲英健太郎元CEOに次ぐ、ナンバーツーの役職にあった。糠盛にかぎらず、緊急事態庁には民間からの登用が多い。

実際に緊急事態庁の幹部クラスといえば、むろんシビックの息がかかった者ばかりだ。閣僚もみな承知している。シビックは日本政府への脅迫も同然に、強引に関わりを持ってきた。みな反発して当然だった。だがそんな状況は数週間で終わりを告げた。

不正行為が新興勢力により押しきられ、いつしか認めざるをえなくなる。それが現代社会だ。仮想通貨など、当初は悪い冗談にしか思えなかった。アマゾンやグーグルなど多国籍企業が、非課税のまま立ちまわる。ユーチューブには著作権無視の動画が氾濫するが、それもあるていどは許容範囲となってしまった。

シビックも同様だった。明確な悪から必要悪へと、日本政府による解釈が変わっていった。ＩＳやタリバン、アルカイダからこの国を守るため、裏で手を結ぶ必要があった。

しかしシビック側も、日本にメリットを提供してきた。彼らが要求したのは緊急事態庁の設立だ。組織自体がシビックの隠れ蓑も同然だったが、おかげでさまざまな国難を乗りきった。持ちつ持たれつの関係、そう割りきるべきかもしれない。これは善悪という単純な問題ではない。高度な政治判断だ。

緊急事態庁は経団連会長の同意をとりつけ、莫大な資金の調達に成功、優秀な地質学者を大勢雇用した。人工衛星による地質写真の撮影、海上での音響探査、人工地震探査、電気検層をもとに、最新の科学的知見とデータ分析により、日本の排他的経済水域内に大量の原油が埋まっていると判断した。

ありえないと誰もが難色をしめすなか、緊急事態庁は強引に計画を推し進めた。シビックが日本をイスラム系テロから守っている、その代償として、政府は計画を容認せざるをえなかった。

現在の内閣支持率と日経株価の高騰が、結果を表している。雲英石油の試掘井が、五箇所で原油を掘り当てた。原油自給は日本を再生させた。緊急事態庁を忌々しく思う者はいても、能力を疑問視する声は皆無だった。

堀野秀子法務大臣がいった。「東シナ海ガス田問題で、中国はわが国に譲歩し、国際司法裁判所に判断を委ねるといいだしています。尖閣諸島についても協議に応じるそうです。韓国も竹島問題に関し、同じようなスタンスをとっています」

原油自給を背景に、日本は諸外国に対し、強気にでられるようになった。これが世界の勢力図を一変させた。ＡＳＥＡＮ各国との連携強化、国際海洋安全保障への積極的な関与。かつての膠着状態を打開し、有利な条件で協議をおこなえる。ここまで国力を強めたことは、戦後かつてなかった。

閣僚会議は終わった。いつものように糠盛緊急事態庁長官は、誰よりも早く部屋をでていった。

緊急事態下のみ忙しく働く組織のはずが、日本の諸問題すべてを緊急事態とみなし、あらゆる方面に権限の触手を伸ばしている。当初は大臣や官僚らも難色をしめしていたが、いまでは政策を緊急事態庁に一任してしまっている。なにをやってもうまくいく、誰もがそんな気になり、緊張感が欠如しつつある。ただひとり不服そうな顔を浮かべるのは幾田茂雄警察庁長官だった。幾田はきょうも仏頂面で席を立った。

無理もない。閣僚らはシビックの首謀者が何者かを知っている。葉瀬中襲撃の犯人が優莉結衣でないことも承知済みだ。それでも国益のため、沈黙を守らねばならない。ただし警察による隠蔽は、いまに始まったことではない。今回、北朝鮮から帰国した拉致被害者のうちふたりは、これまで日本国内で死亡とされていた。二〇〇二年に警察が遺体を発見、DNA型も一致と遺族に報告したからだ。

じつは捏造だった。遺体は別人でしかない。二〇〇二年当時、すでに小泉内閣は北朝鮮政府との折衝により、拉致被害者の帰国を約束させていた。そんな折、また新たな被害者が認定されるのは、日朝関係に深刻な影響を与える。よって当時の警察庁長官の命により、事実は闇に葬られた。

いちど死亡とされた経緯について、今回の拉致被害者帰国にあたり、マスコミはなにも報じていない。緊急事態庁の報道規制によるものだ。

政治はこのように、国益という大義のもと、善にも悪にも揺れる。警察庁長官という役職にあれば、そんな事実も充分に理解できている。ほかの閣僚らも同様だった。むろん宮村総理も例外ではない。選挙のため国民にしめす仮面と素顔はちがう。国会開催時でない現在、会議は総理官邸の閣僚室で開かれた。宮村はいったん隣りの総理公邸に移動した。着替えてすぐ官邸に戻らねばならない。

日本庭園に囲まれた純和風の屋敷だった。宮村が縁側を歩いていくと、妻の鈴子がいった。「洋間にお客様が」

秘書だろう。午後からの諮問機関会議を前に、打ち合わせを急いでいるにちがいない。着替えはまだだったが、宮村はひとり洋間のドアを開けた。

明治時代の調度品が彩る、和洋折衷の古風な部屋。足を踏みいれるや、宮村は絶句し立ちすくんだ。

来客は二十四歳の青年だった。スーツ姿ではない。黒シャツに半袖サマージャケットを羽織っている。痩身に見えるのはシルエットだけで、厚い胸板が浮きあがっていた。長い前髪が片目にかかる。精悍な顔つきながら、わりと色白で、中性的な印象も漂う。それでも痩けた頬はハングリーさに満ちていた。

優莉匡太の若いころの写真にうりふたつ。優莉架禱斗は椅子に腰かけ、長い脚を組んでいた。ひとり静かに箱根寄木細工のからくり箱をいじる。

宮村はあわてていった。「ここに来てもらっては困る」

からくり箱が開いた。なかに入っていた伊勢神宮のお守りをつまみだす。架禱斗がささやいた。「オメガウイルスワクチンの手配と、国民への接種については、こちらで段取りをつける」

「さっき話しあった。厚労省にストックの確保と、接種のスケジュールを……」

「命じたと発表すればいい。実際には緊急事態庁がすべてを仕切る。いつものことだ」

　思いあがった態度が癪に障る。宮村は距離を詰めた。「葉瀬中学校のことは想定外だったぞ」

「なにがだ」

「智沙子が施設を抜けだし、凶行に及んだそうだな。きみの差し金じゃないのか」

「さあな。俺たちきょうだいは、三男を見殺しにされた。復讐の衝動は抑えられない」

「利己的な犯罪は許さん。まして未成年の命を複数奪うとは、どういうつもりだ」

　架禱斗が睨みつけた。獲物を狙う豹に似た鋭い眼光。宮村は思わず息を呑んだ。

　お守りがからくり箱のなかに放りこまれる。架禱斗は箱の蓋を閉じ、壁の飾り棚に戻した。「智沙子のアリバイは、捜査一課と公安の両方が確認した。ずっと施設からでてない。被疑者は結衣だ」

「いもしない被疑者を手配しろというのか」

「半グレ同盟という現実の脅威もあるだろ。あいつらがときどき暴れては、国民の不安を駆り立て、緊急事態庁への依存度を高めてる」

「マッチポンプは感心しない」

「馬鹿いえ。政府と反社の癒着はむかしからだろう。俺はそれをもっと洗練されたかたちにしてる。あんたは総理として振る舞い、戦後最高の支持率を満喫してればいい」

「たしかに反対意見がいっさい封じられるほどの支持率だが……」

「そうだろう。ネットでも現政権を批判する者はたちまち袋だたきだ。マスコミも政府に媚びてる。なにもかもあんたの手腕ってことになってる」

宮村は寒気にとらわれた。椅子に座った青年を前に、身じろぎひとつできない。

優莉架禱斗。中一のころ父が逮捕され、以後は海外を転々とした。IS、タリバン、アルカイダに加わった。諏訪野猛の名で国際指名手配されている。

十八歳でテロ請負業者としてサイトを立ちあげ、みずから要望に応えることで報酬を得た。資金を増やしてからは投資側にまわり、世界のテロ組織に資金提供すると同時に、テロの結果を考慮し株を売買した。これにより架禱斗は巨額の富を手中におさめた。事業はわずか三年で二千四百億ドルを集める、オンライン国際闇金融組織シビックとして結実した。田代ファミリーも柚木若菜元大臣も、シビックから金や物資の援助を受けていた。

二十四歳にして、世界の裏社会を牛耳る立場になったが、経緯を考えればさほど意外でもない。IT事業の創始者は若くして躍進する。オンラインサービスは社屋を必要とせず、拠点がどの国にも属さないため、税法による追及もない。

アメリカがアマゾンやグーグルに頭があがらないのと同じだ。日本もシビックと共存の道を選ばざるをえなかった。しかも合法企業ではないため、表沙汰にはできない。だが事実として、シビックなしに現在の繁栄はありえなかった。緊急事態庁を設立し、華々しい業績をあげなければ、いまごろは野党に政権を奪われていただろう。経済はいっそう低迷し、日本は三流国に成り下がっていたかもしれない。

宮村はおずおずといった。「ワクチンの件は緊急事態庁にまかせる。ただし石油事業のほうなんだが、そろそろ国内の大手各社に分割化してはどうかね」

「なんの意味がある？」

「現状は緊急事態庁の監督の下、雲英石油の独占事業になってる。原油自給はわが国の要だ。一企業にまかせていたのでは、経営が立ちゆかなくなったとき、国家の運営にも支障が……」

「完全民営化したら、それらの企業は政治家たちの天下り先になる。株の買い占めが進み、いずれは国営企業も同然となる。あんたは石油事業を緊急事態庁から切り離し、政府所管にしたいんだろう。そうはいかん」

図星だった。ことは原油自給にかぎらない。各省庁が経済振興策を展開中だが、重要な部分はすべて緊急事態庁に握られている。これを少しずつ改善していかねばならない。あまりにも緊急事態庁の権限が大きすぎる。

たとえば国家〝断捨離〟政策では、中古品をアンゴラやイラク、リビアに輸出している。けれども誰に売りこんだのか、まるであきらかでない。経済産業省が気づいたときには、すでに取引が成立し、外貨を獲得できるようになっていた。運搬船の手配も運用も、緊急事態庁の監督下にある。それらの契約はすべて、緊急事態庁を通じ締結されている。各省庁は契約の詳細を把握できていない。

宮村は苛立ちをおぼえた。「なにが狙いだ。日本という国をシビックの潜伏先にできれば満足なのか？　きみは死んだことになってる。裏で権力を強めても、世間には存在すら悟られない。そんなことが生き甲斐なのか？」

「おまえらは父をないがしろにした。国家を操るのは父の夢だった。それが実現しただけでも溜飲が下がる」

なら架禱斗はすなわち、昔話にでてくる洟垂れ小僧だ。宮村はそう思った。床の間に座らせておき、三度の飯もあたえる。存在の疎ましさだけは我慢し、ただ居候をつづけさせれば、今後も莫大な富が転がりこんでくる。

世界に冠たるパワーを有する国家の元首。その立場に不満はないと宮村は感じていた。むしろ日を追うごとに、総理の座を誰にも明け渡したくない、そんな欲求が強まってくる。

シビックと裏で手を結んだ国家。背徳と正義は紙一重だった。アメリカですら黒い組織の数々とつながっている。日本にかぎったことではない。大国化には英断も必要だ。

宮村は鼻を鳴らしてみせた。「変わってるな。当初は国家転覆が狙いかと思ったが」

「国家転覆？」架禱斗がきいた。

「オウム真理教は省庁制だった。法皇官房や科学技術省、法務省まで設けていた。国政選挙に大量の信者を出馬させ、民主的に権力を奪ったあかつきには、組織ごと政府にとって代わるつもりだった」

「ナチスも選挙で第一党になったからな」

「優莉匡太もそれを望んでいたはずだ。テロやクーデターで政権を倒し、自分や家族が国家に君臨すると……」

「親父は夢見がちな性格だった。そこは否定しない」架禱斗は立ちあがった。宮村が見上げんばかりの長身がそこにある。ドアに立ち去りながら架禱斗がいった。「オウムの科学技術省は先駆者だった。父の半グレ集団D5にも技術が継承された」

「国家転覆を企てたカルト教団なら、ほかにもあったが……」

ふいに架禱斗が振りかえった。瞬時に突風のごとく宮村の眼前に迫り、胸倉をつかみあげてきた。架禱斗は身体を横回転させつつ、宮村を突き飛ばした。

背筋から腰にかけ激痛が走った。宮村は椅子に叩きつけられた。手足を投げだし、だらしなく腰かけた姿勢のまま、恐怖とともに架禱斗を見上げた。

架禱斗の射るような目が睨みつけた。「いうな」

宮村はのけぞった。自分になにか失言があっただろうか。肉食獣と向きあっているのと同じだ。架禱斗がその気になれば、いつでも宮村の命を奪いとれる。

だが架禱斗はそれ以上凄まなかった。美形の顔に虚ろなまなざしが沈む。架禱斗は背を向け、足ばやに歩きだした。ドアを開けたとき、宮村の妻、鈴子と鉢合わせした。鈴子は茶を運んできたところだった。鈴子が驚きの顔で架禱斗を見つめる。架禱斗は一瞥(いちべつ)もくれず、無言のまま立ち去った。

10

晴れた日の午後、凜香は鶴巻温泉駅の改札をでた。

あまり観光地らしくない、そんな駅前だった。上下一車線の幹線道路沿いには、さほど高くないマンションが建つ。一階の店舗は不動産屋か、せいぜい雑貨店ぐらいしかない。戸建ての民家も多かった。建物が密集しているのは、駅前だけだとわかる。遠方は山に囲まれていた。開けた場所の向こうにも田畑がひろがる。

夏休み中だというのに、あまり人出はない。そういう地域なのだろう。中学校の制服で歩く凜香も、特に目を引く存在にはなりえない。

このところ緊張感がない。警察に捕まる心配がないからだ。もし補導され、優莉凜香だとばれたとしても、深く追及はされない。警官が県警本部に問い合わせようとも、問題なしと返答がくるからだ。架禱斗が緊急事態庁を仕切り、全国の警察組織を抑えこんで以降、すっかり張りあいがなくなった。せいぜい無断外泊を咎(とが)められ、施設に連絡されるていどに留(とど)まる。

母親は近くの旅館、陣屋でまっている。さっさと仕事を済ませればいい。紗崎玲奈は偽名で暮らしている。駅から徒歩五分の介護老人福祉施設が職場だった。

二十五歳の紗崎玲奈は、二十一歳のとき、都内の調査会社スマ・リサーチに勤務していた。対探偵課に所属し、他社の不正な探偵の事業を暴く〝探偵の探偵〟になった。活動の実態は半グレそのものだったらしい。市村凜はもぐりの探偵を趣味としていたが、玲奈に見つかり、胸部を刺された。架禱斗のおかげで一命をとりとめたものの、母の身体には大きな傷痕が残っている。

市村凜とタメ張る異常な女。これは殺しがいがある。娘として復讐しないわけにいかない。玲奈を殺せば、おそらく自分が母親を好きか嫌いか、自然にはっきりする。母がどんな反応をしめすかも知りたい。喜びをあらわにし、娘への愛情を強くするだろうか。そのとき凜香自身はどう感じるのか。思いは結果まかせだった。玲奈は凜香の将来のための人身御供となる。

制服の夏用セーターの下に、刃渡り二十センチのサバイバルナイフをしのばせている。介護老人福祉施設に乗りこんでいき、玲奈をめった刺しにするのもいい。あいつが世話をしているジジババたちを、恐怖のどん底に叩きこみながら、血の海のなかで絶命させてやる。ひさしぶりに昂揚した気分になる。

だがまずはセオリーどおり、玲奈の住居に向かうべきだった。住所は坂東を殺す前にききだした。玲奈がどれぐらい危険な存在か、暮らしぶりを見ればあきらかになる。

小田急線の線路沿いに歩く。低層住宅地域、商業施設は見あたらない。玲奈の住むアパートがあった。真新しく小綺麗な木造二階建て。外階段を上る。203号室が紗崎玲奈の部屋だった。

ヘアピンの先を曲げ、玄関のドアの鍵に挿しこむ。探偵業を経験した女だけに、防犯には注意を払っているかと思いきや、ディンプルキーですらない。あっさりと鍵が開いた。

警戒心が募る。なんらかの罠ではないのか。そろそろとドアを開けてみる。それらしき仕掛けはなかった。

拍子抜けしながらドアを入る。靴を脱いでフローリングにあがった。

2DKの間取りだった。室内はきちんと整頓されている。掃除も行き届いていた。机や本棚に埃は積もっていない。クローゼットを開けた。メローTシャツに、柄もののシアーシャツ、ナローシルエットのワンピース。

机に目を向ける。花瓶には白いユリの花が挿してあった。傍らのフォトスタンドには、いろ褪せた写真がおさめられている。

玲奈の写真ではなかった。目もとは似通っているが別人だ。制服姿の女子中学生。年齢は凜香と同じぐらいか。あどけない顔で微笑しながら、小さな白クマのぬいぐるみを頰に寄せる。

妹だろう。玲奈には死んだ妹がいた。名は咲良(さくら)。享年十五。やはり現在の凜香と同じ歳。

アルバムがあった。それを開いてみる。今度は玲奈の写真が貼ってあった。ただし高校生のころらしい。制服を着ていた。

黒髪はストレートで長く、小顔にやや吊(つ)りあがった大きな瞳(ひとみ)と、すっきり通った鼻すじがある。肌は透き通るほどに瑞々(みずみず)しい。ほぼノーメイクだが、思わず見いるほどの美少女だった。

情報は凜香の頭に入っていた。玲奈の実家は静岡県にあった。浜松北(はままつきた)高校普通科、偏差値七十の進学校に通っていた。新体操で国体出場経験がある。

一緒に写っているのは妹の咲良。背景は渋谷や原宿、どこかの旅行先など。姉妹で仲よく身を寄せあっている。ふたりで無邪気にはしゃぐ写真も多かった。

ＵＳＪで玲奈がコインを投げるゲームに興じている。次の写真では咲良が満面の笑みとともに、サンタの帽子をかぶったスヌーピーを抱き締めていた。クリスマス期間限定のゲームの景品だった。玲奈が咲良のために獲得したらしい。咲良の嬉しそうに細めた目が、心からありがとうとうったえている。弾む声がきこえてくるかのようだった。

凜香は机のわきの姿見に視線を移した。自然にそうしていた。写真のなかの咲良と、同い年の女子中学生。見慣れた顔がじっと見かえす。

なぜかアルバムに向き直れない。鏡に映った凜香自身を眺めつづける。姉妹。仲のいい、幸せそうな姉妹。混濁した感情に、なんらかの思考がこみあげてくる。それを拒絶した。頭を振り、ただちにアルバムを閉じた。

嫌でもユリの花が目に入る。まだ新しかった。毎日のように取り替えているのかもしれない。いまでも妹の死を悼んでいるのだろう。

葬儀に心を動かされたことはない。父が死刑になった、そうきかされたときは、ざまあみろと思っただけだ。田代ファミリーに加わったのち、仲間が死ぬたび、遺族の迷惑を顧みず葬式に乱入した。暴れまわって祭壇をぶち壊すのが常だった。半グレとしての人生を歩まざるをえなくなった、その理由は家族にある。死んだときだけ痛ましい顔をしても、そんなものは偽善にすぎない。だから仲間として見過ごせない。世の非常識が、半グレにとっては常識だった。

死んだらどうせ、消えてなくなるだけだ。花を手向けたって意味はない。遺影を飾ってなんになる。

苛立ちが募った。しだいに憤りに変わっていく。もう耐えられない。凛香は叫び声を発し、花瓶を叩き落とした。床で花瓶は割れた。ユリの花が水たまりのなかに横たわった。

ただちに身を翻す。靴を履くや外に駆けだした。凛香は外階段を下り、アパートをあとにした。

ひとけのない田舎の住宅地、その狭い路地を歩いた。写真のなかの玲奈と咲良、姉妹の笑顔が目の前をちらつく。静止画を見ただけなのに、いまふたりは動いている。楽しげに笑いあい、ふざけあい、心を通わせあっていた。咲良は悲しいときや辛いとき、姉に相談したにちがいない。玲奈は妹の声に耳を傾けただろう。ふたりはいつも一緒だった。

だしぬけにクラクションが鳴り響いた。凛香は路地の真んなかを歩いている。振りかえると、ヤンキー仕様にドレスアップしたセダンが、すぐ後ろを徐行していた。ドライバーはデブ顔に細い眼鏡をかけた、金髪の二十代の男だった。黒Tシャツには白い竜のプリントがあった。

「どけ！」デブ男はさらにクラクションを鳴らしつづけた。「邪魔だってんだよ糞ガキ！」

助手席には茶いろい巻き髪の、ケバいメイクの女がいた。げらげらと笑っている。バカップルとしては釣り合っている。都内ではまず遭遇しない。

もういちどクラクションが甲高く鳴ったとき、凜香はぶち切れた。「うるせえぞ、秦野の田舎モンが！」

凜香はボンネットの上に飛び乗ると、勢いよく滑りこみ、片足でフロントグラスを蹴った。靴の裏全体で蹴っても、衝撃は分散されるだけだ。踵のみを力いっぱい叩きつけた。ガラスには無数の亀裂が走った。それを粉砕しつつ、凜香は男の顔面に繰りかえしキックを浴びせた。鼻血が派手に撒き散らされる。助手席の女が恐怖の悲鳴をあげた。

クルマはクリープ現象でじりじりと前進していく。凜香はドライブレコーダーをつかみ、力ずくで引きちぎった。配線はつながったままだ。すかさずサバイバルナイフを引き抜き、コード類を切断する。

ボンネット上で横へと転がり、凜香はクルマから飛び下りた。直後クルマのフロントバンパーが電柱に衝突した。運転席と助手席のエアバッグが開いた。女の悲鳴がくぐもってきこえた。

電柱には防犯用看板が取り付けてあった。描かれた警官の絵と目が合う。凜香はつぶやいた。「むしゃくしゃしてやった」

足ばやに立ち去る。辺りに人の視線はない。ドライブレコーダーからSDカードをとりだし、ふたつに折った。それらを道端に捨てる。

仮に捕まったとしても、緊急事態庁が揉み消してくれる。ただし手続きには数日かかる。所轄署にも記録が残ってしまう。わけを知らない一般の警察官どもには、できるだけ関わりたくない。だからセオリーどおり証拠隠滅をおこなう。印旛沼と同じだった。

ひどく落ち着かない。凜香は自分の荒れた息遣いをきいた。なぜこんなに汗が滲むのだろう。夏場だからか。理由はおそらくそれだけではない。

11

凜香は介護老人福祉施設ラポールの看板に近づいた。

玲奈のアパートからは、線路を挟んだ反対側、閑静な住宅街にある平屋建てだった。

なかに入ろうとしても、受付で誰に会いに来たか尋ねられてしまう。幸い夏場だけに、ほとんどの窓が開け放たれていた。凜香は建物の裏手の駐車場にまわった。遠目に室内をのぞく。

多くの高齢者がいる。それぞれ椅子に座り、食事をとったり、テレビを観たりしていた。介護士も複数いて、入れ替わり立ち替わり、高齢者に付き添っている。どうやら夕食の時間のようだ。

小柄な老婦が車椅子で背を丸める。その車椅子を押すのは、介護ウェアを着た痩身の女だった。

凜香は息を呑んだ。二十代半ばになっても端整な顔立ち。長い髪は後ろにまとめている。薄めのメイクもむかしの写真と大差ない。

ちがうのは表情だった。柔和な笑みが浮かんでいる。少し吊りあがった目にも、半グレのような鋭さは見てとれない。温和なやさしさだけがある。妹の咲良にそっくりに思える。

玲奈は車椅子を固定した。テーブル上の食事の蓋を開ける。老婦になにか話しかけた。どれから食べたいかをたずねたらしい。老婦が返事をした。玲奈はスプーンを手にとり、息を吹きかけて冷ました。そっとスプーンを老婦の口に運ぶ。

凜香はその場にたたずみ、窓のなかを眺めていた。半ば放心状態だった。どんな感情なのか、自分でも判然としない。目に映るものに心を奪われている、それはたしかだった。

やがて凜香は、ふっと笑った。口もとが歪むほどではない。ため息だったかもしれない。なぜそんな反応をしめしたのかも不明だ。ただ安堵をおぼえた、そんな気はする。身内に再会したような感覚があった。殺意はどうだろう。まるで湧いてこない。

長いこと立ち尽くしていた。地面に落ちる影がずいぶん伸びた、そう気づいた。老婦はゆっくり食事をとっていたはずが、もう食べ終わってしまった。それだけの時間が過ぎていた。玲奈が老婦に声をかける。ふたたび車椅子を押し、通路へと去っていった。

ふいに市村凜の声がした。「凜香」

びくっとして振りかえった。鍔広の帽子にワンピース姿の母が、すぐ後ろに立っていた。

連れがいる。屈強そうな巨漢ふたりを従えていた。隆起した胸板のせいで、ポロシャツがはち切れんばかり、極太の二の腕を誇る。角張った顎は、チュオニアンのマグンに近かった。パグェではない。武装半グレのレベルとも思えない。

母は無表情にささやいた。「あの旅館ってパヤオの親戚が経営してるのね。トトロの色紙があった。茶室を改装した離れが最高」

「……終わったら行く」凜香は建物の窓に目を戻した。なかに玲奈の姿はもうない。

「ねえ凜香。さっきからずっと見てたけどさ。なに突っ立ってんの？　ミーアキャットかよ」

「いまは人が大勢いる」

「はぁ？　ジジババどもになにができるって？　むしろ阿鼻叫喚の地獄絵図を描けるでしょ。こんな絶好の舞台はほかにない」

胸のうちが冷えていく。とてもそういう気分にはなれなかった。凜香はいった。

「いいから。わたしのやり方でやる」

「ほんと？　まさかと思うけど、怖じ気づいたんじゃなくて？　それとも年寄りの命を奪うのは気が引けるとか？　二十四時間テレビかよ」

「黙ってて」

「凜香らしくもない」

むかっ腹が立った。凜香は思わず怒鳴った。「お母さんになにがわかるの！」

「おお、怖」凜は微笑した。「反抗期の娘には手を焼く」

「温泉に浸かってゆっくりしてなよ。ここはまかせてくれたはずでしょ」

「警察官が巡回してるから、気をつけてよ。さっきあんたがヤンキーカップルを怪我させたせいで」

「わかってる。サイレンならきこえてる」

「なんで殺さなかった？　バカップルが証言したら、あんた職質対象になるでしょ」

「いいから！　帰れよ」

凛がため息をついた。「じゃ陣屋でまってるけど、精鋭をふたり置いてくから」

「いらない。ひとりで充分」

「ほんとにそう？　あんた玲奈の部屋に入って、心をかき乱されたんじゃなくて？　妹の死に同情しちゃいないよね？」

やり場のない苛立ちのせいで頭に血が上る。白いユリの花が目の前をちらついた。

母は試そうとしている。玲奈のアパートを訪ねた凛香が、どんな心境に陥るか、母は予測済みだったようだ。ふたりの巨漢も、加勢というよりはお目付役だろう。凛香の退路を断ってきた。

娘を信用しない母親。腹立たしい存在だ。だがその母の勘は、あながち的外れでもない。

市村凜が指図してきた。「こいつらのクルマに乗って、玲奈の勤務明けをまちなよ。夕食の時間には、宿に帰ってよ？　ひとりじゃ寂しいし」

返事を求める素振りはなかった。母は踵をかえし立ち去った。スキップしている。天敵の玲奈が間近にいるというのに、こそこそ隠れたりもしない。

巨漢たちが駐車場に停めたバンに近づく。凜香はふたりにつづいた。自分に嫌気がさしてくる。なにをためらっているのだろう。

後部座席に乗りこんだ。凜香はシートを倒し、施設のようすをうかがった。陽が傾いてきた。そのうち赤みを帯びだした。

夏は日が長い。暗くなるまで時間がかかった。やがて黄昏どきを迎え、ようやく闇が辺りを覆った。

夜八時近い。いちおう観光地ではあっても、住宅街の真んなかだ。人通りは途絶えている。虫の音だけが響く。施設の窓明かりはまだ点いていた。

そのうち裏手のドアが開いた。チュニックに膝丈スカート、肩にハンドバッグをかけた女がでてきた。

モデルのように華奢な身体つき。一見して玲奈とわかる。警戒している素振りはない。玲奈は歩きだした。街路灯のほとんどない生活道路を、踏み切り方面へと向かう。

巨漢のふたりは運転席と助手席におさまっている。ひとりがいった。「尾けるぞ」

バンが動きだした。徐行しながら玲奈の背を追う。ヘッドライトは灯していない。

凜香は内心、玲奈が振りかえってくれるのを望んだ。神経が張り詰めていれば、かすかなエンジン音にも注意を喚起されるはずだ。なのに気づくようすもない。

すっかり牙を抜かれている。凜香は玲奈についてそう思った。半グレのような生き方は、もう過去にすぎないのだろう。市村凜の胸を刺し貫いた暴力女。とても信じられない。

玲奈は踏み切りを渡り、反対側の線路沿いを歩いた。アパートのある一帯までは、まだいくらか距離がある。いまは資材置き場と線路の狭間だった。襲うなら絶好の機会だろう。

バンも踏み切りを越えた。助手席の巨漢が振りかえった。「いま行くべきだろ」

「わかってる」凜香はささやいた。

「行かねえのか？　ここで殺らねえなんて……」

「だからわかってるってんだよ。もう少しまて」

「もう少しって、どれぐらいだ。おい、凜香。おまえ、わざと失敗する気か？　母親に背いてるのも同じじゃねえか」

凜香のなかで、ぶちっと切れるものがあった。「停めろよ」

バンが停車した。ドアを開け放つ。凜香は車外に降り立った。風が強く吹いた。生暖かい風だった。辺りで木々がざわめく。暗い路地の行く手に、玲奈の後ろ姿が見える。こちらを振りかえるようすはない。

行くしかない。あの女を殺せば、自分と母の真実が見えてくる。そのために殺す。いまはほかになにも考えられない。

サバイバルナイフを引き抜いた。しだいに歩を速める。巨漢ふたりが凜香に追いついた。バンは道の真んなかに停めっぱなしだ。それもセオリーどおりだった。殺ったらすぐに飛び乗り、この場をあとにする。

玲奈が歩いていく。後ろ姿がだんだん大きくなる。まだ気づかない。徐々に距離が詰まる。もう玲奈が逃げきることは不可能だろう。確実に仕留められる、その範囲内に捕捉した。動悸の音が内耳まで響く。ナイフの柄を握るてのひらに汗が滲む。

いきなり騒音をききつけた。わきの線路を小田急線が通過する。車窓から漏れる蛍光灯の明かりが、猛スピードで流れていく。視界が点滅して見えた。車内はがらがらで、乗客の姿はほとんどない。こちらに目を向けていたとしても、視認できるとは思えない。

電車を見送った。凜香は路地の行く手に視線を戻した。その瞬間、心臓が喉もとまで跳ねあがった。

女子高生が立っている。奇妙な制服だった。開襟シャツに真っ赤なスカーフを結び、スカート丈は膝下まである。古めかしいデザイン、まるで昭和だった。

すらりとした立ち姿は、忘れようとしても忘れられるものではない。長い黒髪が風になびく。玲奈以上の小顔、色白の肌。つぶらな瞳に秘めた眼力。

「ゆ」凜香は愕然としながらつぶやいた。「結衣姉……」

まちがいない。智沙子でないことはひと目でわかる。半袖からのぞく腕も、スカートの下の脚も、人工筋肉の鎧に覆われていない。なにより結衣の顔が、凜香に識別できないはずがない。わずかに痣や切り傷の痕が残っている。ホンジュラスで暴れたのだろう。怪我の位置はチュオニアンと変わっているが、いかにも無鉄砲な姉らしい。

風変わりな制服の胸もとに、ハングルの刺繍があった。いったいなにがあったのか、まるで想像がつかない。いつホンジュラスから帰ってきたのか。なぜここにいる。どんな意図がある。

巨漢のひとりがささやいた。「おい。玲奈が……」

結衣の向こう、路地の果てに、遠ざかる玲奈の背が小さく見えている。依然こちらに気づいていないようだ。このままではアパートに帰られてしまう。

ふたりの巨漢はひそひそと話し合った。「結衣は玲奈の仲間か？」

「いや。そんなわけがねえ。無関係に現れやがった」

「だがあきらかに立ちふさがってるぜ？　玲奈に手をだすなってか？　存在を悟られもするなって？」

「ああ。そんな態度だな」

「おい結衣！　おまえ優莉結衣だろ？　俺たちに指図すんな。邪魔だ、そこをどけ」

結衣は立ったまま動かない。玲奈の後ろ姿は、もう彼方（かなた）に遠ざかり、完全に見えなくなっていた。

ぞっとする寒気が凛香を襲った。結衣のまなざしから強い感情が読みとれる。このまま玲奈に平穏な日々を送らせろ、そううったえていた。結衣が玲奈と接触した気配はない。玲奈にはなんの義理もないはずだ。赤の他人でありながら、ただ凛香の襲撃を阻むつもりか。

巨漢のひとりが凄（すご）んだ。「てめえ。マワされねえとわから……」

凛香がいちど瞬（まばた）きするうちに、結衣は息がかかるほど距離を詰めてきた。衝撃が走った。とんでもない踏みこみの速さと深さだ。それも寸前まで、なんの兆候もしめさなかった。意表を突いた動作、猛烈なすばやさ。こちらの認知がまるで追いつかない。

右手に激痛をおぼえた。次の瞬間には、結衣の左手にサバイバルナイフが握られていた。信じられない。どうやって奪ったのか見当もつかない。凜香が戦慄したとき、結衣の姿が消えた。頭上で銀いろの刃が大きく水平に振られた。

左右から血飛沫が降りかかった。濁った呻き声がきこえる。結衣が高く跳躍していたことを、ようやく凜香は理解した。結衣の着地とともに、巨漢ふたりは喉もとをかきむしり、地面に膝をついた。だがどちらも傷が深かった。気管から頸動脈まで一刀両断にされていた。ふたりが天を仰ぐと、頭部が後方にもげそうになった。そのまま巨漢たちは仰向けに倒れ、血液を垂直方向に噴きあげた。

凜香は愕然とした。動きがまるでちがう。原宿や与野木農業高校での喧嘩とは根本的に異なる。しかも非情だ。無慈悲だ。手心をまるで加えようとしない。

結衣の顔には、依然としてなんの表情もなかった。身じろぎひとつしない。

そう思えたのも一瞬にすぎなかった。結衣の左腕が鞭のようにしなる。固めたこぶしが凜香の顎を突きあげた。

甲高い耳鳴りが反響する。身体が空中に舞うのがわかった。後方へと放物線を描き、かなりの距離を飛んだ。凜香はどうにもできず、両手をばたつかせながら落下した。

しかし路面に叩(たた)きつけられるより早く、着地点で結衣がまちかまえている、凜香は滞空中にそう気づいた。

ありえない。凜香は息を吞(の)んだ。さっきの場所からいつ移動したというのか。まさかふたりいるのか。智沙子か。ちがう。この顔はたしかに結衣だ。強いていえば、氷のように冷やかな目が、智沙子にうりふたつ……。

結衣のこぶしが下から凜香の腹を抉(えぐ)った。息が詰まった。嘔吐(おうと)の衝動をおぼえた。内臓が破裂するかのような威力。凜香は吐血した。

このままでは殺られる。凜香は必死に目を凝らした。結衣の動きをとらえようと躍起になった。振り下ろされる前腕を、手刀で外側に弾(はじ)くしかない。

ところが結衣の迅速さは異常だった。凜香が動くより早く、打撃が五、六発、ありえない方向から次々に見舞われた。凜香は集団リンチに遭うように、連打に身をのけぞらせ、膝から崩れ落ちた。

尻餅(しりもち)をついたとき、凜香は喋(しゃべ)れないのを自覚した。声は発せられるものの、まるで言葉にならない。口が開かなかった。頰が腫(は)れている。そういえば視野も狭まっていた。片目の瞼(まぶた)にたんこぶができている。

驚きと恐怖の感情に怒りが加わった。近くにサバイバルナイフが落ちている。凜香はそれを拾った。わめきながら結衣に襲いかかった。

真正面にとらえた結衣の姿が、突如として消失した。狭まった視野のぎりぎり外に飛び退いた、そう気づいたときは遅かった。手刀が凜香の手首をしたたかに打った。ナイフはまたも飛んでいった。結衣の膝蹴り（ひざげ）りが腹にめりこむ。凜香がうずくまりかけたとき、結衣の蹴りが矢継ぎ早に襲った。顔面と身体じゅうにキックを食らい、凜香の意識は遠のきだした。雷に打たれたように、全身の感覚が麻痺（まひ）している。防御がまるで追いつかない。結衣は速すぎる。まるでプロの軍人とやりあっているかのようだ。いや、もっと恐ろしい。結衣はたったいま、そういう手合いをふたりも瞬殺したではないか。

殴打と蹴りを何十発浴びたかわからない。意識が朦朧（もうろう）としだした。結衣の左腕が水平に振られ、凜香の喉もとを直撃した。凜香は後方に宙返りし、うつ伏せに路面に叩きつけられた。

轟音（ごうおん）が響き渡った。電車が通過していく。車窓の明かりに視界が点滅した。身体が動かない。神経のすべてが異常な熱を帯びている。筋肉は無反応だった。死にかけているのでは、そこまでの思いが脳裏をよぎった。

「ぬんどぅ」凜香は吐き捨てた。なんだよと怒鳴ったつもりだった。さらにわめいた。

なんのつもりだよ。だが声は明瞭にならない。「ぬんぬどぅるるる！」

たちまち目が潤みだした。視野がさかんに波打った。姉に激しい怒りを燃やしながら、罵声ひとつ浴びせられない。

思わずはっとした。結衣の靴が間近にある。そう気づいた直後、凛香の頭髪はわしづかみにされた。頭皮が剝がれるような激痛が襲う。凛香はわずかに視線をあげた。自分の意思ではない。結衣が持ちあげたからだ。

目の前にスマホが突きだされた。動画が映っている。映像は激しく揺れていた。どこかの草むらだった。隠し撮りらしい。被写体はふたり。制服姿の女子中学生と、パーカーを着た男とわかる。男は女子中学生を地面に押し倒した。

凛香は息を吞んだ。女子中学生の恐怖にひきつった横顔が見てとれる。咲良。玲奈の妹だ。

スマホには音声も記録されていた。咲良が悲鳴をあげている。「助けて！　やだ。やだよ。お姉ちゃん！」

パーカーの男は咲良に馬乗りになった。平手打ちを何度も浴びせる。制服の胸もとに手をかけ、力ずくで左右に開いた。咲良の胸もとがあらわになった。男はさらに咲良のスカートをまくり、下着を剝ぎとった。泣き叫ぶ咲良に、さらに殴打を食らわせる。ぐったりとした咲良の両太腿を開かせた。男は陰部を露出させた。

画面がしきりに揺れた。別の女の興奮したような声が、ひときわ大きく録音されていた。「ひ、ひ、ひ……」

凜香のなかに虫唾が走った。市村凜の声。若いころとわかるが、まぎれもなく母の声だった。

男は失神した咲良に性交を強行した。荒い息遣いを響かせる。さかんに腰を振りながら、咲良の首に両手をかける。前のめりに全身の体重をかけた。咲良の身体が激しく痙攣した。窒息するのはあきらかだった。

正視に耐えない。凜香が目を逸らしかけると、結衣の指が画面をタップした。

別の動画に切り替わった。今度はクラブのように賑わう空間だった。色彩豊かな照明が躍る。倉庫を改装した、もぐりの酒場らしい。床はコンクリート敷だが、ソファや椅子が並んでいる。一見して半グレとわかる連中がひしめきあっていた。

いや。この場所には見覚えがある。木更津港の埠頭にある倉庫の内部。半グレ同盟の再結成時に馬鹿騒ぎした隠れ家だ。

だが動画の半グレどもは、何年か前のファッションに身を包んでいる。古い映像らしい。半グレどもの足もとに、なぜか全裸の女が横たわっている。

凛香はまたも驚いた。女は玲奈だった。薬でも打たれたのか、ぐったりと脱力し、手足を投げだしている。半グレどもがさかんに囃(はや)し立てる。男たちが十人ほど、玲奈を包囲した。

ジャンケンが始まった。男たちは性交の順番をきめようとしている。ヒョウ柄の服を着た女が、横たわる玲奈に駆け寄り、嘲(あざけ)るような声を発した。「こいつ、いまさら泣きだしたよ。やられるって実感がようやく湧いてきたみたい」

ジャンケンに勝った男がきいた。「どっかに部屋ねえか」

半グレのひとりがいった。「テイクアウトはなしだ。ここでやんなよ」

「見られてちゃ落ち着けねえ」

鼻ピアスの女が嘲るような声をあげた。「バイアグラいる?」

笑いが渦巻くなか、四十近い男がフレームインしてきた。髪を長く伸ばし、顔は日焼けしている。水商売の経営者に多い風体だった。

それが誰なのか、凛香は気づいた。ネットで過去のニュースをあさったとき、この男の顔写真を見た。淀野(よどの)瑛斗(えいと)。二代目野放図のリーダー格だ。

淀野がじれったそうにいった。「三人ぐらいずつ、外で済ませてきてください。早めにお願いしますよ」

衝撃が冷めやらない。凜香は啞然としていた。いまのパーティーは二代目野放図。玲奈を拉致し輪姦したのか。

また結衣の指が画面をタップした。今度の動画も暗い場所をとらえていた。工場の内部らしい。映像の揺れはない。どこかにスマホカメラを固定したようだ。

その理由はすぐにわかった。画面のなかに市村凜が現れた。OLのように地味な服装だった。凜が全裸の玲奈に命じた。「四つん這いになって、尻こっちに向けて。へんな意味じゃないの。女子刑務所でも入所時にたしかめるでしょ。女は隠せるとこあるから」

玲奈がいわれたとおりにした。肩を震わせ嗚咽を漏らしている。凜は鼻で笑った。

室内にはもうひとり人質がいた。別の若い女が椅子に縛りつけられている。

人質をとられているせいだろう、玲奈は凜のいいなりになっていた。工場に据えられたバスタブに入るよう、凜が玲奈に命じた。玲奈は顔を真っ赤にし、涙をこぼしながら、バスタブに身体を横たえた。

凜がリモコンを操作した。バスタブの上にあるノズルから、おびただしい量のセメントが噴出した。たちまちバスタブを満たしていく。玲奈が苦しげに喘いだ。全身がセメント漬けにされつつある。

工場内に凜の高笑いが響き渡った。玲奈は完全にセメントのなかに没した。凜はナイフを手にとり、人質のロープを切った。どこかに移動させる気らしい。

人質の女はつんのめったものの、立ちあがり逃げだした。凜が血相を変え、叫びながら追いかけていく。

無人になった画面内に動きが生じた。まだ乾ききっていないセメントから、玲奈の腕がのぞいた。全身セメントだらけの玲奈が、息も絶えだえにバスタブから這いだす。凜を追おうとしている。身体を起こし、ふらつきながら進んでは、また前のめりに倒れる。やがて玲奈はフレームアウトした。

凜香は虚無にとらわれた。茫然とし声もだせない。

母が刺された日のできごとにちがいない。これが真相だった。

咲良がレイプされ、殺されるさまを、市村凜は隠し撮りしていた。玲奈は、もぐりの探偵だった市村凜を追ったのだろう。だが二代目野放図に捕らえられてしまった。マワされたうえ、セメント漬けにされ、殺されかけた。かろうじて脱した玲奈が、凜を刺した。人質を助けるために。

結衣はどこでこの映像を入手したのだろう。しかしそんなことはどうでもよかった。この一部始終は報道されていない。たぶん警察も把握していない。だから知るすべがなかった。母も話さずにいた。事実を曲解させようとしたのはあきらかだ。市村凜こそ玲奈を殺す気だった。

凜香は結衣を見つめた。結衣も凜香を見かえしてきた。そのまなざしは、かつて凜香に向けられたように穏やかで、思いやりに満ちていた。

だがそれは一秒とつづかなかった。鉄拳(てっけん)制裁を受ける理由がわかっただろう、そういわんばかりに、結衣のこぶしが飛んできた。凜香は殴打を受け、またしても宙を舞った。結衣は瞬間移動のように、凜香の着地点で身がまえ、さらなる一撃を食らわせた。猛然と殴る蹴(け)るの暴行が、絶え間なく浴びせられる。凜香は鼻血を噴き、吐血した。

最後に痛烈な一撃を見舞われ、凜香は路上を転がった。うつ伏せに横たわったとき、電車が通過した。点滅と騒音が遠ざかり、静寂が戻った。

凜香は泣いた。ひたすら泣きじゃくった。もう顔をあげる力もない。

結衣の靴音が歩み寄ってくる。凜香は殺せといいたかった。「ぐるる。ぐるる！」

風が吹いた。木々の枝葉がざわめいた。結衣は凜香を見下ろしていた。やがて身をかがめ、凜香を横抱きに持ちあげた。チュオニアンでそうしてくれたように。

小刻みな震えがつたわってくる。結衣は怒りを抑制しながら、うっすらと涙をうかべ、搾りだすような声でささやいた。「紗崎玲奈は妹を失ってる。もうこれ以上苦しめるな」

薄らぎつつある意識のなかで、凜香はぼんやりと思った。姉妹のよいところは、ほかの誰よりもわかりあえること。真実だった。本気で殺しあったぐらいの仲だから。

12

結衣は真っ暗な印旛沼のほとり、佐倉ふるさと広場にたたずんでいた。

ここで前に凜香と会った。凜香の住む児童養護施設も、そう遠くない場所にある。闇夜にオランダ風車のシルエットが浮かびあがっている。辺りにはひとけもない。

生暖かい夜風に開襟シャツとスカートがはためく。北朝鮮から着っぱなしの制服も、だんだん身体に馴染(なじ)んできた。赤いスカーフがめだちやすいのは難点だが、泉が丘(いずみおか)高校のセーラー服より、こちらのほうが動きやすいと感じる。

はるか遠方にヘッドライトの光が見えた。三台が連なっている。京成線の線路沿いの道路を走ってくる。

やはり来たか。凜香の考えそうなことだ。人を沈めるのに印旛沼は最適、そう判断したのだろう。

印旛沼と鹿島川のあいだに架かる飯野竜神橋、その橋桁の下に木製のボートが係留してある。縦列に五人乗ってオールで漕ぐ、船体が長めのボートだった。近くの高校の名が記されている。ボート部がクォドルプル競技の練習に使っているのだろう。

結衣は河川敷に下り、ボートに乗りこんだ。ナイフでロープを切断する。ボートは岸を離れた。オールで漕がずとも、鹿島川からの流入に運ばれ、印旛沼の中心へと向かいだした。ただし時間がかかりすぎる。結衣は左右のオールを水中に下ろした。シングルスカルの要領で、カヌーに近い漕ぎ方を試す。推力が増した。これなら難なく印旛沼の中央付近に到達できる。

いまや日本じゅうが息苦しい。どこへ行こうと緊急事態庁による監視の目がある。だが地方にはまだ隙を見つけられる。ここもそのひとつだった。警察に発見される心配がないからこそ、凜香は印旛沼を選択した。先まわりした結衣にも同じことがいえる。

ヘッドライトの光が木立の向こうに停車した。沼畔に動きがある。金属のこすれる音がきこえてきた。

人を沈めるため、重量のある金網で包む。優莉匡太半グレ同盟の伝統的な手法だった。白骨化しても水面への浮上を防げる。むろん生きたまま沈めようとするだろう。溺れさせ肺や胃を水で満たしたほうが、浮力が減退するからだ。

予想どおり沼畔から、助けを求める声が響いてくる。中年男の声だった。距離があるため、耳を澄まさないと、よくききとれない。

「頼む」男の声がうったえた。「妻と娘だけは見逃してくれ。なにも話さない。約束する」

娘らしき少女の声が泣き叫んだ。「お父さん！　怖いよ。お母さん——！」

母親の声が懇願した。「殺さないで。なんでもいうことをききますから、娘の命は奪わないで」

花火があがりだした。市販の大筒だった。たぶん凜香だろう。虚勢を張っていても臆病なところがある。家族を殺すのは仲間にまかせたようだ。

モーターボートのエンジン音がきこえる。予想どおり最小限の馬力だった。クルマに積めるゴムボートにちがいない。金網に包んだ三人を乗せれば、重量の余裕はほとんどない。小柄か華奢な人間がひとりで操縦するしかない。

エンジン音が近づいてきた。沼の中央をめざしている。結衣はボートのなかに横たわり、全身を隠した。

徐々に大きくなるエンジン音は、不穏を感じたように、断続的な響きに転じた。推力を抑えながら接近してくる。五人乗りボートが漂っている、それが気になったのだろう。

結衣は聴覚で距離を推し量った。あと五メートル。三メートル。エンジンがとまった。少し距離を置き、ようすをうかがっている。無人と判断したらしい、またエンジンが鳴りだした。横づけしてくる。二メートル、一メートル。

身を乗りだし、ボートをのぞきこんできたのは、やはり痩せ細った男だった。肩パッドの入った黒ジャケット。一見してパグェだとわかった。

男が驚きの声を発するより速く、結衣は上半身を起きあがらせた。以前ならつかみあいになっていただろう。だが磨嶋にプロの技を習った。

結衣は左手で男の喉もとを掌握した。男があわてて両手を振りかざす。結衣は立て膝になり、右の肘で男の後頭部を打ち、両腕を後方にまわさせた。襟の後ろをつかみ、肘で男の顔を水面に押しこむ。男の力が入る方向を変えさせ、ねじ伏せる。合気道と同じ原理だった。

男は水から顔をあげられず、苦しげに暴れた。叫ぼうとして水を飲んだのがわかる。気道の水を咳で吐けず、咳嗽反射を起こした。みずから水中に深く頭を突っこもうと

を見た。服を脱がされた男が、トランクス一枚で横たわっている。

結衣は針金を手に、木製ボートに乗り移った。半裸の男をうつ伏せにさせ、肩から手首にかけ、強く引っぱる。そのうえで両手首を針金で縛った。

坂東が眉をひそめた。「おい。そこまでやるのはひどくないか」

「パグェには関節を外せるメンバーがいます。上腕二頭筋を突っぱらせておけば、それを防げます」

男の両腕を密着させ、肘の上まで縛る。針金の交差は横に二回、縦に三回ずつ。結衣は坂東にいった。「ネクタイを」

「どうするんだ?」坂東がネクタイをほどき、結衣に手渡した。

男に猿ぐつわを嚙ませる。結び目を口にいれ、喉の奥にしっかり押しこんでから、頭の後ろで縛る。

坂東は落ち着きを取り戻してきたのか、低い声でつぶやいた。「きみの妹に殺されかけた」

「凜香には凶暴なところがある。母親がちがうので」

「……市村凜だった。きみは知ってたのか?」

結衣は男の着ていた服を手にとった。男は瘦身だったが、それでも結衣にはサイズが大きかった。制服の上から着ればちょうどよくなる。結衣は黒Tシャツに袖を通し、バッジつきの黒ジャケットを羽織った。後ろ髪はジャケットの襟の下におさめた。

内ポケットになにか入っている。財布だった。それをとりだし、中身をたしかめる。現金は五万円ほどあった。結衣は財布を坂東に差しだした。「これを持っていてください。わたしが去ったあと、一家三人でしばらくボートの上で待機。沼畔からヘッドライトの光が遠ざかるまで、けっして動かないでください」

「私は刑事だぞ。きみを見逃せん」

ジャケットのポケットにスマホが入っていた。結衣はそれをとりだし、水面に投げこんだ。

坂東が目を瞠った。「おい……」

「通報しても緊急事態庁が所轄の動きを抑えます。武装半グレが戻ってくるだけです」

「なんだと？」

「緊急事態庁は優莉架禱斗が仕切ってます」

「架禱斗だ？　なぜそんなことがいえる？」

「父の国家転覆計画そのものだからです。兄はそれを忠実に実行してる」

「馬鹿な」坂東が首を横に振った。「優莉匡太は組織の陰に隠れたりしない方針だったろ。子供を優莉姓にして、堂々と一族で国家の実権を奪うと……」

「そう見せかけるための優莉姓だったんです」結衣は語気を強めた。「ホンジュラスでの惨劇を背景に、内閣を脅すことで緊急事態庁を設立させる。国家の緊急時、全権を委任される部署を牛耳れば、日本を操れる」

坂東は驚きのいろを浮かべた。「では優莉匡太は、その計画をカモフラージュするために……」

「優莉姓の子を増やし、半グレ同盟をアピールし、暴力革命路線で国家を乗っとる方針だと信じさせた。わたしも歳を重ねてから理解できました。日本のような先進国で、軍事力に頼った政権奪取なんて、事実上不可能です。だから政府とは別の機関を発足させ、徐々に各省庁を骨抜きにし、権力を奪っていくのが現実的。父はそう考えたんです」

「たしかに緊急事態庁は力をつけすぎてる。もう警察も傘下に入ったに等しい」坂東が苛立ちをのぞかせた。「きみ。それを知ってたのなら、もっと早く通報すべきだ」

「慧修学院高校の校長先生には、三年生がホンジュラスに行く前に、手紙を渡しました。でも信じてもらえなかった」

坂東が肩を落とした。船体に打ちつける小さな波が、ボートを上下に揺らす。

結衣はスカートの上からズボンを穿いた。スカートの裾を両太股に巻きつけた上に穿くと、ズボンに筋肉質なシルエットが浮かびあがり、男性的な脚に見える。こういう変装の工夫も、優莉家に受け継がれる常識だった。

「私は」坂東が唸った。「きみを信じるべきなのか……？」

娘が坂東にささやいた。「お父さん……」

妻のまなざしも夫をうながしている。坂東は深く長いため息をついた。

木製ボートに妻と娘が乗り移ってくる。結衣は入れ替わりにゴムボートに乗りこんだ。

「いいですか」結衣は坂東を見つめた。「その男は万が一に備えての人質です。クルマが遠ざかったあと、沼畔にボートを漕いでください。上陸時に待ち伏せがいたら、そいつを盾にするんです。刑事だとは告げず、タクシーを呼ぶよう要求してください」

「待ち伏せが居残る可能性があるのか」

「いいえ。まずほとんどありません。沼畔に誰もいなければ、そいつは放置して、橋の近くの売店前にある公衆電話で、やはりタクシーを呼ぶんです。お金はさっきの財布から使ってください」

「どこへ行けばいい？」

「偽名で佐倉市内の宿にチェックインし、けっして誰とも連絡をとらないように」

「所轄が捜しに来ないか？」

「警察組織はろくに機能していません。あなたの一家三人が失踪したのに、ニュースにもならず、捜査もおこなわれていないとわかるでしょう」

「……優莉結衣」

「なんですか」

「きみの母親は誰だ？」

「わかりません」

「葉瀬中を襲ったのは、きみじゃないんだな？」

「どう思いますか」

坂東はじっと結衣を見つめた。ため息まじりに首を横に振った。

「結衣」坂東がいった。「智沙子は横須賀の友愛育成園にいる。凜香は、市村凜を刺した紗崎玲奈に復讐するつもりだ。玲奈は秦野市鶴巻南6－1－5、203号室に住んでる」

鳥肌が立った。結衣はうなずいた。ゴムボートの外付けモーターを振りかえる。

「……これ、エンジンかけてもらえますか」

「……紐を引っぱるだけだ。やってやる」坂東が身を乗りだし、モーターのスターターロープを何度か引いた。エンジンがけたたましく始動した。「ボタンがアクセル。棒を左右に向けて舵をとる。だいじょうぶか?」

「原付免許もないんで」結衣はボタンを押した。ゴムボートはスムーズに発進した。坂東一家が乗る木製ボートから遠ざかる。

推力はさほどでもない。よって危険もなさそうだった。棒を左右に傾けると、たしかに針路が変わる。レジャーていどの乗り物らしい。

ボートを走らせながら、ナイフの先で黒シャツの胸もとをつつく。一センチずつ穴を開け、縦に切り取り線をいれていく。ジャケットの袖の付け根、ズボンの真んなかにも、同じ処置を施した。引っぱられれば破れるようにしておく。これも重ね着したときの基本だった。いざとなったら早く脱げる。

陸が近づいてきた。沼畔の暗がりのなか、人影が鈴なりになっている。パグェのメンバーだろう。結衣は片手をあげてみせた。

ききおぼえのある韓国語訛りが、かすかにきこえた。「凜香。撤収だ!」

ジニの声だ。宇都宮の餃子店と、田代一家のフェリーで会った。凜香に協力しているのは、パグェのなかでも、あいつの一派か。

岸に着いた。ボタンから指を放す。エンジンを切った。メンバーらがボートの陸揚げを手伝おうとする。闇のなかであっても、あまり接近されたくはない。結衣は手で追い払った。自分ひとりでだいじょうぶだ、そう態度でしめす。

黒スーツたちが雑草地帯に分けいっていく。結衣はゴムボートを持ちあげ、ひっくりかえし、頭に載せた。両手で支えれば、充分に運べるとわかった。顔を覆い隠しながら、雑草を掻き分け、サイクリングロードを横断する。木立を抜けると、砂利の上に三台のワンボックスカーが停まっていた。

わずかに視線をあげると、サイドウィンドウのなかに凜香の顔があった。こちらを見ている。結衣は頭上のボートを低くした。凜香の乗ったクルマが発進していく。

残る二台のうち、一台のスライドドアが開け放たれた。ひとりの男が呼びかけてきた。「ここに積め」

結衣はゴムボートの空気を抜きながら、ゆっくりとクルマに近づいた。撤収作業に追われる黒スーツたちのなか、ゴムボートを潰して小さくしながら、結衣は車内に乗りこんだ。

シートの最後列の端を選ぶ。隣りに空気の抜けたゴムボートを丸めて置いた。かなりの体積になる。横に並んで座る者はいない。そのうち前の席がすべて埋まり、スライドドアが閉じられた。クルマが動きだした。

結衣はじっと息を潜めていた。凜香が狙うのは紗崎玲奈。何者かはわからない。だがひとつたしかなことがある。市村凜を刺したからには、その女のほうが正しい。

13

三台のワンボックスカーは、深夜の東関道を都内方面に向かった。ほかに通行するクルマはほとんどない。長距離トラックをちらほら見かけるだけだ。湾岸線から東京外環自動車道に入り、錦糸町の出口から一般道に降りた。

結衣は最後列の端で沈黙を守った。車内のメンバーらは韓国語で会話している。北朝鮮から帰ったいまとなっては、喋っている内容もだいたいききとれる。

十代のメンバーが、夏休みに外出しまくれるなんて最高だぜ、そういいながら笑った。補導されても面が割れる心配がない。このあいだも何人か捕まったが、すぐ自由になった。口々にそんなことを話している。すると年長組がこぼした。あまり羽目を外すな。お巡り自体はむかしと変わらない。

緊急事態庁が警察に圧力を加えている。架禱斗の息がかかった半グレは、検挙される心配がない。だがあまりに露骨だと、現場の警察官らの不満が蓄積し、疑問の声が噴出するかもしれない。うまく立ちまわるよう、年長組がいってきかせている。

全国の警察署がいっせいに、緊急事態庁に反旗を翻せば、架禱斗の支配も揺らぎだす。だがそんな状況は期待できないだろう。公務員に約束された昇給が、大半の警察官を組織に従属させる。国民の緊急事態庁に対する信頼度の高さが、あえて刃向から意志を減退させる。

架禱斗はこれまで、父の立案した計画を忠実になぞっている。現状は完璧だった。すると次の段階は……。

クルマが減速した。窓から車外を眺める。いつしか墨田区の錦糸公園のわきに来ていた。先頭のワンボックスカーが停車し、凜香がひとり歩道に降り立った。車列がまた動きだす。道路沿いに東京簡易裁判所墨田庁舎が見えた。凜香はそこに向かっているようだ。裁判所の敷地に五階建ての新しいビルがある。緊急事態庁墨田分室と看板がでていた。

ああ。結衣はからくりに気づいた。緊急事態庁の分室が半グレ同盟の隠れ家か。大胆だが効果的だった。誰も危険分子が潜んでいるとは疑わない。

ならこの車列の最終目的地は郊外だろう。都心の分室はどこも狭いはずだ。これだけの人数のパグェが潜めるとなると、地価の安い場所に建つ、大きめの分室にちがいない。

結衣の予想どおり、車列はほどなく首都高の入口を上った。七号小松川線はやはりがらがらだった。いくつかの分岐を経て、四号新宿線から中央道に入った。

気配を極力消しながらも、結衣はナイフの柄を握りしめ、不測の事態に備えていた。気づかれた場合、ガラスを割って車外に身を投げだすしかない。この速度では自殺行為に等しい。だがほかに逃げ場もない。

緊張の時間が刻一刻と過ぎる。空が少しずつ明るくなってきた。八王子インター出口で高速道から降りる。さらに甲州街道を走っていった。

そこかしこに低い山が見える。田畑も目につくようになってきた。そう思ったとき、車列が道路から外れ、敷地のゲートをくぐった。田舎だけに面積にゆとりがある。二階建ての鉄筋コンクリート造。屋上に衛星放送のパラボラがいくつも連なる。駐車場は地下らしい。三台ともスロープを下っていく。

地階の駐車場でワンボックスカーは停車した。三台が横並びになっている。黒スーッらが続々と降車する。空気の抜けたボートは車内に残し、結衣も最後に降り立った。蛍光灯が明るい。なるべく誰とも目を合わせないように、車体の陰をうろつく。

男たちは階段を上っていった。結衣もつづいた。一階は消灯し、無人の状態だったが、市役所の受付フロアに似ている。緊急事態庁町田（まちだ）分室と看板がでていた。

さらに階段を上る。防火扉の先は一転、ヤクザの事務所の様相を呈していた。通路の左右に十代の黒スーツがずらりと並び、おかえりなさい、そう声を発し頭をさげる。凱旋（がいせん）組は胸を張って入所していく。おじぎする若手たちの視線が上がらないうちに、結衣はそそくさと通りすぎた。

フロア内はパーティションにより、いくつかの部屋に分けられているが、ここがパグェの拠点なのはまちがいなかった。どの室内にも大勢の黒スーツがひしめき、それぞれ忙しく動きまわっていた。ドスを磨く連中がいる。ほかにパチンコの裏ロム基板の製造室。ヤクでラリった連中のたむろするリクリエーションルーム。やっていることは清墨（きよずみ）学園のころから進歩がない。

洗濯室とキッチンを経て、その隣りに広めのリビングルームがある。そこが幹部どものたまり場らしい。足を踏みいれようとし、結衣ははっとした。とっさに進路を変え、キッチンに舞い戻る。

黒スーツのなかに、女子高生の制服を着た女が紛れていた。引き締まった身体つき、長い黒髪。パク・ヨンジュだった。ブレザーに紺のスカートは、清墨学園の制服とはちがう。廃校になったのだから当然だ。どこかに転校したのだろう。ただし胸にはオッパ班をしめす、八角形の黄いろいバッジがあった。

結衣はふたたびリビングルームをのぞいた。ひとりソファに身をうずめた肥満体がいる。やはり黄のバッジつきの黒スーツだが、ズボンがはちきれそうなほどの下半身デブだった。年齢は三十代、パグェのオッパ班でも最年長組だろう。肩のストラップから自動小銃を下げ、ソファの肘掛けに横たえている。リモコンを片手に、壁掛けテレビのチャンネルをしきりに替えていた。

周りには幹部クラスが群れている。ジニがソファの近くに立ち、肥満体に話しかけた。「ムソン」

ムソンと呼ばれた肥満体は、顔もあげずにきいた。「首尾は？」

「問題ない」ジニは不満げな表情だった。「なあ、ムソン。次からは武器庫の鍵を預けてくれないか」

「あん？　なぜだ」

「若手に銃を持たせてやりたいんだよ。俺もだ。今度みたいに危ないヤマは、とりあえず武装しときたい」

「なにいってる。警察も恐るるに足らんいま、銃なんか必要ないだろ」

「ほとんどの警察官は事情を知らねえ。緊急事態庁から警察庁へ圧力、そこから警視庁に命令が下って、所轄署が従う。日数がかかるだろ。現行犯逮捕されたら、当分のあいだ勾留されちまう」

「だからってお巡りどもとドンパチやるつもりか？」

「架禱斗と関わりのねえ半グレ集団や暴力団とも、ぶつかりあう可能性があるだろ」

「やっぱ晩飯抜きは応えるな。俺のゆで卵は？」

　ジニが鼻を鳴らした。「俺たち同様に、晩飯はゆで卵一個？　ちゃんとトレーニングしなきゃ痩せねえぜ」

　ムソンが硬い顔になった。自動小銃を持ちあげ、銃口をジニに向ける。ジニも表情を険しくした。

「おいジニ」ムソンが凄んだ。「軽口叩くな。腹が減っていらいらしてる。朝は人参ジュース、夜はゆで卵一個だ？」

「架禱斗がパグェの規律を守れといってる。あんたもうちの世話役に就任したんなら、ルールに従えよ」

「減らず口を叩くな！　蜂の巣にしてやってもいいんだぜ？　なにがパグェだ。若頭の命令じゃなきゃ、おまえらみたいなガキの世話なんか焼くかよ」

結衣はキッチンのテーブルを一瞥した。皿の上に卵が一個置いてある。キッチンに人がいなくなった隙に、結衣は冷蔵庫を開けた。生卵のパックから一個をとりだす。それを電子レンジにいれた。五百ワットで加熱する。

ムソンはおそらく在日朝鮮人系の暴力団の一員だろう。いちおうパグェの上位組織のため、世話役として送りこまれたようだ。年長者が幅を利かす朝鮮人社会にはよくあることだった。ムソンはパグェのメンバーから銃をとりあげたらしい。力では勝てないと自覚し、ひとりだけ自動小銃を携えることで、なんとか支配力を保っている。

結衣は左手に鍋つかみを嵌めた。電子レンジのなかを観察する。卵の殻にヒビが入らないうちに、加熱をストップさせる。とりだした卵を水で洗って冷やした。皿の上の卵と取り替える。

鍋つかみを投げだし、結衣はまたリビングルームのようすをうかがった。前に会ったことがある、サンウという荒くれ者の十代が、いまは神妙な顔をしている。

サンウがソファのムソンを見下ろした。「銃を下ろしてくれよ。ジニ兄貴を脅すのはやめてくれ」

「こいつは生意気だ」ムソンが吐き捨てた。「サンウ。おまえが班を仕切れ」

「俺には無理だ。ジニのほうが経験がある」

「命令がきけねえってのか。おい！　誰か早くゆで卵持ってこい！」

若い黒スーツがキッチンに駆けこんでくる。結衣は背を向けた。黒スーツは皿を手にリビングに戻っていく。結衣はうつむきながら、なにげなくその後につづいた。

ムソンがソファにふんぞりかえったまま、取り巻きにきいた。「大町ルートの人質、あと何人残ってる？」

サンウが浮かない顔で応じた。「ふたりだけだ。どっちも五十を過ぎてる」

ジニは抗議のまなざしをムソンに向けた。「そろそろ家族のもとに帰してやるべきだろ」

「意見すんじゃねえ！」ムソンが怒鳴った。「おまえらを動かすのは俺だ」

「架禱斗はもう人質は必要ないっていってる。拉致被害者の帰還は充分アピールできたって」

皿が差しだされた。ムソンはゆで卵を手にとった。ようやく自動小銃を肘掛けに戻し、卵の殻をむきだした。「優莉匡太のガキがなにをいおうが知るか。人質が不要なら始末すりゃいい」

「殺せってことか？　そうしなきゃいけねえ理由もねえだろ」

「ホクホクじゃねえか」ムソンは殻を剝いたゆで卵を口に運んだ。「いいか。このゴミみたいな国が誰に支配されようが、俺たちは……」

ゆで卵をかじった、その瞬間だった。耳をつんざく音とともに爆発が起きた。破裂どころではない、完全に爆発と呼ぶにふさわしい、それほどの威力だった。なまじへたな自家製爆弾より、はるかに爆速がある。粉々になった卵の破片が、勢いよく周囲に飛び散った。

「あちい！」ムソンは顔じゅう黄身だらけになり、両手で空を搔きむしった。「あ、あちい！　あちいって！」

周囲も驚きながら身を退かせている。結衣はすかさず飛びかかり、自動小銃を奪った。K2のストックを折りたたんだ状態だった。コッキング済み、安全装置も解除されている。だがストラップはムソンの肩にかかったままだ。それでかまわなかった。ソファから立ちあがらせ、結衣は背後からムソンの首を絞めあげ、銃口を頰に突きつけた。

すべては二、三秒のできごとだった。パグェの幹部らはひとかたまりになり、驚愕の目を向けてきた。ジニがぎょっとした。「ゆ、優莉結衣⁉」

パグェのメンバーが続々とリビングルームに駆けこんでくる。ヨンジュも愕然とした表情で立ちすくんだ。「結衣」

ムソンは顔を火傷（やけど）したらしく、痛そうに身をよじった。結衣は首をいっそう強く絞めあげ、銃口を深く頬にめりこませた。ムソンはすくみあがるようにのけぞった。

ジニが苦々しげに唸（うな）った。「結衣。そんなに速く動けたのか」

結衣はつぶやいた。「おまえらそんなに遅かったっけ。いまなら清墨学園のステージも五分でクリアできそう」

壁を背にしていても、包囲網が極度に狭（せば）まっている。左右からの敵の接近は防ぎようがない。黒スーツの群れが両方から襲った。結衣につかみかかり、それぞれ引っぱった。

だが衣服は左右真っぷたつに裂けた。ジャケットもシャツもズボンも、縦にいれた切り取り線に沿って引きちぎられた。敵勢は破れた服をつかんだまま、勢いのあまり後方に転倒した。

「走れ！」結衣はムソンに怒鳴った。倒れた敵勢の上を、人質ごと乗り越え、部屋の隅へと駆けこむ。依然としてムソンの首を抱えたまま、結衣は振りかえった。

ふたたびムソンを盾にし、頬に銃を突きつける。敵陣との距離が開いたうえ、部屋の隅におさまった。ただちに襲撃される心配はなくなった。

状況の変化はほかにもある。ヨンジュが茫然としていった。「結衣。それは黄州選民高校の制服か……？」

結衣は開襟シャツに赤スカーフ、スカート姿に戻っていた。油断なく人質の陰に隠れつつ、結衣はつぶやいた。「北朝鮮でも高校事変してきた」

パグェのなかで、年長組のひとりが驚きの声を発した。「そういえば少し前に、黄州で大規模爆発が観測されたってニュースが……」

ムソンが身をよじり、うろたえた声を発した。「おまえら、早く助けろ！　俺の身になにかあったら、親方が黙っちゃいねえ。わかってるだろ。おまえらは俺なしには……」

銃口をわずかに頰から浮かせ、結衣はトリガーを引き絞った。鼓膜が破れそうなぐらいの、けたたましい発射音が眼前で鳴り響く。三点バーストの弾がムソンの鼻先をかすめ、斜め上方に飛んだ。パグェの一同がびくつく反応をしめした。ムソンも緊張に凍りついた。

火薬のにおいが漂う。結衣は銃口をムソンの頰に戻した。「静かに」

ムソンが唾を飲みこみ、恐怖のいろとともに沈黙した。

台が日本海との呼称を認めたともある。東海という名は永久に消滅……」

ざわっとした驚きがひろがる。ヨンジュも声を震わせた。「慰安婦問題と徴用工訴訟の解決のため、韓国は日本に七兆ウォンの損害賠償支払いを決定？」

ジニが血相を変えた。「どういうことだ！」

結衣はなんら意外に思わなかった。「原油自給で日本の経済力が飛躍的に高まった。周辺国にも、とんでもなく強気にでてる」

「だからといって韓国がなぜこんなに弱腰に……」

「北朝鮮から拉致被害者が続々帰国した。しかもこれまで日本政府が認定していなかった拉致被害者。北朝鮮が日本に媚びる外交を始めたため、青瓦台は動揺した。韓国人の拉致被害者を取り戻すためにも、北朝鮮と足並みを揃える必要がでてきた。日本政府は対話支援を申しでながら、さまざまな条件をつきつけ、韓国を屈服させた」

パグェの幹部らは苦い顔を突き合わせた。サンウが当惑のいろとともにいった。「ジニ……」

結衣が盾にするムソンも、ひどく取り乱したらしく、うわずった声をあげた。「き、北朝鮮は拉致被害者を返してなんかいない。あれは……」

「知ってる」結衣はいった。「一九八四年当時、あんたたち在日朝鮮人の裏社会が誘拐した日本人ばかり。それまでどおり北朝鮮に引き渡して、報酬を得るつもりだったけど、工作船が迎えにこなくなった。だから日本国内に監禁しつづけた」

ジニが結衣を見つめた。「なんでそれを……」

「さっき大町ルートの人質がふたり残ってるって話してたじゃん」

千葉産の砂鉄や水飴を日本海側に運び、北朝鮮に輸出するための物流の道筋、それが大町ルートだった。大町ルートでは多くの在日朝鮮人が産業に従事していた。当時ルート沿いで大勢の日本人が行方不明になっている。

「……結衣」ジニが低くいった。「すべては架禱斗からの指示だ。俺たち裏社会が人質にしてる日本人を、拉致被害者として北朝鮮から帰国したことにし、解放しろと命じられた」

やはりと結衣は思った。「代わりにパグェの安全を保障するといわれたんでしょ」

「俺たちは架禱斗に従うことを余儀なくされてる。半グレ天国だ、いうことないと思ってた。だが……」

「国力が強まるばかりの日本に、あんたたちの国はひれ伏してる」

在日朝鮮人の裏社会も、架禱斗にまんまと操られていた。北朝鮮は拉致被害者を帰国させていないにもかかわらず、させたという既成事実が作りあげられ、日本の優位性が誇示された。それを発端とし、もともと経済力で日本に水をあけられつつあった周辺国は、どこも弱腰外交に転じるしかなくなった。

ジニがじれったそうにきいた。「架禱斗の狙いはいったいなんだ？　日本のために尽くすのが目的か？」

「全然ちがう」結衣は父の計画を想起した。「なにもかも破滅の前段階。いまおこなわれているのは、国民の警戒心を解かせ、政府への盲信と従属を強化させることだけ。周辺国に屈辱感を味わわせ、日本への憎悪を高めようともしてる」

近いうち日本に血の雨が降る。架禱斗は父以上に残虐な手段をとるだろう。父を死なせた日本に復讐する。架禱斗はその使命に駆られているからだ。

ムソンは結衣に捕まったままながら、強がるように笑い声をあげた。「十代や二十代のガキばかりの半グレ集団に、いったいなにができる？」

結衣は銃口でムソンの頰を小突いた。「世のなかを動かしてくのは若い世代でしょ。架禱斗もうちの兄貴だし」

サンウがひねくれた態度をしめした。「最終的に日本が潰れるんなら、俺たちにしちゃ大助かりだ」

「なわけない」結衣はしらけた気分でいった。「父も架禱斗も半島が大嫌い。架禱斗はまちがいなく、そっちも壊滅させる」

「なんでだよ」

「あんたたちパグェが、クロッセスを歌舞伎町から追いだしたんじゃん。死ね死ね隊も皆殺しにした」結衣はサンウを睨みつけた。「架禱斗がパグェを許すと、本気で思ってんの？」

リビングルームは重苦しい沈黙に包まれた。サンウが忌々しげに吐き捨てた。「優莉結衣なんか信用できるか！」

「いえ！」ヨンジュがひときわ高い声で遮った。「信じる信じないじゃなくて、たぶんこれは現実」

サンウがうろたえながらジニにきいた。「どうするんだよ。いまの環境を棒に振って、架禱斗を敵にまわせって？」

ジニが結衣に目を向けてきた。「俺たちに安泰な生活を捨てろってのか」

結衣は醒めた態度をとった。「おまえら今後も、凜香の忠実な下僕なの？」

また静寂がひろがった。今度の沈黙は長かった。やがてヨンジュがささやいた。

「わたしたちになにができる？」

やるべきことははっきりしている。結衣は人質のムソンにいった。「ジニがほしがってた物をあげなよ。武器庫の鍵とやらを」

「なに戯言をほざいてやが……」

トリガーをわずかに引く。遊びの範囲ぎりぎりまで引いた。微妙な金属音が響く。

「ひっ」ムソンは怯えた反応をしめし、震える手で胸ポケットをまさぐった。小さな鍵束がとりだされた。それをジニに投げた。

ジニは鍵を受けとると、神妙にため息をついた。「結衣。俺たちは野放図に加入させられてる。リーダーは凜香だ」

レベルの低い三代目だと結衣は思った。「メンバーはあんたたちだけ?」

「いや。ほかの拠点にいる日本人半グレも含まれる」

ヨンジュがうなずいた。「二代目のころからの古株も数人、市村凜のコネでメンバーになってる。足をひっぱるだけの、使えない中年どもだけど」

「呼んで」結衣はヨンジュにいった。「二代目当時の内部資料があったら持ってこさせて」

「資料なんて……。そんなちゃんとした物、半グレが持ってるかよ」

「古いスマホやパソコンに残ってる、当時の動画とかでいい」結衣はムソンを突き飛ばした。ムソンは床につんのめった。銃口を下ろし結衣はつぶやいた。「紗崎玲奈のことを知りたい」

14

静けさの漂う夜だった。鶴巻温泉の旅館陣屋の前には、わりと広い砂利敷きの駐車場がある。周りは住宅街だが、家屋とは距離があった。陣屋も前面は日本庭園になっていて、従業員が顔をのぞかせる気配はない。

駐車場にツーシーターのスポーツカーが待機している。ベンツのＳＬＣだった。屋根を開けた状態で停車していた。

結衣は横抱きにして運んできた凜香を、クルマの助手席に下ろした。凜香は顔全体が腫れあがり、ぐったりとしている。

運転席のヨンジュが唸った。「手加減しろ。妹だろ」

「市村凜は？」結衣はきいた。

「宿にはもういない。日没前にチェックアウトしたって」

予想どおりだった。結衣はヨンジュにいった。「凜香は町田分室の隠れ家に連れ帰って。市村凜のもとにいたら殺される」

「いくらなんでも実の娘を……」

「いえ。あいつはそういう女だし」

「パグェは表だって関与できないけど」

「それでいい。なにもなかったふりをして。町田分室を疑われないようにしてほしい。へたに動けばパグェは一斉逮捕されるだけ」

「ああ。緊急事態庁の分室に隠れてるんだし、警察がその気になれば、わたしたちは袋のネズミね」

「だから静観してて。市村凜から連絡が入っても、凜香のことなんか知らないとシラを切って。いまスマホの電源、オフにしてる？」

「当然だろ。位置を追跡されるようなへまはしてない」

凜香はパグェに匿われ、表向き行方不明になる。だが道端で巨漢ふたりが死んだ。市村凜は結衣の存在を悟るだろう。

挑発行為としては充分だった。市村凜を墨田分室の隠れ家から燻りださねばならない。結衣のほうからは容易に乗りこめない場所だ。町田分室とちがい、街頭防犯カメラがいたるところにある。北斎通りにパトカーが集結し、ビルを包囲するまでに三分とかからない。隣りの裁判所にも警視庁の分室がある。無理やり侵入し、凜を殺せたとしても、脱出するのは難しい。それでは架禱斗の勝ちになる。

ヨンジュが運転席から見上げた。「結衣。パグェは一枚岩じゃない。サンウみたいに、おまえを敵視してるのも多い。遅かれ早かれ裏切り者がでる」

「わかってる。あんたたちこそ、架禱斗に逆襲されないよう気をつけて」

「わたしたちより自分の心配をしろよ」ヨンジュがステアリングを握った。かすかにため息を漏らす。「結衣。だいぶ大人っぽくなった」

「あなたも。お互い十八だし」

「死刑になる歳」ヨンジュはエンジンをかけた。ヘッドライトが灯る。「あんたはどうやって帰るつもり？」

「きのうあなたが貸してくれたお金がある」

いつものことだ。防犯カメラを避け、警官の目をかいくぐり、足跡を残さず移動する。JRよりは私鉄。タクシーよりは白タク。バスの車中よりは屋根の上。

ヨンジュが鼻を鳴らした。「いつまでそんな生活がつづくんだか。お互いガキのうちに卒業しないとね」

SLCが徐行しだした。後部トランクの蓋が開き、バリオルーフがせりだし、車体上部を覆う屋根になる。速度をあげたSLCが、住宅街の路地にでていった。赤いテールランプが闇のなかに消えていく。

静寂が戻るかと思いきや、サイレンの音をききつけた。パトカーのサイレン、それも複数だった。方角と距離から考えるに、線路の向こう側だとわかる。予想より早い。道端に横たわった巨漢の死体ふたつ。夜間の人通りのなさから、発見も通報も朝方になると思っていた。

サイレンに耳を澄ましていると、女の声がささやきかけた。「ねえ」

はっと息を呑んだ。すぐ背後に立つ人の気配。察知できなかったのはひさしぶりだ。注意を喚起されるのは殺気のみだった。殺しに来る手合いに対し、ここまで接近を許すことはありえない。ただちに脅威となる存在ではないとわかる。

それでも砂利敷きで音を立てず、真後ろに忍び寄るとは尋常ではなかった。結衣はゆっくりと振りかえった。

チュニックに膝丈スカートの痩せた女が立っていた。少し吊りあがった目に、いくらか警戒心がのぞいている。結衣の顔を眺め、その表情が敵愾心に近くなった。

結衣は絶句した。紗崎玲奈だった。美形の顔から柔和さが消え失せている。眼光の鋭さは半グレに近かった。

玲奈がじっと見つめてくる。「優莉結衣？」

「知ってるの」

「ニュースで何度も観た。有名人だし」

するとと通報したのは玲奈か。結衣は気づいた。「いったんアパートに帰ったのに、また路地を戻った？」

「部屋の玄関に鍵がかかってなかった」玲奈は冷やかにいった。「花瓶も倒されてた。侵入したのはあなたでしょ」

結衣は否定しなかった。凜香が玲奈のアパートに立ち入ったのは知っている。だがあえてそのままにしておいた。玲奈には警戒してもらう必要があったからだ。

いまや市村凜が玲奈の住所を知っている。悪くすれば凜自身がアパートに直行する、そんな危険すら考えられた。

だがいま玲奈の警戒のまなざしは、結衣に向けられていた。「路地に倒れてたふたり、あなたがやったの？」

認識の差が如実になってくる。現在の玲奈は一般人にすぎない。マスコミが指名手配犯も同然に報じた、優莉結衣の名だけを知っている。ホンジュラスでゼッディウムに加担、慧修学院高校の生徒らを襲撃した、凶悪犯の女子高生。いつの間にか帰国し、葉瀬中でも虐殺に及んだ。

結衣の沈黙について、犯行を否定せず、玲奈はそう解釈したらしい。すばやく結衣の二の腕をつかみあげようとした。「すぐに出頭を……」

半身に構えたステップワーク、テコンドーを習った過去があるらしい。玲奈は一瞬にして間合いを詰めてきた。だが結衣の身体は即座に反応した。肘を突きあげ、玲奈の手を振りはらった。

玲奈は怯えたように後ずさった。怪物をまのあたりにした一般女性の目。それが結衣に向けられるまなざしだった。

虚無が結衣の胸を満たした。世間がどんなふうに自分を見ているか、玲奈の態度がしめしている。

恐怖に青ざめた玲奈の顔が、震える声を響かせた。「なに？　どんな理由があるか知らないけど……。なんでわたしを狙うの？　もうほっといて」

半グレのような目つきは、もう鳴りを潜めていた。調査業を離れて久しい。もぐりの探偵だった市村凜を追っていたのも、玲奈にとっては過去のことだろう。

むろん玲奈は、市村凜が意識を回復した、その事実を知らない。看護師殺人はニュースになったが、病院を抜けだしたのが市村凜とは報じられていない。坂東一家三人の行方不明も、いまだニュースになっていなかった。玲奈が気づくはずもない。野放図の復活も知りえない。凜の娘である凜香の存在も。

それでも玲奈の誠実な人柄がのぞく。玲奈は思い直したようにうったえてきた。

「一緒に出頭してあげる」

結衣は首を横に振った。「玲奈さんはなにもわかってない」

名前を呼ばれたからだろう、いよいよ標的だと確信したらしい。玲奈は身体を震わせた。「なんでそんな……。お父さんが悪い人だったとしても、あなたがそうなる必要はないでしょ」

思わず小さく鼻を鳴らした。嘲っているのではない。笑みにまでは至らなかったが、かすかな安堵を感じた、そんな自分の反応だった。久しく出会っていない、まともな大人による、懐かしい気遣いに接した。

玲奈が真剣に説得してきた。「警察に相談すれば、きっとわかってもらえる」

妹の咲良が殺されたとき、玲奈はそんな心情ではなかったはずだ。結衣は反発した。

「警察なんか信用できない」

「なんでそういえるの？　なにを知ってるの？」

「緊急事態庁は架禱斗が仕切ってる。内閣から警察まで、この国は架禱斗の意のままになってる」

ふたりのあいだに沈黙が降りてきた。玲奈がためらいがちにいった。「架禱斗って、あなたのお兄さんでしょ。よく考えて。辛いことだけど、お兄さんはもう死んでる」

……精神異常者をいたわり、説得するような態度。当然こうなる。結衣はあきらめに似た気分を嚙みしめた。

凶悪殺人犯の結衣が、今夜もまた犯行に及んだ。警察への出頭を拒む理由は、まるで現実離れした戯言ばかり。死んだはずの長男が国家を裏で操っている、結衣はそう主張した。妄想性人格障害が疑われるだろう。

一般人に戻った玲奈は、慎ましく静かに暮らしている。調査業のノウハウを駆使し、現実を調べあげてほしい、そんなふうに願うのは酷だ。巻きこみたくもない。

玲奈は妹を失い、凜や二代目野放図に苦しめられ、もう充分に辛さを味わった。いま日本を覆う実状など、彼女は知らなくていい。市村凜が意識不明と信じるままにしておきたい。

それでも実際に、市村凜は玲奈の命を狙っている。凜香が失敗しても、ほかの人間を送りこむ可能性がある。だから玲奈には警戒を怠ってほしくない。

事実を伝えず、玲奈に身を守ってもらうために、いえることはひとつしかない。結衣は玲奈にささやいた。「わたしに殺されないように気をつけて」

「……結衣さん。きいて」

「アパートから引っ越しなよ。仕事も辞めて、どっか遠くに消えて。油断したら殺されると思って」

「なぜ？」玲奈は哀感のいろとともに目を潤ませた。「どうしてそんなことをいうの？」

胸の奥に鈍重な痛みがひろがる。玲奈を怯えさせている。それだけでも心苦しい。けれども市村凜の存在を明かすよりは、玲奈にとっていくらかましのはずだ。

結衣は玲奈に背を向けた。「明朝になっても、まだうろうろしてたら殺す」

「まって！　結衣さん。そんな人生を歩まないで」

もう振りかえる気はなかった。にわかに吹きだした向かい風のなか、結衣は全力で駆けだした。玲奈の結衣を呼ぶ声が闇にこだまする。追いつかれまいと必死で走った。

走るうち涙が滲んできた。ひとりきりだった。架禱斗の目が隅々まで監視する国で、どこにも行き場所がない。理解も得られない。だがいまはそれでいい。死ねば永遠に眠るも同然になる。むろん馬鹿兄貴は道連れにする。優莉姓はこの世にいらない。

15

宮村総理は国会議事堂に来ていた。三十代の政務秘書官、鮎澤省吾が同行している。国会は閉会中のため静かだった。議場に行く必要もない。総理のスケジュールとしては、天皇陛下の御休所の下見だった。

議事堂の中央広間から、中央階段を上った先に、この御休所がある。国会の開会式の日、陛下が議事堂にお着きになりしだい、ここにお迎えする。

シャンデリアが照らしだすのは、広々とした部屋の絢爛豪華な内装だった。本檜の本漆塗り仕上げ、透かし彫りの金の飾り金具。天井の格間には錦織、床には絹緞通が敷いてある。

秘書官とのふたりきりではない。四方の壁ぎわに、二十人のスーツが居並ぶ。総理のSPだった。刈り上げた頭に猪首、広い肩幅、がっしりした体格を誇る。

漆塗りのドアが開いた。入ってきたのは光沢のあるメンズスーツを着た、痩せた青年だった。長い髪とあいまって水商売に見える。存在が軽く見えてきた。架禱斗など小物だ。宮村は心拍が速まるなか、自分にそういいきかせた。

表面上は平静を装わねばならない。宮村はうわずった声を発した。「優莉君。よく来てくれた」

架禱斗はＳＰたちを見まわした。すかさず閉じられたドアを一瞥する。「カネのかかった部屋だな。わざわざ俺を呼びだすからには、これぐらいの場所でないと」

「そう」宮村は鮎澤政務秘書官と並んで立った。「下賤な者はけっして立ちいれんよ」

「ひっかかる物言いをしてくれる」架禱斗がシャンデリアを仰いだ。「カーテンを開けないのか。電気代がもったいない」

「むかしは窓の外に富士山が見えたんだが、いろいろ建って、その眺めもなくなってね」

「なら外で話そう。きょうは晴れてる。高いところにいけば富士山も拝める」架禱斗が踵をかえした。

宮村は片手をあげた。ＳＰらがいっせいに動いた。スーツの下からオートマチック拳銃をとりだし、両手でかまえる。どの銃口も架禱斗ひとりを狙い澄ましていた。

架禱斗は部屋の真んなかで静止した。いささかも動じるようすはない。架禱斗がきいた。「なんの座興かな？」

虚勢にちがいない。宮村は胸を張った。「死んだはずの優莉架禱斗が国会議事堂に入りこんだ。射殺しても世論の批判はない」

「へえ」架禱斗の醒めた顔が宮村に向いた。「いいのかよ」

「私は血なまぐさいのは好まん。殺人など命じたりはせんよ。今後もきみには、いてもらわなきゃならん。洟垂れ小僧として床の間におさまってろ。一歩も動かずに」

「ふうん。人をつかまえて洟垂れ小僧とはね。本来は低支持率の貧相な年寄りが、なにを急にイキりだした?」

鮎澤政務秘書官が声を張った。「総理の権限だ。緊急事態庁が事実上、さまざまな政策を取り仕切ろうと、行政各部の指揮監督権は総理にある」

宮村はうなずいた。「優莉君にはこれまでどおり、社会の裏表を巧みに操作するブレインとして、内閣を支えてもらう。だが原油自給を始めとする、緊急事態庁が主導してきたすべてのプロセスは、監督官庁を各省庁に移管する」

架禱斗がきいた。「断ったら?」

「凶悪犯罪者としての死がまつだろうな。裁判もなにもありはしない」

「忘れてないか。そもそもあんたらが俺の条件を呑んだのは、ISやタリバン、アルカイダを恐れたからだろ」

「もうそんな心配もなくなった」

鮎澤が毅然とした態度をとった。「日米軍事同盟が途方もなく強化された。入管の監視も厳しくなり、イスラム系テロリストが入国できる隙もなくなった」

架禱斗があきれたような顔になった。「入管が厳しくなった？　鎖国に向かわざるをえない空気のせいで、閉塞的な国家になりつつあるだけだろ。日本は国際社会から孤立し始めてる。諸外国を怒らせてばかりいるからな」

宮村は首を横に振った。「どれだけ怒ろうが、たいした問題ではないよ。わが国には経済力があるからな。少し前まで傲慢だった中国も、いまじゃ日本にへりくだりつつある。私の靖国神社参拝を、日本の国内問題として容認する姿勢をみせだした」

「それだけ中国人の不満は鬱積してるぜ？　韓国や北朝鮮もだ。いろいろ屈服させられてるからな」

「わが国はなにもしてない」宮村は苦笑してみせた。「周辺国が友好的な態度に転じただけでね」

「なるほど」架禱斗がうなずいた。「それが建前か」

「戦後最大の支持率に貢献してくれて感謝する。だが本来きみは、死刑になってもおかしくない男だ。海外の警察に引き渡されないだけでも、私に感謝すべきだと思うがね」

「あんたに感謝？」架禱斗はぶらりと歩きだした。SPの銃口が絶えず追いつづける。それでも架禱斗はひるむようすもなく、陛下の御椅子に近づいた。架禱斗はどっかりと腰を下ろした。「座り心地はまずまずか」

「おい！」宮村はあわてた。「天皇陛下の御席だ。すぐに立て！」

「天皇の椅子に座ってる人間に命令すんなよ」

「なにが天皇だ」

「試してみるか？」架禱斗の目が怪しげに光った。

ふいにSPの群れが拳銃の向きを変えた。宮村は肝を冷やした。すべての銃口が自分を狙っている。

「な」鮎澤政務秘書官がすくみあがり、宮村に身を寄せてきた。「なんです。これはいったい……」

架禱斗が冷やかに見つめてきた。「頭が高い。ひざまずけ」

SPのなかには知った顔も多い。就任以来仕えてきた警視庁の精鋭も含まれる。ためらいを感じさせる素振りはない。

宮村は鮎澤とともに、その場にへたりこんだ。ひざまずくというより、ただ腰が抜け、尻餅をついた。

「まってくれ」宮村はあわてていった。「よく考えろ。さっきの言葉には語弊があった。これからも持ちつ持たれつでいこうじゃないか」

「あ?」架禱斗は人差し指の先で耳の穴をほじった。「どういう意味だよ」

「私は日本の総理として、世界に冠たるリーダーをめざす。きみの地位もそれにつれて向上し……」

「わかってねえな」架禱斗の冷淡なまなざしが宮村をとらえた。「世界に冠たるリーダー? そんなものどこにいる」

「優莉君……。なにがいいたいんだ」

「人は追い詰められると、都合のいい夢を見たがる。的中率の低さも考えず宝くじを買いあさる。日本は酷い状況にあったからな、幸運を信じたかった気持ちはわかる。だがボケた頭でよく考えろ。日本の排他的経済水域内に、石油なんか湧くか?」

「それは……どういう……」

「官僚の助言がない総理大臣なんて、単なる無知なじじいだな。原油なんか発掘できてない」

思わず笑った。宮村にできる唯一の抵抗だった。「冗談をいうな。実際に大量の原油が製油所に運ばれ、国内経済が潤ってる」

「輸入してるんだよ。アンゴラ、リビア、イラク。俺がつきあいのある武装勢力が支配する油田から」

宮村は愕然とした。「そんなことあるわけがない」

「タンカーが行き来してないからか？　馬鹿総理。国家〝断捨離〟政策なんて成り立つと思うか？　アンゴラもリビアもイラクも、べつに物不足じゃねえし、日本からの中古品を大量買いはしねえ。ありゃ偽装だ。改造したタンカーの甲板に、コンテナや自動車をぎっしり積んで、運搬船に見せかけてる。じつは帰国時、大量の原油を密輸入してる」

鮎澤が血相を変えた。「ありえません！　国土交通省や財務省の目は節穴じゃないんです」

「あ？」架禱斗のまなざしは冷やかさを増した。「名門私立の幼稚舎からエスカレーター式に大学まで上ると、ずいぶんめでたい脳みそができあがるんだな」

「な……なに？」

「役人は帳簿やコンピューターのデータをチェックするだけだ。誰が危険な原油処理に立ち会う？　スーツの汚れる仕事は誰もやりたがらない。おまえらは福島第一原発の現状を見たことがあるか？」

報告しかきいていない。それも羅列されるデータの意味がよくわからず、安全か否かを問いただすだけだ。専門家が問題ないといえば、そう信じる。それが総理のみならず、閣僚らの仕事だった。ひいては官僚全体がそんなスタンスといえる。

緊急事態庁が具体的な作業を取り仕切っていた。しかも現場仕事に携わるのは、雲英石油の社員ばかりだった。雲英グループがゼッディウム襲来に関与していた、雲英健太郎の娘、亜樹凪がそう証言した。それでも架禱斗の強制により、雲英製作所の元副社長、糠盛を緊急事態庁に迎えざるをえなかった。

当初は不信感を持っていた。だが実際に原油供給が始まり、いつしか疑いを持たなくなっていた。思いかえせば、誰も信じていなかったはずだ。自給自足が可能なほどの原油が、排他的経済水域内に埋まっているなどと。

宮村のなかに激しい動揺が生じた。好景気が幻でしかなかった、その失望だけではない。懸念すべきことが山ほど押し寄せてきた。

「すると」宮村は震える自分の声をきいた。「このところの諸外国との関係は……」

架禱斗が鼻を鳴らした。「ようやくわかったか。総理。あんたは詐欺師になったんだよ。真相を知ったら、周辺国の首脳はどんな顔をするだろうな」

原油自給が嘘だとばれたら、人類史上最悪のペテンの発覚となる。国際司法裁判所で日本が被告国にされる。国連で猛烈に糾弾され、国際社会から爪弾きになる。周辺国とのあらゆる交渉も、一転して不利に立たされる。

それだけではない。日本の途方もない経済力が、実際には存在しないとわかれば、友好国も見放す可能性がある。気前のいい金払いがキャンセルとなるため、アメリカも軍事力による支援に積極性を失う。

なにより宮村は重罪人になる。周辺国が強硬な姿勢をしめすのは自明の理だ。あらゆる約束ごとは破棄、莫大な額の賠償請求をおこない、以前よりも多くの権利を主張するだろう。竹島も尖閣諸島も北方領土も、もはや失われたと考えるほかない。

経済は行き詰まる。労働者の昇給も幻に終わり、誰もが減給となる。国内世論が猛反発し、内閣支持率は暴落する。かつて以上の不況がまっている。政府による裏切りは、民間の違法行為の横行につながる。犯罪も増える。

めまいが襲った。血圧が急上昇しているにちがいない。呼吸困難に陥りそうだ。宮村は喘ぎながらきいた。「どうすれば……。私はどうすれば……」

「落ち着け」架禱斗は陛下の御椅子で脚を組んだ。「慢心しがちなじじいばっかだな、この国は。バブル期もそうだったのに、なにも学んでねえ」

「知らなかった。私はなにも知らなかったんだ」

「そうとも。あんたは事実を知ったにすぎない。現状はなにも変わってない。前から詐欺師だった、それだけだ。今後もシラを切り通せ。閣僚にも、周辺国にも、国民にもだ」

「無理だ……。無茶だ。ずっと嘘をつくなんて……。原油を密輸入しながら、産油国だと偽りつづけろというのか。そんなことはとても……」

「総理。あんたが嘘をついてるあいだは、ちゃんと原油の密輸入も続行してやる」

鮎澤政務秘書官が必死に首を横に振った。「だめだ。武装勢力からの密輸入だなんて……。即刻中止してくれ」

「中止？」架禱斗は真顔になった。「いままで輸入した原油への支払いは？　おまえらはな、中東とアフリカの武装勢力から借金してるんだよ。奴らに投資してるのは俺だ。このところ日本が浮かれ騒いで、浪費したぶんの金は、全額シビックのツケだ」

宮村は土下座した。「頼む。助けてくれ」

「だからこのまま嘘をつきつづけろ。好景気が持続し、思考停止した国民どももだまされる」

ようやくわかった。国家の弱みを握ることが架禱斗の目的だった。しかも半永久的に持続する弱みだ。すべてはそのための餌でしかなかった。総理として誰にも真実を明かせない。妻にすら話せない。欺瞞に満ちた国家運営と知りながら、なにもかも偽りつづけねばならない。

架禱斗が天井を仰いだ。「ああ。綺麗な装飾だな。あれは螺鈿か？」

「優莉君」宮村はおずおずといった。「どうか……頼む。きみが支配者だと名乗りをあげてくれ。すべてきみの画策したことだと公言してくれ」

「いまのは寝言としてきき流してやる。なあ総理。ＩＳはなぜシリア領内に国家樹立を宣言できたと思う？　タリバンがアフガニスタンを支配できた理由は？　政権の弱みを握ってたからだ。俺の偉大な父は、そういう手が日本みたいな先進国にも通用すると踏んでた。いや日本だからこそ簡単に堕ちると」

宮村は狼狽とともに嘆いた。「わが国が……。なんで……」

「日本政府はさすがにここまで馬鹿じゃない、そんなふうにいいたがる奴ほど馬鹿だ。新聞読んでりゃわかる。官僚の腐敗がどれだけ進行してた？　コロナ禍での中抜き、オリンピック利権、対応の遅れ、国民の声はいっさい無視。原油どころか、徳川埋蔵金が発掘できたって話でも、おまえらは有頂天になって現実を見失っただろうよ」

「これからどうすればいいんだ？」

「総理。自分の仕事をしろよ。全国民にオメガウイルスワクチン接種が義務だと公示しろ」

「ワクチン接種……?」

「国民には接種前に個人情報を提供させる。以下の条件の者には、サイル種という別のワクチンを打つこと。五十五歳以上で年間所得百万円以下。三十歳以上五十四歳以下の無職。在日外国人。左翼。反体制派。野党議員とその支持者。服役中の受刑者。前科者。偏差値二十九以下、もしくは不登校の児童生徒」

「そのサイル種というのは、なんだ?」

「検出不可能な毒物が含まれる。接種後一か月以内に、心不全や動脈硬化で死ぬ」

「きみは異常だ! 全国民の過半数を殺す気か!」

「税金を食い物にする役立たずが一掃されるだけだ。少子高齢化が劇的に改善される。島国に一億二千万人の人口は多すぎる。フランスぐらいでちょうどいい」

「大量虐殺じゃないか……。バタバタと人が死んだら、みんなパニックを起こす。国民も反発するぞ」

「そうはならない。社会から疎外された、ほとんど人と会わない奴らが死ぬから、人数ほどには大勢死んだように感じない。近親者も歓迎する。悲しむふりをして損害賠償請求するような遺族には、あらためてサイル種を接種させればいい」

「そんなこと……私は命じられん」

「いまさらボケたことをいうな。ちゃんと働く人間だけのいい国になる」

鮎澤政務秘書官が泡を食ったようすできいた。「わ、私たちも接種するのか？　サイル種を打たれない保証は……？」

「あんたたちは打つ必要がない」架禱斗が澄まし顔でいった。「オメガウイルスなんて流行しちゃいない。インド北部ではコロナ禍のときに、俺たちの仲間がワクチン接種を主導した。そこに別のウイルスを仕込んでおいた」

なんという悪魔的な思考だ。世界的規模でここまでの悪行を成し遂げる者は、有史以来存在しなかった。いまや絶望しかない。架禱斗は日本を造りかえようとしている。反体制者のいない、国粋主義者ばかりの全体主義国家に。しかもそれを支えるのは、原油自給という大嘘だった。

もう耐えられない。宮村は周りのSPに怒鳴った。「きみら、いまのをきいただろう！　原油の密輸入が途絶えたら、たちまち不況になり、給料も削られるぞ。なのに緊急事態庁に忠誠を誓う必要があるのか⁉」

「無駄だ」架禱斗があっさりといった。「ここにいるSPは、緊急事態庁の職員の大多数と同じ、もともと俺が雇用する連中だ。要するにシビックの非正規雇用者だよ。警視庁を意のままにできるんだから、人事も操りほうだいでね」

「ふ、古顔のSPもいるが……」

「寝がえらせたよ。原油自給詐欺の実態を知ってもなお、従来の政府より俺のほうがずっと頼りになる、そう思ってる連中がいまや日本を支えてる。そもそも国家運営に欺瞞はつきもの……」

架禱斗が言葉を切り、鮎澤政務秘書官をじっと見つめた。鮎澤は右手を内ポケットにいれている。架禱斗と目が合うや、鮎澤はあわてだした。

いきなり架禱斗が立ちあがった。水平に右腕を伸ばす。最寄りのSPが拳銃を投げ渡した。受けとるや架禱斗は銃口を鮎澤に向けた。鮎澤が取り乱し、甲高い声を発した。

乾いた銃声が鳴り響いた。宮村の傍らで、鮎澤が眉間を撃ち抜かれた。後頭部に血飛沫が噴出した。瞬時に脱力し、鮎澤は勢いよくつんのめった。

宮村は窒息しそうなほどの恐怖にとらわれた。床の絹緞通にどす黒い染みがひろがっていく。

鮎澤の胸もとからICレコーダーが転がり落ちていた。録音中をしめす赤ランプが点灯している。架禱斗との密会にあたり、宮村は鮎澤に、録音機器を隠し持つよう指示した。鮎澤はそれに従っただけだ。

架禱斗の靴底がICレコーダーを踏み潰した。「総理。けさのニュースによれば、竹島に韓国のデモ隊が上陸してる。海上自衛隊に狙撃させろ」

宮村の視界は涙にぼやけだした。「無茶いわんでくれ！　そんなのは国内世論もさすがに賛同しない」

「いや。試しにやってみろ。いまの内閣支持率なら、韓国デモ隊に死者がでても、過半数が賛成する。反対票を投じた者はサイル種の接種対象となる」

「優莉君……。この国を滅ぼすつもりか」

架禱斗が黙って拳銃を宮村に向けてきた。宮村は恐れおののき、ただ震えるしかなかった。

ドアが弾けるように開いた。国会職員風のスーツを着ているが、あきらかに育ちの悪そうな男がいった。「架禱斗。市村凜のボディガードふたりが死にやがった。秦野署が殺人事件だと報告してる。凜香も行方不明だ」

「……へえ。そうか」架禱斗の表情がいささか曇った。「結衣、生きてたか」

結衣。宮村の全身を悪寒が駆け抜けた。優莉結衣のことか。ホンジュラスで死んだのではなかったのか。桐宇翔季も雲英亜樹凪も、現地で結衣の死体を見た、のちにそう証言したのに。まさか嘘だったのか。

架禱斗が神妙に宮村を見つめた。かすかに鼻を鳴らした。片手を振りながらドアに向かう。SPたちが架禱斗につづき退室しだした。

尻餅(しりもち)をついた宮村は、政務秘書官の死体とともに、室内に残された。宮村は両手で頭を抱えた。

国家の終焉(しゅうえん)だ。悪魔に魂を売り渡したのがまちがいだった。総理大臣の役職にありながら、日本を破滅に向かわせてしまった。

16

結衣は未明の暗がりのなかを、ひとり海老名(えびな)駅まで歩いた。距離にして約十五キロ、着いたころには空が明るくなっていた。なるべく防犯カメラを避け、改札でも顔をあげないようにしながら、相鉄(そうてつ)本線のホームに向かう。始発の横浜(よこはま)行き快速電車に乗った。

朝鮮黄州選民高校の制服は、町田分室のパグェの隠れ家をでる前、ヨンジュが洗濯してくれた。シャワーもそのとき浴びた。小綺麗になった結衣は、公共交通機関でも眉をひそめられることはなく、堂々と振る舞えるようになった。

　車両はがらがらで、誰も結衣に目をとめたりしない。それで充分に思える。以前なら警察に居場所を悟られまいと必死だった。いまはもう状況が大きく異なる。

　巨漢ふたりが殺され、凜香もいなくなった時点で、架禱斗は結衣の存在に気づいただろう。これからどこに向かうかもほぼ予測がつくはずだ。したがって隠蔽工作はなんの役にも立たない。架禱斗が町田分室に疑いを持つまで、結衣はできるだけ盤上の駒を進めておかねばならない。

　国家による絶対的な人民統制。北朝鮮もそうだった。日本人はまだ架禱斗の恐怖政治に気づいていないが、いずれあきらかになる。

　女子高生ひとりになにができる、そんなふうに嘲笑う声がきこえるようだ。だが結衣にとっては事情がちがう。幼少のころからわかっていたことだ。長男は父の理想を実現しつつあるにすぎない。だからきょうだい喧嘩になる。世間に迷惑をかける長男は殺すにかぎる。むろん大量殺戮犯の結衣自身も、生きる場所はどこにもない。

　長女も同様だった。まず居場所の判明した智沙子を始末する。不幸な姉だが、野放しにはしておけない。智沙子がいなければ、葉瀬中の生徒たちは死なずに済んだ。健斗を苦しめたクラスメイトらであっても、殺すまでのことはなかった。

結衣は横浜駅で下車した。もう外はすっかり明るい。駅構内はすでに混雑しつつあった。二階の改札をでる。コンコースは防犯カメラだらけだが、大柄の人間の陰に隠れながら移動した。いままでよりはラフなやり方といえる。録画映像をよく観れば、結衣の存在に気づくだろうが、数時間稼げればいい。ほどなく京急線の改札に着いた。一番ホームへと移動し、三崎口行きの特急に乗る。この車内にも乗客はほとんどいない。私服の尾行らしき姿もない。

結衣は窓ぎわの席に座った。電車がしばらく走るうち、外に海が見えてきた。朝の陽射しが波間に跳ね、煌びやかな光の集合体を形成する。

こんなふうに自然を目にするのも、生きているうちだけだ。最悪の出生だった。育ちも悪かった。十八年で充分だろう。架禱斗は二十四年でも長生きしすぎている。優莉匡太二世が大成していくのを放置できない。長男を排除できるのは次女だけ。その役目をあたえられただけでも、生まれた意味はある。

海上を大型運搬船が航行している。国家〝断捨離〟政策の船舶らしい。甲板の上にはなにもない。アンゴラかイラク、リビアから帰ってきたところだろう。船体の側面を一瞥し、結衣は思わず苦笑した。

電車が津久井浜駅のホームに入った。緑地のほかは、点在する家屋のみが囲む、素朴な駅だった。降車した結衣は改札を抜けた。勾配(こうばい)の激しい田舎道を歩きだした。

ここも駅周辺には住宅が密集するものの、少し離れれば小山が連なる。空は青かった。潮風が吹きつけてくる。まだ見えないが海は近い。

スマホを持っていないため、ナビは利用できないが、電柱の住所表示でこと足りる。人里離れた丘陵地帯に達した。棚田ばかりがひろがる。空き地と畑の狭間(はざま)に、切妻屋根に煙突の戸建てが建っていた。

横須賀市津久井四丁目、友愛育成園。敷地内には誰もいない。結衣はなかに立ち入った。玄関のドアの前に立ち、チャイムを鳴らす。

解錠する音がきこえた。ドアが開く。エプロン姿の三十代女性が顔をのぞかせた。最初から警戒するような素振りだった。結衣を見たとたん、さらに表情がひきつった。怯(おび)えのいろが浮かんでいる。

結衣はきいた。「名前は？」

「はい？」女性がたずねかえした。

「あなたの名前」

「斉藤ですけど……」

「下の名前は？」

「失礼ですけど、なにかご用でしょうか」結衣はふたたびきいた。「下の名前は？」

「……邦子です」

「斉藤邦子さん。ここの職員ですか」

「そうです」

「智沙子がここにいますよね」

邦子は目を瞬(しばた)かせた。恐怖の感情を表出させまいとしている。だが邦子にとって、この状況はあきらかに必然だった。事前に連絡があったのだろう、きょう結衣が現れると。

「ええ」邦子はうなずくと後ずさった。「どうぞおあがりください」

結衣は靴を脱いだが、その場に残したりはしなかった。揃えた靴を小脇に挟んだ。邦子は妙な顔をしたものの、わきのドアに入っていった。

そこはリビングルームだった。ティッシュやトイレットペーパー、段ボール箱が山積みになっている。室内の半分は倉庫然としていたが、テーブルと椅子はある。壁には窓もあるが、カーテンが閉じられていた。ごくわずかな隙間から、朝の陽光が射しこんでくる。

隣りの部屋との間仕切りらしき引き戸は、完全に閉じてあった。リビングは洋間だが、引き戸のレールは木製の敷居だった。ふつうに考えれば、向こうは和室だろう。

邦子がうわずった声で呼んだ。「張本さん!」

引き戸がわずかに開き、四十代の女性が姿を現した。後ろ手に引き戸を閉めた。和室を結衣の目に触れさせまいとする、そんな素振りに思えた。

張本なる女性はいっそうこわばった顔をしていた。「あのう……施設長の張本珠代です」

下の名まで告げたのは、さっきの玄関先のやりとりをきいていたのだろう。珠代もやはり覚悟をきめていたようだ。逃げずにここにいるのは、そう厳命されたからにちがいない。

邦子がキッチンに向かいかけた。「お茶を……」

「いえ」結衣はいった。「おふたりとも座ってください」

戸惑いの反応をしめすふたりが、びくつきながら椅子に腰かける。結衣もテーブルを挟んで座った。靴はテーブルの上に置く。

結衣は静かに問いかけた。「児童養護施設なのに、子供の声がしませんね」

施設長の珠代が緊張ぎみに応じた。「いまは一時的に、お子様のお預かりを中止していて」

「智沙子がいるからですか？　警察に依頼されたんですよね。こちらで預かってくれって」

ふたりが顔を見合わせた。結衣に目を戻すと、及び腰な態度ながら、揃ってうなずいた。

会わせてほしいと結衣が申してるのを、ふたりはまっている。そんな顔をしている。それまでは平静を装い、結衣をつなぎとめるよう指示を受けている。

あえて話をはぐらかすように結衣はたずねた。「藤沢(ふじさわ)先生は？」

珠代が見かえした。「誰ですって？」

「藤沢訓正(くにまさ)先生。児童発達研究センター勤務、専門は小児発達学や小児精神神経学。智沙子の担当として、こちらに出入りしてたでしょう」

「あの……」珠代はあきらかに動揺をしめした。「どうしてそれを……」

勘だった。結衣が九歳のころ、保護された直後に面接した医学博士、それが藤沢だ。あのとき結衣は自分の首に鉛筆を突き刺した。気絶してしまったが、のちに藤沢が鉛筆を抜き、応急手当を施したときいた。鉛筆の先は頸動脈(けいどうみゃく)をわずかに外れていた。

田代ファミリーが智沙子を解放した際、智沙子は結衣とまちがわれた。ニュースは当初、優莉結衣を保護と報じた。結衣は確信した。過去に結衣の面倒をみた実績から、まず藤沢に声がかかる。結衣でなく智沙子だと発覚してからも、引きつづき精神鑑定をまかされたにちがいない。

結衣はふたりの女性職員にきいた。「藤沢さんはどちらですか」

珠代が戸惑い顔で応じた。「さあ。いつもここにおられるわけじゃないので。なぜですか？」

「大人のなかではめずらしく、藤沢さんは誠実な人です」

「どういう意味ですか」

「智沙子がホンジュラスに渡ったことを、緊急事態庁から口止めされようとも、藤沢さんが黙っていられるとは思えません」

ふたりはいよいよ落ち着かない態度をしめしだした。邦子は表情筋だけで笑顔を取り繕っている。「な、なんのことですか。まるでわたしたちが……」

「嘘つきです」結衣はあっさりといった。「警察はわたしに、ホンジュラスにいる智沙子の映像を見せた。政府も知ってたでしょう。なのに組織ぐるみで隠蔽してる。あなたたちも加担してる」

「ちょっと」珠代が憤りのいろを漂わせた。「失礼な子ね。いきなりなんですか」

結衣は珠代を見つめた。「家族を人質にとられたわけじゃなさそう。それならもっと切羽詰まってる。あなたたちはお金で妥協したんでしょ。大金をあげるから、智沙子が外に抜けだした事実を伏せろ、そう依頼された。とりわけ葉瀬中襲撃の日について」

珠代がぎこちない笑いを浮かべた。「なにもご存じないのね。智沙子さんは歩くのもやっとだったんですよ」

「人工筋肉、CNT筋繊維。ネットで調べりゃでてくる。カーボンナノチューブとチタンの合成繊維に、五キロボルトの電圧を加えると収縮する。空気よりわずかに重いていどの密度しかない」

「……そんな物があったら、手足の不自由な多くの人が助かるわね」

「ええ。そうなってる。富豪の家族にかぎられるけど。一体四百万ドル。庶民には無縁でも、架禱斗は金持ちだし」

さも苛立(いらだ)たしげに珠代がいった。「結衣さん。あなた優莉結衣さんよね？　智沙子さんはうちに預けられてるの。あなたもどっかの施設暮らしでしょ？　それとも逃亡中だとか？　葉瀬中を襲撃したのはあなたよね」

「架禱斗からの金を受けとるなんて、自分の香典を積みあげてるのと同じ。すぐ逃げたほうがいい」

珠代は耳を貸さなかった。「斉藤さん。警察に電話して」

「は、はい」邦子が腰を浮かせた。近くの固定電話に手を伸ばす。

結衣はささやいた。「受話器をとったら死ぬ」

邦子が静止した。恐怖のいろに満ちた目が泳ぐ。「な、なにを……」

「子機があるでしょ。智沙子はいまそれに注意を向けてる。受話器があがったとたん、非常事態だと思いこむ」

「なにいってんの？　漫画の読みすぎでしょ」

「あー。たしかに漫画みたいな生き方をしてきた。そんな姉妹だし」

珠代がじれったそうに邦子を急かした。「いいから。さっさと通報して。この結衣って子も、お巡りさんに連れてってもらう必要があるし」

邦子は結衣を一瞥すると、受話器をとりあげた。

弾けるような音が室内にこだました。邦子のこめかみが撃ち抜かれた。受話器を片手に、茫然とした表情のまま立ち尽くしている。貫通した弾丸が、鮮血と骨片を引き戸のほうへとぶちまける。すなわち銃撃は外からだとわかる。智沙子はコードレス子機を庭に持ちだしていたらしい。

一秒と経たないうちに、フルオート掃射が部屋のなかを粉砕していった。珠代は椅子の上でたちまち蜂の巣にされ、血まみれの肉塊と化した。だが結衣はすでに床に伏せていた。窓ガラスが割れ、壁面を無数の弾が突き抜けてくる。石膏ボードは遮蔽物にならない。結衣はキッチン方面へと転がり、冷蔵庫を盾にした。

姿勢を低くしたまま、近くの棚の引き出しを開ける。刃物はない。買いだめしてある電池ばかりだった。それにセロテープ。ただしハサミ一挺見つからない。

どんな物でも武器に変えられる、それが優莉匡太の子だった。９Ｖの四角い乾電池、上面のプラスとマイナス端子に、またがるようにボタン電池のマイナス面を載せた。セロテープで固定する。

握っていれば四角い電池の発熱ぐあいで、ショートの進捗状況がわかる。通常は約一分。外からのフルオート掃射がやんだ。壁のあちこちに開いた穴から光線が射しこむ。石膏ボードはぼろぼろだった。容易に蹴破って侵入できる。

すぐにそれは現実になった。壁に大穴が開き、陽光が室内を明るく照らす。風が吹きこんでくる。人影が現れた。

智沙子。結衣は寒気がした。革ジャンにデニムが人工筋肉の鎧を覆う。手にしたアサルトライフルはHK416F。潮風が長い髪を泳がせる。顔は結衣そっくりだった。つぶらな瞳が室内のようすをうかがう。鏡を見ているようだ。智沙子が結衣に目をとめた。

結衣は智沙子に電池を投げつけた。発熱は充分だった。智沙子がすばやくアサルトライフルの銃口を向けてくる。だが電池は智沙子の鼻先で、勢いよく爆発した。炎とともに金属片が放射状に飛散する。

智沙子は片膝をつき、大きくのけぞった。手榴弾の爆心から三メートルの距離に匹敵する爆風、そのダメージをもろに受けたはずだ。

だが智沙子は片腕で顔を覆っていた。革ジャンの袖が破れ、亀裂から人工筋肉繊維がのぞいている。電池の金属片がぼろぼろと落ちるのが見えた。ひとつとして深く刺さってはいない。

それを知るや結衣は壁に体当たりした。智沙子が致命傷を負わなかった以上、反撃まで二秒とかからない。銃創だらけの壁だったが、間柱の位置を見切り、石膏ボードを突き破った。結衣は太陽の下に飛びだし、芝生の庭に転がった。

家のなかからフルオート掃射が追いすがってくる。結衣は立ちあがり、庭を猛然と横切った。

めざすのは離れの物置だ。スチール製で一畳以上の床面積がある。除草剤に農薬、農具があれば武器が作れる。

物置に達した。結衣はスライドドアを開け放った。牛小屋のように強烈なにおいがした。蠅も飛び交っている。

結衣は愕然とした。大きなビニール袋に包まれた腐乱死体がある。目を剝いたまま絶命している、その顔にはまだ、皮膚や肉が残されていた。誰なのか判別がついた。藤沢訓正医学博士。

空虚な気分が胸に満ちていく。九歳の結衣にとって、命の恩人、唯一の理解者。いまはものをいわぬ屍と化している。

けたたましい銃撃音が鳴り響き、スチール製のドアに無数の風穴が開いた。結衣は横っ飛びに脱し、全力疾走に転じた。柵を飛び越え、丘陵地帯の道路を駆けていく。辺りにひとけがない。棚田も無人だった。山の谷間に校舎らしき建造物を見かけた。そちらに向かおうとしたとき、足もとに銃撃を受けた。智沙子が追いあげてくる。結衣はジグザグに走った。路面の跳弾はきわめて近い。気を抜けば一瞬で脚を撃ち抜かれる。

狙いが正確だった。双子の智沙子だからだ。結衣の行動の癖を的確に読んでいる。

思考や動作に共通項が多いのかもしれない。

　坂を下り、校門前に達した。門柱に津久井浜南高校とある。スライド式鉄扉を飛び越えた。いまは夏休み中だ。グラウンドは狭く、校舎も小ぶりな二階建てにすぎない。外壁がまだ新しかった。最近になって設立された、少子化を反映した規模の学校だった。

　一階のサッシ窓へと駆け寄る。ここまで近隣の住民をいっさい見かけなかった。緊急事態庁が退避させたから、そう考えるのが妥当だ。ならば待ち伏せしているのは智沙子だけではない。

　サッシ窓の手前で跳躍し、結衣は唯一携帯していた武器を引き抜いた。ナイフの尖端をガラスに突き立てる。ごく一点に集中し、強い衝撃をあたえることで、ガラスは粉々に砕けた。結衣は建物内に転がりこんだ。

　そこは特別教室だった。化学実験室のようだ。無人に見えるが、結衣はそう思わなかった。机の陰から何者かが飛びだしたとき、結衣はすでに突進し、すかさず間合いを詰めていた。

　敵はクリームいろの奇妙な迷彩柄で、ゴーグルとマスクで顔を覆い、アサルトライフルを携えている。智沙子と同じＨＫ４１６Ｆだった。銃身が火を噴いた。無駄のない迅速な奇襲、軍事訓練を積んだプロにちがいない。

だが結衣の動作はそれより速かった。一瞬のフットワークで逆方向に飛び、被弾を免れるや、もう敵の背後にまわった。敵が振り向くより早く、うなじにナイフを突き立てる。すべてを瞬発的な筋力の発揮、反射神経に委ねる。アサルトライフルのグリップをつかみ、飛びこみ前転をしつつ敵の右腕を越えることで、ストラップを肩から外させる。すでに教室内の人影には目をつけていた。結衣はフルオート掃射で三人の頭部を瞬時に撃ち抜いた。

四つん這いも同然の前傾姿勢に転じるものの、手はけっして床につかない。机の谷間を駆けめぐり、三人の死体に接近するたび、アサルトライフルのマガジンを奪った。それらはスカートのポケットにねじこんだ。

架禱斗の指示だろう、誰ひとりチェストリグに手榴弾をいれていない。拳銃やアーミーナイフもなかった。敵の装備を奪取する結衣のやり方は読まれている。教室の備品も取り除かれていた。薬品類はいっさいない。入手できたのはチャッカマン一本のみだった。スカートベルトに挟んでおく。

引き戸を開け、廊下をのぞいた。複数の敵がささっと動き、柱の陰や教室内に身を隠した。クリームいろの迷彩柄は、こういう無機的な鉄筋コンクリート内で、意外なほど効果的だとわかる。姿を完全に消せるわけではないが、動作やポーズが瞬時には識別しづらい。敵の行動を正確に把握できないだけでも、こちらが不利になる。

以前の結衣なら戸惑ったかもしれない。だがいまでは臆することもなかった。

廊下の壁沿いにあったアルミ製のロッカーを押し倒す。結衣も床に伏せ、ロッカーの陰に隠れた。たちまち銃撃が浴びせられる。だがロッカーの重量感から、なかに詰まった教科書類や衣服が弾を遮る、そうわかっていた。横倒しになったロッカーは十秒前後、遮蔽物として利用可能だった。結衣はわずかに頭を浮かせ、向かってくる敵を狙撃した。四人を倒した時点で、飛散する血が赤い霧を発生させた。狙いどおり視界不良になった。結衣は身体を起こし、ロッカーを飛び越え、廊下を突進した。

わきで引き戸が開け放たれた。敵兵がひとり至近距離からアサルトライフルをかまえる。結衣は銃剣術の動きで、敵の銃身を横に払った。間髪をいれず敵の額に銃口を突きつけ、トリガーを引いた。ゴーグルやマスクごと頭部を吹き飛ばした。バク転しながら位置を変えるあいだに、廊下の行く手にいた三人を視界にとらえた。赤い霧のせいだろう、三人の反応が遅れた。結衣は床に伏せ、トリガーを細かく刻んで引きながら、連続して撃ち倒した。

弾切れは感覚でわかった。だがそこで動きをとめたのでは敵に悟られる。絶えず移動しろと磨嶋がいった。北朝鮮でもその助言が役に立った。結衣は敵陣に駆けていった。ジグザグに走りながらマガジンを交換しコッキングした。向かってくる結衣に、敵は一瞬物陰に隠れた。結衣の銃撃がなく、急ぎまた頭をのぞかせる。だがそのあいだに、結衣の銃は装塡を完了した。ストックを肩に当て、姿を見せた順に敵を確実に狙撃した。ひとりも外さなかった。廊下を半分走った時点で、すでに六人を倒した。

　そのとき前方から、床の上を滑ってくる小さな物体があった。直径十センチていどの円盤だった。リモコン式爆弾だと気づいた。無線遠隔操作で起爆する仕組みだ。結衣は飛び退き、遮蔽になる柱に身を隠した。とっさに両手で耳をふさぐ。

　眩い閃光が廊下を照らす。突き上げる振動が校舎を揺るがした。爆風が吹き荒れ、石膏ボードの破片が辺りに飛散する。たちまち黒煙が廊下を満たした。

　耳をふさいだのは、爆発の直後にも聴覚を機能させるためだった。物音が十メートル以上先からきこえる。複数の敵が教室内に潜んでいるようだ。次の動きは読める。リモコン式爆弾をふたたび滑らせてくるにちがいない。

　結衣は黒煙のなかを駆けだし、床に滑りこんだ。急速に距離を詰め、敵が潜む教室の手前で、ロッカーを横倒しにした。その陰に伏せる。左手でチャッカマンの先を引き戸に向け、点火ボタンを押しながら、ハリー・ポッターの呪文をつぶやいた。「エクスパルソ」
チャッカマンの点火時には高電圧が発生し、火花とともに電波を放電する。電波が電子を動かし、付近のスイッチ類が押されていなくても、一瞬のみ通電してしまう。まだ敵の手もとを離れていなかった爆弾が、いっせいに起爆したからだ。轟音とともに熱風が押し寄せる。結衣はロッカーの陰に身を伏せた。吹きつける風は一瞬にして途絶えた。

行く手の教室に真っ赤な火球が膨れあがった。男たちの絶叫がこだまする。

また顔をのぞかせ、前方を確認した。廊下と教室を隔てる壁は粉砕された。室内に真っ赤な炎が燃え盛る。火災報知器のベルがけたたましく鳴り響いた。

黒煙が立ちこめるなか、結衣は身体を起こし、辺りを警戒した。待ち伏せの小隊は殲滅できたらしい。

だが結衣は廊下の果てに別の人影を見てとった。智沙子が仁王立ちになっていた。アサルトライフルをフルオート掃射してくる。結衣は横っ飛びに転がりながら智沙子を銃撃した。煙が目に沁みても瞬きしない、戦場の鉄則を守った。数発が智沙子に命中した。赤い液体が飛び散った。智沙子は仰向けに倒れたが、すぐに起きあがった。さも痛そうに手で胸部を押えながら、片足をひきずり、階段を上っていく。動作から察するに、負傷はしていない。

　やはり人工筋肉繊維は防弾仕様だった。赤い液体は血ではない、結衣はそう気づいた。こざかしいことにCNT筋繊維の潤滑油を赤く染めてある。出血したように装い、相手の油断を誘う。架禱斗らしいアイディアだった。

　結衣は廊下を走った。智沙子について考える。顔はふっくらしていたが、腕と脚の筋肉は依然として衰弱したまま、いまだ人工筋肉を頼る。アリバイ工作のためだけではないだろう。そういう病気なのかもしれない。

　階段を上りだした。智沙子の負傷を確信したふりをしてみせる。踊り場に智沙子の姿はない。なら二階で確実に待ち伏せしているはずだ。

　アサルトライフルを水平にかまえ、二階廊下に踏みこむ。どの方角から襲われようと、先んじて銃撃するつもりだった。だが予想に反し、智沙子は撃ってこなかった。代わりに柱の陰から、巨大な銀いろの刃が飛びだし、水平に振られてきた。刃は結衣の首を刎ねんとしている。

　とっさにアサルトライフルを盾にし、かろうじて刃を受けとめた。三日月刀だった。両手のふさがる自動小銃は、首がノーガードになりやすい。智沙子はそこを狙ってきた。

結衣のアサルトライフルと智沙子の三日月刀、十字につばぜり合いとなった。目の前に智沙子の青白い顔がある。歯を食いしばっていた。鏡を見るようだ。智沙子もそう思ったのか、妙な表情がのぞく。その反応すら鏡の反射に思えてくる。

両腕に力をこめ、結衣は腹の底から声を搾りだした。「智沙子。むかしは架禱斗と仲良しじゃなかったでしょ」

智沙子の目つきに微妙な変化があった。だが隙はいっさい生じない。犬のような唸り声を、智沙子は発しつづけた。人工筋肉が大の男に匹敵する筋力を発揮してくる。三日月刀がしだいに圧倒し、結衣は片膝を突きそうになった。

小さいころ一緒に遊んだでしょ、仲良しだったころを思いだして。そんなふうに情にうったえるべき局面かもしれない。しかし結衣は甘い性格ではなかった。本音をそのまま口にした。「小さいころ一緒に遊んだでしょ。あんとき殺しときゃよかった」

智沙子が憤怒に目を剝いた。筋力がさらに増したとわかる。だが怒りの感情は理性の働きを妨げる。結衣は冷静さを保っていた。むやみに力で押すばかりになった智沙子に対し、結衣はあえて身を退いた。瞬時に三日月刀をわきに逸らす。ＨＫ４１６Ｆのグリップ後部とストック下部は、Ｕ字に抉れている。そこに刃を差しこませ、銃ごとひねりあげ、三日月刀を弾き飛ばした。はっとした智沙子に対し、結衣は上段回し蹴りを食らわせた。

顔ではなく、人工筋肉が覆う胸部を蹴ったあたり、手心を加えてしまったかもしれない。結衣はそう自覚した。智沙子はそれでも転倒し、全身を床に叩きつけた。銃を持った結衣の優位を悟ったらしく、智沙子は跳ね起き、逃走に転じた。なにかが智沙子のポケットから落ちた。それがなんであるか、たしかめる暇もなく、結衣は智沙子の背を銃撃した。智沙子は廊下をジグザグに走り、かなり先で引き戸に逃げこんだ。

結衣は苛立った。自分に対する怒りだった。智沙子はホンジュラスや葉瀬中学校の惨劇に責任がある。ためらわず射殺すべきだ。なのに狙いがいまひとつ定まらない。無意識のうちに致命傷を負わせまいとしている。

床に落ちた物体に目を向けた。智沙子のスマホだった。結衣はそれを拾い、いったん階段に退却した。遮蔽物になる柱の陰に身を潜める。

スマホのタッチパネルに触れてみる。やはりロックがかかっていた。だが結衣はふと思いつき、自分の顔をまっすぐ画面に向けた。

ロックが解除された。顔認証は一卵性双生児を識別できなかった。

待ち受け画面は、五十代とおぼしき女性の静止画だった。上半身のみのバストアップ。ウェーブのかかった長い髪、細面に鋭い目つき。レディススーツを着こなしている。職業人のポートレートのような構図だ。女医っぽい印象も漂う。

この写真は前に見たことがある。世間にも知られている顔のはずだ。しかしいま結衣のなかに別の感情が生じた。スマホを持つ手が震える。

二階廊下に注意を向けた。物音はきこえない。智沙子はまだ教室内に隠れている。

結衣は急ぎスマホを操作した。待ち受け画面の静止画を、グーグルの画像検索にかける。

検索結果は二十二万八千件。まったく同じ画像が数多くヒットした。結衣は衝撃を受け、頭が真っ白になった。この女は……。

17

宮村邦夫総理は驚いた。「友里佐知子(ゆうりさちこ)だと?」

総理官邸の応接間、国賓用の豪華な室内に、宮村は架禱斗とふたりきりだった。架禱斗は窓辺にたたずみ、陽射しを全身に受けている。

いまきかされた名に、思わず耳を疑う。宮村は架禱斗を見つめた。「本当にそれが……」

「ああ」架禱斗は窓の外を眺めたまま、つぶやくように応じた。「智沙子と結衣の母親だ」

「信じられん。友里佐知子。恒星天球教の教祖か。千里眼の異名をとった……」

「犯罪者だ。父をはるかに凌ぐ凶悪犯」

的確な形容にちがいない。平成最凶の犯罪者に、優莉匡太や市村凜が名を連ねようと、友里佐知子はなお別格といえる。彼女は昭和のころから若くして極悪人だった。あまりに犯罪のスケールが大きすぎ、警視庁も全容を把握できていない。わかっているところでは、東京湾観音事件に山手トンネル事件。どちらも大勢の犠牲者をだした。国家転覆ばかりか、世界制覇まで夢見た女、そう噂される。

架禱斗がいった。「高齢の母親だからな。一卵性双生児が生まれる可能性も高かった」

「未婚かと思った」宮村はため息をついた。「たしか阿諛子という養子がひとりいたぐらいだろう」

「警察が知るのはそのていどだ。俺だってすべては知らない。友里佐知子は昭和後期から平成にかけ、凶悪犯罪のほとんどに関わった。外国のとんでもなくでかい犯罪結社とつながりを持ってたらしい」

「どんな犯罪結社だ？」

「さあな。大きすぎてわからない。いまも存続してるかは知らない。とにかく友里佐知子は、実子に自分の後を継がせたかった」

「後継ぎ……」

「子供が犯罪結社から好意的に迎えられるように、苗字を同じＹＵＲＩにした。ファーストネームも佐知子に対して智沙子。多くの国でアルファベットのアナグラムは、親子の絆をしめす」

宮村は息を呑んだ。「なら優莉という苗字は、友里佐知子のために改姓したのか？」

だから優莉匡太の親は判明しなかったのか」

架禱斗が小さく鼻を鳴らした。「親父は最初から、子供たちに苗字を継がせ、戸籍もつくらせるつもりだった。一族で堂々と国家転覆を謀ると装うためだ。一方で友里佐知子も、実子を海外に羽ばたかせるため、自分と同じ姓を望んだ」

「両者の妥協点が、友里と優莉か。パスポートの表記ではどちらもＹＵＲＩになる……」

驚愕の真実だった。智沙子と結衣の母親、友里佐知子。あらゆる学問に精通した国際的テロリストにして急進的革命家。ＩＳやアルカイダの指導者ですら、友里佐知子の名をきけば裸足で逃げだすだろう。まさに想像を絶する夜叉、悪魔の化身だった。

ただひとつ幸いなことがある。友里はすでに故人だ。

宮村はささやいた。「友里佐知子は弟子に犯行を見抜かれ、命を落とした。あの弟子はたしか岬美由紀……」

「イエメンに釘付けになってる。緊急事態庁の指示により、日本はけっして岬の帰国を許可しない。岬もイエメンを離れられない。現地で大勢の貧民と子供たちが、内戦の危険に晒されているかぎり」

よって日本に邪魔者はいない。架禱斗の横顔にそう書いてあった。宮村は慄然とせざるをえなかった。シビックはあらゆる方面に手を打っている。いまさら支配力に揺らぎはない、そう確信すればこそ、架禱斗は友里佐知子に関する事実を明かした。

どうしてもききたいことがある。宮村は架禱斗を見つめた。「きみの母親は誰だ?」

架禱斗はどこか浮かない顔で窓辺を離れた。

火のない暖炉を架禱斗はのぞきこんだ。「俺は『あつまれ　どうぶつの森』が好きだ。よくプレイしてる。あんたの娘さんは?」

「……うちの娘はもう四十二だよ」

「ああ、そうか。すごく凝った島ができあがったが、智沙子はもっと上だ。一千時間は優に超えてるだろうな。センスもいい。本当に住みたくなる。というより、智沙子は居住者の気持ちになってる。喋れなくて手足も不自由だが、ゲームには没頭する」

「妹を可哀想に思ってるのか？」

しばし沈黙があった。架禱斗は身体を起こした。「俺の母親は、しがないホステスでしかない。六本木オズヴァルドに勤務してたが、ヤク中で死んだ」

宮村のなかに妙な感触があった。架禱斗が心の揺れをのぞかせた、そう思えた。こんなことはいままでなかった。

それでも架禱斗の物言いは、依然として冷静な響きを保った。「父は俺に愛情を注いでくれた。最初に生まれた子だからな。しかも男だ。将来にも期待してた」

「その当時には、もう優莉匡太の犯罪記録がある。父親はすでに改姓していた。友里佐知子と出会った後だったんだな？」

また沈黙が降りてきた。宮村はわざと架禱斗の神経を逆撫でした。いまや架禱斗に苛立ちが見てとれる。この若造の弱点を知るのも悪くない、ひそかな興奮とともにそう思った。

だが架禱斗の射るような目つきが宮村をとらえた。「挑発か？」

「いや……」宮村はひるんでうつむいた。

「父はもともと友里佐知子に師事してた。一介の半グレから始まった父が、軍事的知識まで獲得できたのは、友里と知り合ったからだ。ただし恒星天球教には入信しなかった」

「なぜだ？」

「友里が信者の脳切除手術をおこなってると知ってたからな。あの女、まさしく狂気の極みだった」

さも忌々しげな口調に、激しい嫌悪がうかがえる。架禱斗の友里に対する感情だった。宮村は腰が退けながらも、政治家特有の奸智から、また架禱斗を煽りたくなった。

「妹たちには負けられん。きみを支えたのはその一心か」

架禱斗が宮村を睨みつけた。殺意に満ちたまなざしだった。宮村は自分の軽口を悔やんだ。

だが架禱斗はあっさりといった。「当然だ。双子の姉妹のうち、友里は失語症の姉を選んだ。そっちのほうが才能があると思ったらしい。智沙子と名付け、ほどなく自分のもとに引きとった」

やはりまだ若造だ。自分の心を制御しきれていない。感情を不安定にさせておけば、いずれ墓穴を掘るかもしれない。宮村は同情するふりをした。「父親のもとに残った結衣に対しても、きみは複雑な感情を抱いたんだろうな」

　架禱斗は澄まし顔になった。冷静さを取り戻したようだ。「気にも留めてない。六本木オズヴァルドに機動隊が突入した時点で、結衣はまだ九歳だった」

「……ああ。そうだな」

「総理」架禱斗は室内をゆっくりと歩きだした。「武蔵小杉高校で結衣は矢幡前総理と出会った。俺もこうして現総理のあんたとふたりきりだ。やはり優莉家のガキは、国家を揺るがす運命だった」

「結衣をライバル視してるのか?」

「馬鹿いえ。父の血統が偉大だといいたかっただけだ。けさ結衣は智沙子のもとに向かった。いまふたりが争ってる。じきに決着がつく」

　どこまでも冷酷な男だ。妹に対しても無慈悲か。宮村はきいた。「結衣を生き残らせる気はないんだろ? 智沙子の援護に、精鋭を二十人ほど送りこんだといったな」

「たしかに精鋭だが、ゼッディウムのヴコールを死なせたのが結衣なら、どうせ一瞬で壊滅だ。だからもっと頼りになる奴らを出撃させた」

「……誰だ?」

架禱斗がテーブルに向かった。黒革表紙のファイルが置いてある。それを開き、テーブル上に滑らせた。架禱斗がいった。「ウェイ五兄弟。知ってるな？」

宮村はテーブルに歩み寄った。ファイルにおさめてあるのは新聞の切り抜きだった。国際指名手配された中国人、五人の顔写真が載っている。出生は日本。年齢は四十代、どいつもこいつも巨漢で入れ墨だらけ、容姿も顔つきも醜悪そのものだった。いかにも人を殺めそうな、獣じみた目つきも共通している。

もっとも兄弟間のちがいはそれぞれにある。長男のズーは片目が潰れている。次男のハオは禿げで黒髭、三男のブォは大きな鼻ピアス、四男のソンがサングラス。五男のリュウは顔全体が焼けただれていた。

世界各国で強盗、殺人を繰りかえしたうえ、ＩＳやアルカイダにも加わった過去がある。武器の扱いに慣れ、内戦地帯に乗りこんでは虐殺をおこない、火事場泥棒を繰りかえす。あまりに犯罪を重ねすぎ、どの国でも逮捕後の死刑執行は確実となっていた。

架禱斗がファイルを指さした。「こいつらはとにかく義理堅い。仲間のためなら平気で命を投げだす。だが身内以外にはまったく容赦しない。女子供でも平気で殺す。食べる物がなければ人肉を削ぎ、焼いて食う」

「ならきみのいうこともきかんだろう」

「俺はＩＳで一緒だった。こいつらの命を救ったことがある。おかげで五兄弟は俺を、六人目の兄弟と呼んでくれてる」

「五人とも国際指名手配犯だ。あまりに顔が知れ渡ってる。どの国でも身動きがとれんよ」

「日本にはとっくに入国済みだ。ただしあんたの指摘どおり、こいつらには未来がない。五人ともそう自覚してる。だから死に場所を探してた。俺がそれを提供する」

「死に場所だと……？」

「東京、大阪、名古屋、札幌、福岡だ。五大都市に五兄弟が、それぞれ原爆を持ちこみ自爆する。五か所すべてでヒロシマ級の核爆発が起きる」

「なにをいうんだ！　そんなことはさせないでくれ」

「心配するな。緊急事態庁が前もって察知したと発表し、各地から住民を退避させればいい。あんたと日本政府、緊急事態庁の株はまたしてもあがる」

宮村は胃のむかつきをおぼえた。架禱斗の意図は知れている。核爆発を周辺国のしわざにするつもりだ。

国民は恐怖にとらわれつつも、犠牲者をださなかった政府に対し、またも依存度を高める。ほとんど崇拝の域に達するだろう。そんな折、ワクチンのせいで国内人口が急激に減少していく。危機感にとらわれた国民は、わが国の核武装をも厭わなくなる。先制的自衛権を容認する憲法改正も、賛成多数で可決される。日本は緊急事態庁が主導する軍事国家と化す。自由を奪われている、国民がそう気づいたときにはもう遅い。独裁支配が国家の隅々にまで浸透済みにちがいない。

太平洋戦争の再来を危惧する声があがっても、徹底した言論弾圧で抹殺される。むしろ戦争肯定派も多いはずだ。かつては資源のなさが敗戦を招いた。いまは原油自給がある、みなそう信じている。

だがすべては幻想だ。原油自給はない。政府が国民についた嘘にすぎない。

いっそのこと真実をぶちまけてしまいたくなる。しかしそれは不可能だった。原油を密輸入していたと明かせば、直近のあらゆる外交が詐欺とみなされ、日本は全世界から告発されてしまう。いちどついた嘘はもう撤回できない。罪を認めたが最後、天文学的な損害賠償額が課せられる。各国とのあいだに不平等条約の締結すらありうる。国威は果てしなく失墜し、一億二千万人が路頭に迷う。

なにもかも架禱斗とシビックのしわざだった、そう白状したところで、言い逃れとしか受けとられない。日本の警察は架禱斗が死んだと発表し、政府はシビックとの裏取引にも応じていた。いまさらなんの弁明にもならない。責任は回避できない。

駄目だ。宮村は激しく狼狽した。八方塞がりだ。時間を戻したい。不況でもいい、弱腰外交でもいい。以前の日本こそ理想的国家だったではないか。いまや開けてはならないパンドラの箱を開けてしまった。

「総理」架禱斗がじっと見つめてきた。「顔いろが悪いな。だいじょうぶか」

「ああ……。優莉君。ウェイ五兄弟は本当に原爆で自爆などするのか？　土壇場で怖じ気づくんじゃないのか」

「そんな奴らじゃない。自分の身を投げだして仲間を救おうとしながら、あまりに強すぎて、いままで死ねなかった連中だ。米中に匹敵する経済大国日本に損害をあたえることは、このうえない喜びだと奴らは思ってる」

「経済大国って……。それはまやかしだ」

「あいつらは部外者だ。原油自給の嘘までは知らん。もともと中国人だけに、愛国教育という名の反日教育のなかで育った。祖国のために日本を壊滅させることに、なんのためらいもない」

「おい……。中国人によるテロだと公表するつもりか？　やめてくれ。日中開戦に向かうじゃないか！」

「取り乱すな。連中に原爆を持たせるのは後日だ」架禱斗はふたたび窓の外を見やった。薄くなった虹彩が怪しい光を帯びる。「派手な自決の前に、軽くひと働きしてもらう。奴らは結衣を殺す。死は徹底的に確認し、疑いようのない証拠を残させる」

18

結衣は校舎二階、階段から最も近い教室に、ひとり身を潜めていた。

廊下の先、別の教室に智沙子が潜伏している。まだ物音はきこえない。結衣はアサルトライフルのマガジンを交換した。これが最後の一本になる。セレクターを単発に切り替えた。フルオート掃射ではすぐに撃ち尽くしてしまう。残る敵はおそらく智沙子だけになった。ここからは単発でいい。

聴覚が異音をとらえた。連続する重低音。ヘリの飛行音だとわかる。たぶんUH60J、自衛隊のヘリだ。徐々に音が大きくなる。接近しているようだ。

結衣は床を這いつつ窓ぎわに移動した。グラウンドの上空に黒い影を見てとった。ずんぐりとした迷彩柄の機体が低空飛行している。機首をこちらに向けていた。やはりUH60Jだった。

自衛官による操縦ではないとわかる。いたずらに左右に揺れ、地面すれすれに飛び、高圧電流の架線下をくぐる。接近とともに爆音が大きくなった。甲高いノイズが混ざりあう。ヘリは校舎にぶつかる寸前に急上昇し、真上へと消えていった。

天井に硬い音が響く。ヘリが着陸したようだ。さっき結衣が上ってきた階段は、この二階どまりだった。屋上につづく階段は廊下の反対側だろう。乗員はそちらを下りてくる。

静かになった。ヘリのエンジンが停止したからだ。結衣はセレクターをフルオートに戻した。敵の増援が校舎内に侵入してきた。

結衣は教室内を横切り、廊下に向かおうとした。ふとかすかな雑音を耳にした。スピーカーからノイズが漏れる。校内放送がオンになっている。

ふいに中国語訛りの男の声がぞんざいにいった。「優莉結衣。教室のテレビを点けろ」

文科省の学校施設整備指針に、放送室は運動場を見渡せる位置が望ましい、そう記されている。この校舎ならおそらく、放送室は二階の中央だろう。ヘリの乗員はそこに潜んだ。いま結衣のいる教室から、廊下を三十メートルほど進んだ辺りと考えられる。

結衣はいったん窓ぎわに戻った。そこから這って前進し、テレビに近づく。隣りの教室とのあいだは、石膏ボードの壁だ。うかつにテレビを点けに行き、被弾するわけにいかない。

そっと手を伸ばし、テレビのスイッチをいれた。画面が映しだされる。

定点カメラの映像だった。操作卓が据えてある。放送室のなかだとわかった。巨漢が三人うろついている。いずれも黒のランニングシャツ姿で、太い腕をびっしりとタトゥーが覆う。肥満した丸顔はたるみ、禿げあがった額と顎に皺が寄る。それぞれアサルトライフルや拳銃を手にしていた。凄みがある一方、見るからに不快で醜い顔つきが共通項だった。ニュースで何度か見たことがある。

ウェイ五兄弟のうち三人。片目が潰れているのが長男のズー、禿げの黒髭が次男のハオ、牛のような鼻ピアスが三男のブォ。全員が国際指名手配犯だった。ISにいた時期は架禱斗と重なる。架禱斗の仲間なのはあきらかだ。

三人は放送室内の中央に寄り集まり、床を見下ろしながら、サッカーのごとくなにかを蹴りこんでいる。カメラが足もとにズームした。

衝撃が結衣を襲った。横たわっているのは智沙子だった。身体を丸め、両手で頭を抱え、周囲からの蹴りに必死に耐える。人工筋肉繊維が身体を守るが、顔だけは無防備になる。次男のハオが智沙子の鼻柱を執拗に蹴りこむ。智沙子の表情は苦痛に歪み、鼻と口から血を噴出させた。

三男のブォがナイフ片手に身をかがめた。智沙子の着衣を切り裂いていく。全身を包む人工筋肉繊維の鎧があらわになった。ブォがプロテクターを一枚ずつ剝ぎだした。智沙子のげっそりと痩せ細った身体、青白い肌が露出していく。智沙子は身をよじって抵抗したが、またハオが激しく蹴りこんだ。

長男のズーがカメラ目線で怒鳴った。「結衣！　おまえの姉をレイプして殺してやる」

知能指数の低さを表すストレートな物言い。兄弟の誰ひとり、ケーキを三等分できたりはしないだろう。だがウェイ五兄弟を侮れるはずがない。ふだんの認知機能は低かろうと、戦場で野性的な勘が研ぎ澄まされる、そんな手合いにちがいない。あらゆる武器を使いこなし、戦術を熟知すればこそ、ＩＳでも名を揚げられた。

蛮行は手段を選ばない。以前にＣＮＮが報じた。五兄弟はチベットの寒村を襲撃し、村人を皆殺しにした。さらに証拠隠滅のため、あろうことか原爆を持ちこんだ。核爆発による放射能汚染で、一帯は不毛の荒野になった。強盗が目的だったにしても、対費用効果を完全に無視している。

いまも味方のはずの智沙子に対し、不条理にも暴行を加えている。それで妹の結衣を燻りだす気だろうが、やり方が常軌を逸している。

その手は食わない。奴らに智沙子を殺せるはずがない。おそらく智沙子も承知のうえだろう。こんなものはやらせ映像に等しい。猿芝居だ。動揺させようとしても無駄なことだ。

智沙子の唸り声が、ひときわ甲高く響く。画面のなかで智沙子は裸にされていた。人工筋肉のない、骨と皮だけの細い脚は、田代槇人の人質だった当時と変わらない。人工筋肉繊維を失ったいま、智沙子に抵抗のすべはなかった。三人の巨漢がげたげたと笑いながら、智沙子の極細の太腿をもてあそぶ。軽く力を加えただけで、股を開かせられたことが、よほど嬉しいらしい。智沙子は顔を真っ赤にし、大粒の涙を滴らせていた。激しく首を横に振る。

感傷が怒りとともに鋭くこみあげた。一瞬にして胸が締めつけられる。結衣は理性を働かせようと躍起になった。落ち着け。どうせ茶番だ。わざわざ中国語訛りの日本語で喋るのが、なによりの証だ。結衣にきかせようとしている。奴らの挑発に乗るな。

ブォがわめいた。「見ろよ！　まるで猿の脚だぜ。こんな骨、簡単にぽっきり折れそうじゃねえか」

智沙子が嗚咽を漏らす。泣き顔は赤ん坊のようだった。ハオがけたたましく笑い、智沙子をさらに殴りつける。

容赦のない暴力に晒されているのは、結衣にうりふたつの智沙子だ。しだいに自分の姿に見えてくる。いや結衣であれば、死にものぐるいで反撃する。智沙子には抗う筋力すらない。

ズーがまたカメラを睨みつけた。「結衣。やめてほしかったらでてこい」

心拍が急激に速まりだした。鼓動がせわしなく波打つ。三人は野蛮で低能だった。それゆえ歯止めがきかない。

察するに奴らは、近いうちの死を覚悟している。凶悪犯としての自尊心を満たしうる、なんらかの大惨事を引き起こし、みずから命を絶つつもりだ。そこまでの境地に達した連続殺人魔は、まるで見境がなくなる。智沙子を殺したら結衣を誘いだせない、そんな原則すら頭から吹っ飛んでいる。

ハオが智沙子の脚を両手でつかんだ。骨をへし折ろうと力をこめる。智沙子が呻きながら泣きじゃくった。

もう辛抱がきかない。結衣は立ちあがり、教室内を駆けだした。引き戸を開け放ち、廊下に躍りでた。

そこで結衣は立ちどまった。廊下の先にふたりの巨漢がいる。ウェイ五兄弟の残りのふたりだ。サングラスは四男のソン、顔全体を火傷しているのが五男のリュウ。どちらもアサルトライフルを携えている。

ふたりが結衣に目をとめた。ソンが近くのドアに中国語で呼びかける。

ドアが乱暴に開け放たれた。長男のズーと三男のブォが悠然と姿を現した。次男のハオは智沙子を引きずっていた。裸になった智沙子が床に投げだされた。

智沙子が仰向けに転がった。瞼が無残に腫れあがっている。呼吸が荒かった。胸もとがしきりに波打つ。呻きに似た嗚咽が廊下に響き渡った。

もはや芝居でないことはあきらかだ。最初はそのつもりではなかったかもしれない。だが智沙子は本当に殺されかけていた。

結衣はゆっくりと歩きだした。五兄弟との距離が徐々に縮まる。智沙子が驚いた反応をしめした。痛そうに身体をひねり、かろうじてうつ伏せになる。顔をわずかに浮かせ、こちらを見つめてきた。

その顔を見かえすうち、涙がこみあげそうになる。結衣は混乱を自覚した。姉を殺そうとしていたはずだ。ひと思いにやるべきだ、悲しいのはそこだけか。同情を寄せるべきではない。姉は殺人鬼だ。しかし自分もそうだ。

五兄弟まであと数メートル。ズーがぞんざいにいった。「とまれ。持ってる物をぜんぶ捨てろ」

いまさら躊躇（ちゅうちょ）など生じない。結衣はアサルトライフルを手放した。智沙子のスマホも投げだす。

スマホが床を滑り、智沙子の目と鼻の先で静止した。待ち受け画面が表示されている。母の顔がそこにある。

いま目に映るすべてが、幻影のような虚（むな）しさに満ちている。結衣は無言でたたずんだ。優莉匡太という父を憎み、その支配から脱しようと抗った。そんな日々を送ってきた。なにもかも無駄なあがきだった。父よりさらに凶悪な母。人類史にも類を見ない狂気の殺戮（さつりく）者。両親から受け継ぐ血に、まともな人間たりえる要素は、そもそも一滴もなかった。

ハオが命じた。「ひざまずけ。両手を頭の後ろで組め」

結衣はいわれたとおりにした。ソンとリュウが駆け寄り、至近距離から銃口を突きつけてきた。

ウェイ五兄弟の長男、ズーの冷やかな目が見下ろした。「俺たちは架禱斗の仲間だ。架禱斗の命令なら死んでも実行する。命令はおまえの処刑だ、優莉結衣。覚悟はできてるか」

「好きにしたら」結衣はつぶやいた。「こんな血筋、根絶やしにしておくべきでしょ」

19

凜香はソファに身を投げだしていた。手鏡に映る自分の顔を眺める。

ずっと氷で冷やした甲斐あって、腫れもほぼおさまっている。痣や切り傷はいつものことだ。男性用ファンデを塗ってから、ふつうのファンデを重ね塗りすれば、痣の類いを隠せる。女の武装半グレにとっては常識のひとつだった。

着ている井野西中の制服は、いちど洗濯し綺麗になっていた。風呂にも入った。ただし一睡もできていない。目の下のくまもメイクで隠すべきかもしれない。

じきに昼だ。腹が減ってきた。凜香は鏡から顔をあげた。

町田分室にあるパグェの隠れ家は、あいかわらずの様相を呈している。リビングに黒スーツがせわしなく出入りする。改造済みのロム基板が段ボール箱に梱包される。パーティション越しに、刃物を研ぐ音もきこえてくる。仕事のない連中は、ところかまわず身を投げだし、ヤクを吸っている。

幼少期に目にした、六本木オズヴァルドの店内を想起させる。半グレの日常はこれしかない。人生を放棄した輩どもの寄りあい所帯。日本人だろうと韓国人だろうと変わりはしない。

午前十一時台のニュースがテレビに映っている。キャスターの声が告げた。「横須賀市津久井の児童養護施設、友愛育成園が襲撃を受け、施設に保護されていた優莉智沙子さんと職員二名、児童発達研究センター勤務の藤沢訓正医学博士が死亡しました」

パグェが沈黙した。誰もがテレビを見つめている。ジニも隣りの部屋からでてきて、ニュース画面を注視しだした。

映像が空撮に切り替わった。海辺の丘陵地帯だった。切妻屋根の一軒家がパトカーに囲まれている。キャスターの声がつづけた。「警視庁は非公式に、襲撃者が優莉結衣さんであると認め、十八歳ながら指名手配に踏みきる方針で……」

怒りがこみあげてくる。凜香は手鏡を放りだし、ソファから身体を浮かせた。リビングからキッチンを突っ切り、フロア出入口の防火扉へと向かう。

制服姿のヨンジュが追いかけてきた。「凜香。どこへ行く気？」

「警察は腑抜けもいいとこ。なにもかも架禱斗兄のいいなり。結衣姉を指名手配犯にするなんて、架禱斗兄もふざけてやがる」

「まて」ヨンジュが行く手にまわりこんだ。「結衣が智沙子を殺したと、ほんとに思ってんのか？」

「なわけねえだろ。どうせ智沙子姉は死んでねえ」

これまでは智沙子が保護されている事実を、アリバイ工作に利用できた。しかし保護施設が事件現場になってしまったため、架禱斗は智沙子について死亡と発表させた。死んだことにしておけば、今後も智沙子を自由に使える。そんなところだろう。架禱斗の考えそうなことだ。

腹立たしい兄貴だ。結衣ひとりだけを犯罪者に仕立てようとしている。そこが許しがたい。架禱斗は結衣を、新生武装半グレ同盟に合流させる気はなかったのか。すべての罪を背負わせ、死刑に追いこむつもりか。

凜香はヨンジュのわきをすり抜け、防火扉を押し開けた。「外の空気を吸ってくる」

「昼間は駄目だ」ヨンジュが追いかけてきた。

「心配すんな。職員に見つかったり、防犯カメラに映ったりするヘマはしねえ」凜香は階段を駆け下りていった。

ヨンジュが後につづきながら小声でいった。「市村凜がおまえを捜してる。けさも連絡があった」

「黙っときゃわかりゃしねえって。いま会いたいのは結衣姉だけ……」

自然に歩が緩んだ。踊り場をまわった先、一階への下り階段の途中で立ちどまる。もともとここは慎重に下りていかねばならない。職員の目を盗み、地下の駐車場まで駆け抜ける必要がある。

だがいまは別の緊張感が漂う。一階は緊急事態庁町田分室のオフィスだ。なのにいつものざわめきがない。電話やプリンターの音もきこえない。代わりに硬い靴音ばかりがこだまする。

ヨンジュも異変に気づいたらしい。凜香はヨンジュに目で合図した。足音をしのばせながら、ふたりで階段を下る。姿勢を低くし、一階をのぞきこんだ。

息の詰まりそうな光景があった。クリームいろの迷彩服がひしめきあっている。全員がマスクにゴーグル、防弾ベストを身につけ、アサルトライフルを携えていた。警察のSATでも自衛隊でもない。

迷彩服のなかに黒スーツがひとり紛れていた。サンウがこちらを指さしている。階段を上るよう助言したようだ。

　ヨンジュが唸った。「あいつ……」

　悪いことにサンウの指さすほうを、複数の武装兵が振りかえった。凜香とヨンジュに目を向けてきた。武装兵らがはっとした反応をしめす。怒鳴り声が響き渡った。

「突入！」

　凜香は身を翻した。ヨンジュとともに階段を駆け上った。防火扉を開け放ち、通路に飛びこんだ。

「ジニ！」ヨンジュが声を張った。「敵が来やがる。サンウが裏切った」

　黒スーツらが一様に動揺をしめした。ふいに天井のいたるところで爆発が起きた。外れた天井板が降り注いでくる。催涙弾が投げこまれる。白煙が立ちこめるなか、武装兵が次々に飛び下りてきた。

　隠れ家じゅうが騒然となった。武装兵は容赦なくアサルトライフルを掃射した。銃火がひっきりなしに閃き、けたたましい銃撃音が反響する。血飛沫とともに黒スーツらが撃ち倒された。

　パーティションのドアが弾けるように開いた。黒スーツの群れが刀や剣をかざし、武装兵に斬りかかる。だがアサルトライフルの掃射は脅威を寄せつけなかった。ひと太刀も浴びせられないまま集団が薙ぎ倒された。

凜香はキッチンに転がりこみ、テーブルの陰に身を潜めた。ヨンジュの姿は見えない。ひとりきりになった。しかし武装襲撃に遭ったからといって、いつまでも手をこまねいてはいられない。

冷蔵庫の扉を開け、弾除けの遮蔽壁がわりにした。炭酸のペットボトルをとりだし、なかに味噌のチューブを搾りこみ、牛乳を注ぎこむ。キッチンの出入口で武装兵に応戦するパグェたちの、断末魔の絶叫が響き渡る。凜香はサラダ油の瓶とともに、ペットボトルを電子レンジに投げこんだ。1200Wのボタンを押す。

電子レンジの電気コードをつかみ、強く引っぱった。プラグはコンセントから抜けていない。保持するコードを一メートルの長さに保ち、ハンマー投げのごとく自分を回転軸にし、力ずくで振りまわす。キッチンには武装兵がひとかたまりになっていた。黒スーツたちはすでに撃ち倒されている。

凜香は電子レンジを投げつけた。「死ね！」

銃をかまえた武装兵らにぶつかり、電子レンジは大爆発を起こした。火柱が瞬時に四方八方へとひろがり敵勢を呑みこむ。すさまじい爆速がなにもかも吹き飛ばす。

爆風が達する寸前、凜香は冷蔵庫の扉の陰に戻った。武装兵の腕や脚がちぎれ、壁に叩きつけられるのを、凜香はまのあたりにした。いい気味だった。扉の陰から顔をだす。キッチンには武装兵の死体が散乱していた。

凜香はあわてなかった。白煙があがった。グラスに水を汲み、落ちていたアサルトライフルのグリップにぶちまける。熱が奪われたのをたしかめてから、グリップをつかみあげた。かなりの重量がある。HK416Fだった。キッチンになだれこんでくる武装兵の頭部を、凜香は次々に撃ち抜いた。

両手で銃を携え、姿勢を低くし、リビングに飛びこむ。そこも地獄の戦場と化していた。ジニがサブマシンガンを乱射中だった。銃撃戦が始まっている。黒スーツもみな銃を手にしていた。武器庫の扉が開放されたらしい。敵の死体が累々と横たわる。

だが敵勢はなおも続々と乗りこんでくる。パグェのリーダー格、三十代の肥満体があたふたと駆けだした。ムソンは両手を振りかざし大声でうったえた。「まて！　なにかのまちがいだ。緊急事態庁が俺たちを守ってくれてる……」

ムソンは全身にフルオート掃射を浴びせられた。ビブラートのような声を発し、全身を痙攣させる。血まみれのムソンが仰向けに倒れた。信じられないという顔のまま、目を剝き絶命している。

パグェはしだいに圧倒されていった。黒スーツの死体ばかりが積み重なっていく。怒鳴り声も絶叫も銃声に掻き消される。鮮血が四方の壁を真っ赤に染めるばかりだ。

それでも悲惨さにはほど遠かった。常人には理解できないだろうが、戦場は一種のパーティーと化していた。パグェのメンバーは感極まったように、甲高い奇声を発しながら、敵陣に特攻していく。銃を乱射する黒スーツは、みな瞳孔が開いていた。死ぬまでにどれだけ暴れられるか、誰もが喜びとともに競いあっていた。被弾しても武装兵に馬乗りになり、顔面にフルオート掃射を浴びせる。死にかけようとも敵に抱きつき、ナイフで滅多刺しにする。

凜香は背後に敵の気配を感じた。振りかえったが一瞬遅かった。銃口はすでに凜香をとらえていた。トリガーが引き絞られようとしている。

だがヨンジュが武装兵に襲いかかった。こぶしから突きだしたジャマダハルの刃が、敵の喉もとを斬り裂いた。

間一髪助かった。ところがヨンジュの真後ろにも、別の武装兵が迫っていた。凜香は反射的に突進した。アサルトライフルを水平にかまえるのは時間のロスになる。ヨンジュの手首をつかみ、重心を崩させながら引き倒した。武装兵の発射した銃弾は、ヨンジュの耳をかすめて飛んだ。凜香はつかんだヨンジュの手首をかえし、ジャマダハルで敵の胸部を刺し貫いた。

ヨンジュと目が合った。身体を起こしながらヨンジュがささやいた。「礼なんかいわない」

「わたしも」凜香は吐き捨てると、戸口に向き直った。突入する武装兵の群れを、アサルトライフルで銃撃しつづける。

サンウのうろたえる声をきいた。「ちがう、俺はちがうって！　馬鹿。俺はちが……」

取り乱したサンウが逃げ惑う。武装兵が発砲を中断した。サンウがほっとした顔になる。だがその直後、ジニがサンウの前に現れ、サブマシンガンの弾を食らわせた。サンウは叫びながら反りかえった。未練がましく空を掻きむしり、仰向けにばったりと倒れた。

ジニはサンウを仕留めたものの、武装兵らの標的になってしまった。サブマシンガンを向けるより早く、背中を撃たれた。胸部から前方に血が噴出した。ジニが両膝をついた。

ヨンジュの絶叫が響き渡った。「ジニ！」

さらに数発がジニに命中した。ジニは天井を仰いだ。どこか恍惚とした表情を浮かべている。黒スーツの生き残りたちが声援を送った。ジニは昂ぶったようにわめき散らした。サブマシンガンを放りだす。つかんでいるのは手榴弾だった。ピンを外し、跳ね起きるように立ちあがると、武装兵の群れに飛びこんでいった。「パグェ、マンセー！」

爆発音が耳をつんざいた。熱を帯びた突風が室内に吹き荒れる。武装兵らが火だるまになった。敵勢の四肢が砕け散り、部屋じゅうにばら撒かれた。

銃声は散発的になっていた。白煙のなかを武装兵らが蹂躙する。まだ息がある黒スーツを見つけては射殺していく。

凜香のアサルトライフルもついに弾が尽きた。ソファの陰でうつ伏せになった。辺りに銃は落ちていない。敵勢はなおも侵入してくる。歯ぎしりしたところで、逃げ場はどこにもない。

ふらふらと歩み寄ってくる人影があった。ヨンジュが目の前にしゃがんだ。ソファの肘掛けに背をもたせかけ、尻餅をついた。

ジャマダハルの血塗られた刃は、先が曲がっていた。もう武器としては使いものにならない。ヨンジュの制服の襟も真っ赤に染まっている。

青白い顔のヨンジュが、ぼんやりした目つきを投げかけた。「凜香」

「ヨンジュ」凜香は見上げた。

「最期まで馬鹿騒ぎ。そう悪くなかった」

「女としちゃさ。赤ちゃんほしかったよな」

「そう？　わたしはいらない」

「なんで？」

「不幸になるじゃん」

ヨンジュは力なく微笑を浮かべた。吐息のようなささやきを漏らす。「結衣はさ……

…」

言葉はそれきり途絶えた。ヨンジュは力尽きていた。半眼のまま、表情を凍りつかせ、わずかに首をかしげる。その姿勢で動かなくなった。

おびただしい量の血液が床にひろがる。ヨンジュは胸や腹を撃たれていた。どす黒い染みが制服のいろを変えていく。

泣いてなんかいない。凜香はそう思った。それでも視界が波打つのは、きっと催涙弾のせいだ。

いつしか静かになっていた。銃声がしない。悔しさがこみあげる。ここで死にたかった。いまだ生きているのは、故意に標的から外されたがゆえだろう。

身体を起こそうとしたとき、デニムにスニーカーが近づいてきた。ほとんどスキップするような歩調だった。凜香は憎悪とともに仰ぎ見た。痩せた上半身は白のTシャツ。凜香と同じショートボブに縁取られた小顔があった。

「やだー、凜香」市村凜が大仰な笑みとともに見下ろした。「家出なんかしてー。紗崎玲奈も殺してないんでしょ？　あんまりお母さんを困らせないでよ。八つ裂きにしてドブに流すよ？」

20

凜香は頭巾をかぶせられた。クルマで一時間近く移動し、車外にでたときには山間部だとわかった。市街地の雑音がなかったうえ、樹木のにおいがしたからだ。そこからコンクリート造の建物に入った。周りを囲んで歩く連中の靴音が響く。

鉄扉を開ける音がする。後ろ手に嵌められた樹脂製のカフが、刃物で切断された。両手が自由になった、そう思ったとたん、背後から突き飛ばされた。凜香は硬い床につんのめった。

ただちに鉄扉を叩きつける音がきこえた。施錠したのがわかる。凜香は全身の痛みを堪えながら、自分の手で頭巾を取り払った。

ようやく周りが見えるようになった。コンクリートの壁と床、無機的な部屋だった。あちこちに苔が生えている。窓はない。天井には埋め込み式の電球、照明はそれだけだ。

室内にあるのはパイプ式のベッドのみ。凜香は鉄扉を振りかえった。ずいぶん年季が入っている。錆びついてはいるものの、頑丈な造りは疑いようがない。鍵穴ひとつなかった。こちらから開ける手段は皆無にちがいない。

建物の構造上、人権無視の度合いを考慮しても、刑務所の独房とは考えにくい。昭和初期の精神科病院には、こんな常軌を逸した設備があったとネットで読んだ。さすがが架禱斗兄、跡地利用にも手抜かりがない。

部屋は二間つづきらしい。ドアのない出入口を通じ、隣りとつながっていた。なぜかそちらの室内は明滅し、しきりに壁のいろを変える。凜香は立ちあがり、隣りに足を踏みいれた。

意外にも壁の一面が新しい。五十インチ前後の壁掛け式テレビが設置してある。音は消えているが、画面は点いていた。室内のいろの変化は、テレビの発光のせいだった。宮村総理が真顔で演説している。総理官邸より中継、そうテロップがでていた。

この部屋にもパイプ式ベッドがあり、リモコンが投げだされていた。凜香はそれを手にとった。音量をあげてみる。

宮村総理の声が反響した。「緊急事態庁がつかんだ情報では、ウェイ五兄弟はウラン型原爆五発を日本に持ちこんでおり、今後数日中に、五大都市で同時に起爆するとのことです」

キャスターの声が重なった。「総理の会見がつづいております。お伝えしていますように、緊急事態庁の発表によりますと、ウェイ兄弟が標的とするのは東京、大阪、名古屋、札幌、福岡の各都市内ですが、より正確な位置については、避難対象地域の住民へ優先的に知らされるとのことです。対象地域はそれぞれ爆心から半径十キロ……」

凜香は焦燥とともにチャンネルを替えた。どの放送局も官邸からの中継を流していた。テレ東もさすがにアニメ番組ではなかった。

ふたたび宮村総理の声が告げた。「緊急事態庁はより正確な爆破予定日時の把握に努めております。自衛隊と在日米軍、各都道府県警察は連携し、住民の避難と原爆発見を急ぎ……」

別のチャンネルで女性アナウンサーがいった。「ウェイ兄弟は、日本の排他的経済水域内にある油田はすべて、実際には中国の領海内だと主張しているとの情報もあります。これが事実とすれば、犯行は中国に利益をもたらすための脅迫行為と解釈でき……」

さらに別のチャンネルでも、ニュース解説員が語気を強める。「中国政府は関与を否定していますが、ウェイ兄弟によるテロは明確な戦争行為であり、日米政府は中国に対し、非公式に警告を……」

凜香は苛立ちとともにチャンネルを替えた。アナウンサーの声が響き渡った。「世界の株式市場は全面安となっています。日本市場は投資家の混乱を防ぐため、緊急事態庁が把握した爆破予定期間内は閉鎖を決め……」

「なんだよ」凜香は苛立ちとともに吐き捨てた。「なにをやろうってんだよ、架禱斗兄は！」

男の低く唸るような声がいった。「ガチで国を滅ぼす気だろうよ」

はっとして振りかえった。ベッドのわきに大男がうずくまっている。ネルシャツの半袖から突きだした太い腕は、おとなしく膝を抱えていた。鍛えた身体を贅肉が覆い、とても二十二歳とは思えないほど、老けこんだ見てくれになっている。特にゴリラそっくりの顔は、腫れぼったい瞼とあいまって、かつての父そっくりだった。

次男の篤志だ。凜香は面食らった。「ここでなにしてやがる」

篤志は立ちあがらなかった。「おめえこそ」

「澤㡳篤志としてクロッセスを継いだんじゃなかったのかよ」

「架禱斗に背いたら、このざまだ」

「なにを刃向かった?」

「俺たちゃ練馬分室に潜んでる。緊急事態庁のビルの最上階だ。好き勝手やって、暴れられると思ってた。ところが……」

不満ならきくまでもない。凜香も同じ境遇にあった。「わかってるよ。騒動を起こしては、なにも盗らず誰も殺さず、尻尾巻いて逃げだせといわれてる。警察や緊急事態庁に花を持たせるだけ」

「いまの半グレ同盟はただの噛ませ犬でしかねえ。頭にきて競馬場から売上金を根こそぎ奪ってやった。架禱斗は激怒したらしい。変な部隊が突入してきて、俺をここに引っぱってきた」

凜香は頭を掻きむしった。「半グレ天国じゃなかったのかよ」

「世間を恐怖に陥れるのが、俺たちの役割だとよ。そこに従ってるぶんには天国ってことだろうぜ」

「ふざけんな。負け専門のダサい悪役なんかつづけられっかよ」

「俺たちの存在があってこそ、国民は警察と緊急事態庁を頼りまくる。熱烈に支持する。警察国家の構築に好都合な下地ができあがるってよ」

「……ぼんやりおぼえてるんだけどさ」凜香はささやいた。「お父さんって、国の総人口を半減させるとかいってなかったっけ」

「いってた。たぶんオメガウイルスワクチンでそれを実現するんだろ。反対分子や役立たずは根こそぎ殺される。国家崇拝者で経済にも貢献できる人間だけが生き残る」

「そのうえで中国と戦争？」

「いまの日本は原油自給できてるからな。簡単に降参はしねえだろ」

「そのぶん戦争が激化するじゃねえか」

「だからいってるじゃねえか。架禱斗はマジで国を滅ぼそうとしてるって」

架禱斗の主導の下、緊急事態庁は奇跡を実現した。原油を掘り当てたのは事実だろう。どう考えても原油自給は偽れない。現に景気がよくなっている。

しかしその奇跡が国民の理性を失わせた。誰もが万能の力を得たかのような錯覚に陥っている。いよいよ歯止めがきかなくなってきた。

凜香はため息をついた。「架禱斗兄って、お父さんのために復讐してんの？」

「だろうな」篤志が物憂げに応じた。「日本は敗戦直後の焼け野原に逆戻り」

架禱斗は海外で拠点をさだめず、シビックというオンラインサービスで、巨万の富を獲得しつづける。だが日本に残されたきょうだいはどうなる。戦争中と戦後の混乱のなかで、本物の愚連隊と化すしかないのか。

皮肉をともなう感傷が胸にひろがる。それが半グレ天国という言葉の意味だとしたら。

篤志が見上げてきた。「おめえ、母親と一緒だったんじゃないのか」

思いだしたくもない。凜香は声を荒らげた。「あんなのは母親じゃねえ」

なぜ凜香がそう思うのか、篤志は理由をたずねなかった。馬鹿きょうだい同士、いまさら現実に気づいて、なにを怒ってんだか。篤志はそんな態度をのぞかせていた。

「凜香。さっき初めてきいたんだけどよ」

「なにを?」

「結衣の母親」篤志の陰気な顔が凜香に向けられた。「誰なのか知ってたか?」

21

雨の強く降る午後だった。二十五歳の紗崎玲奈は、ブラウスと膝丈(ひざたけ)スカートにレインコートを羽織り、千葉の勝田台駅前を歩いていた。ロータリーから外れると、住宅街にパブやスナックの看板が点在する。むろん単なる民家も多い。

七階建てのマンションに着いた。エントランスはオートロック式だった。501と部屋番号を押す。スピーカーからノイズがきこえる。住人がインターホンを通話状態にしているとわかる。だがひとことも応答しない。

当然だろうと玲奈は思った。玲奈もなにも喋らなかった。訪問者の顔はモニターに映っているはずだ。

ほどなく自動ドアが開いた。玲奈はロビーに入った。エレベーターに乗り、五階まで上る。

501号室の前に立った。チャイムを鳴らさずとも、ドアの覗き穴の陰りぐあいで、こちらのようすをうかがっているとわかる。

すぐに解錠の音がし、ドアが開いた。ワイシャツにスラックス姿の中年、坂東志郎が不安げな顔で現れた。以前より老けた感がある。疲労と憔悴のせいかもしれない。

「……すまない」坂東が遠慮がちにささやいた。「こんな遠くまでわざわざ」

玲奈は苦笑しかけたが、微笑にはほど遠い、そんな自覚があった。「わたしの動向を気にかけてるのは知ってたけど、電話番号まで把握してたなんて」

「捜査一課なら個人情報も取得できる。迷惑だったかな」

「いえ。わたしへの警戒が半分、残りの半分は、心配してくれてたと思うことにする」

坂東が表情を和らげた。奥の部屋から家族が顔をのぞかせる。妻の尚美、娘の満里奈。どちらも憂いのいろを浮かべていた。玲奈は軽く頭をさげた。

サンダルを履いた坂東が通路にでてきた。妻を振りかえっていった。「施錠してくれ」

ドアを閉じると、坂東は玲奈をうながし、通路を歩きだした。玲奈も歩調を合わせた。

外階段には屋根があり、いちおう雨をしのげる。玲奈は坂東とともに、外階段の踊り場にでた。

立ち話するには最適の環境だった。階下の路上に不審人物の有無が確認できる。いま辺りに人の往来はない。

坂東が告げてきた。「借りてる部屋はもぐりの民泊でな。地元の所轄にも発見されにくい」

玲奈は応じた。「ＳＭＳでここの住所だけ送ってきたでしょ。家族で夜逃げしたようにも見えるけど」

「夜逃げならどんなによかったか」坂東の目が深刻のいろを濃くした。「きみがこんなに早く飛んできてくれるとはな」

「鶴巻南にはいられなくなったから」

「なにがあった？」

「ききたいのはこっち」

「ああ。そうだろうな……」坂東はため息をついた。「殺されかけた。妻も娘もだ」

胸騒ぎがした。玲奈は坂東を見つめた。「誰に？」

「凜香。母親は市村凜」

頭を殴られたような衝撃をおぼえる。一瞬にして悪夢のような記憶が甦った。玲奈は耳を疑った。「市村……凜？　娘がいたの？」

「優莉凜香。父親も最悪でな。元死刑囚、優莉匡太の四女だ」

その四女と顔を合わせたことはない。だが次女の姿が目の前をちらつく。切迫した気分が押し寄せてきた。玲奈はつぶやいた。「結衣がわたしのもとに……」

「会ったのか」

「わたしを殺しに来たと思った。でも……」

「なんだ？」

「そんな目に見えなかった。殺意が感じられない。ずっと気になってる」

「そうか」坂東は手すりに寄りかかった。「俺は結衣に命を救われたよ」

「結衣に？」玲奈は驚いた。

「妻と娘もだ。へたすりゃ一家三人、印旛沼の底に沈んでるところだった」

「……失踪すらニュースになってないけど」

「ああ。俺もショックを受けてる。無断欠勤を許す課長じゃないんだがな。どうやら結衣のいってたことは本当らしい」

あの晩の記憶が自然に想起される。玲奈は半信半疑の内容を口にした。「優莉匡太の長男、架禱斗が緊急事態庁を仕切ってるとか」

「きいたのか？」

「とても信じられない」

「いや。架禱斗が諏訪野猛を名乗り、国際指名手配犯になったって話は、いちど捜査関係者に伝えられた。ところが上が否定してきた。失踪宣告で死んだことにするよう指示がでた。ほかにもいろいろ状況をひっくりかえされた」

「たとえば？」

坂東はいいにくそうに視線を逸らした。ふいに世間話のような口調に転じた。「なにも起きてなければ、きみは大学を卒業し、ふつうに社会人になってただろうな。彼氏ができて、結婚を考えてたかも」

高校をでてすぐ調査会社に勤務した。妹の咲良が死んだからだ。ストーカーに咲良の居場所を教えた、もぐりの探偵がいると考えられた。その素性をあきらかにしたかった。

もぐりの探偵は市村凜だった。幼少期から虐待を受け、反社会性人格障害を発症した女。十六のころから資産家をたぶらかし、結婚しては殺害してきた。死別のたび戸籍を書き替え、常に初婚と偽りつづけた。見よう見まねの調査業で培ったノウハウを、余すところなく悪用していた。

坂東がいった。「スマ・リサーチ社は営業を再開してるぞ。須磨社長らも起訴を免れたからな。禁錮刑に処せられてない以上、探偵業法の届出制にも抵触せず……」

玲奈は遮った。「坂東さん。わたしを殺しに来たのは市村凜の娘？　姉の結衣がそれを阻止したの？」

「……スマ・リサーチ社は浮気調査しかおこなっていない。調査会社はどこもそうだ。緊急事態庁が探偵業法を厳しくしたからな」坂東が玲奈を見かえした。「きみに最悪の報せがある。市村凜の意識はとっくに回復してる。看護師を殺し、目下逃走中だ」

　ふいにめまいが襲い、昏倒しそうになる。正気を保つのがやっとだった。玲奈の声は裏がえった。「市村凜が逃げた？」

「申しわけない……。組織的犯行による患者のすり替えだった。関与したのはおそらく、再結成された半グレ同盟。三代目野放図もそのなかに含まれる。リーダーは優莉凜香だ」

　なにも言葉にできない。怒濤のように多様な感情が押し寄せ、ただ混乱するばかりだった。心を落ち着かせようと躍起になる。それでもこみあげてくる悲哀はいかんともしがたい。

　すべて終わった、そう思っていた。空虚さと孤独感に蝕まれながら、ただ生きるのみの日々を送ってきた。なのにいま過去に引き戻された。

　坂東が気遣いのまなざしを向けてきた。「だいじょうぶか」

「……捜査一課は市村凜の行方を追ってないの？」

「警視庁は警察庁に振りまわされっぱなしだ。その警察庁も緊急事態庁の傀儡でな。死んだはずの架禱斗が、国家権力を操ってるんだとしたら、なにもかも合点がいく」

「そんなことが本当に……」

「紗崎。コロナ禍が深刻化するまで、地球全体がひとつの危機に陥るなんて、まずないと思ってた。山の斜面に立つ住宅が、大雨のたび流される事態も、俺の若いころには考えられなかった。ありえない話が現実になる。いまはそんな世のなかだ」

暗澹と心が痩せ枯れる。犯罪の凶悪化、貧困、どうしようもないことばかりが社会に蔓延する。今度は国家の枠組みそのものが揺らぎだした。

玲奈は悄然とつぶやいた。「それが本当だとすると、結衣はたったひとり……」

「ああ。兄である架禱斗の悪事に気づき、抵抗してきたんだろう。慧修学院高校の校長にも警告したらしいが、もみ消されたといってた」

玲奈は深いため息を漏らした。「国家権力が頼れないとなると、自分たちで動くしかないってことね」

「そのとおりだ」坂東が真顔でうなずいた。「秩序が保たれてるように見えるのは、まやかしにすぎない。この国は無秩序の極みだ。いまやたったひとりのテロリストが操る帝国だ」

22

ほの暗いコンクリートの通路に、複数の靴音がこだまする。凛香はまた樹脂製のカフを後ろ手に嵌められていた。クリームいろの迷彩服を着た武装兵らが、前後左右に四人、凛香を囲みながら歩く。

凛香は苛立ちとともに思った。こいつら武装兵は、緊急事態庁の職員という名目の、シビックの非正規雇用者どもにちがいない。装備はアサルトライフルのみ、腰のホルスターに拳銃はなかった。優莉匡太の教えを継ぐ架禱斗は始末が悪い。武器を奪われる事態を最大限に警戒している。

建物はやはり古い精神科病院らしい。独房の鉄扉が等間隔につづくほか、かつての診療室らしき部屋も見かける。椅子と患者用の丸椅子、ぼろぼろの医療用ベッドが残されていた。窓はいっさいない。

診療室は複数存在している。そのうちのひとつに凛香は連行された。武装兵らが部屋の四隅に散っていった。距離を置いたうえで凛香の見張りをつづける。

床に座りこんでいる人影が目に入った。やたら痩せ細った身体つき。なんと智沙子だった。だぶついたオレンジいろの受刑者服を着て、背を壁にもたせかけている。額や頬が痣だらけだった。

結衣とはずいぶん印象が変わってきている。もう凛香でなくとも、ちがいが見てとれるだろう、そう思えるぐらいの差異があった。ひどく怯えきった態度のせいかもしれない。やけに細い脚だった。服の上からでも、人工筋肉を取り払われているとわかる。ひとりでは立つのも困難だろう。

室内にはほかにも巨漢たちがいた。凛香は寒気をおぼえた。肥え太った身体つき、野生のケダモノ然とした目鼻立ち。ウェイ五兄弟のうち、上の三人が立っている。片目の潰れた長男、禿げと黒髭の次男、鼻ピアスの三男。

凛香は言葉を失っていた。テレビのニュースで顔写真を見たばかりだ。五大都市に原爆を仕掛けるはずの中国人テロリストども。架禱斗の仲間だったのか。

長男のズーが凝視してきた。中国語訛りの日本語できいた。「おまえが凛香か」

「……だったらなに?」

「おまえの拷問は免除だ」

「はぁ?」凛香はズーを見かえした。そもそも拷問される予定だったとは、それ自体が初耳だ。妙に思いながら凛香はきいた。「わたしを痛めつけるなんて、誰がきめた?」

「オカンだ」ズーが口もとを歪めた。「ききわけのない娘を調教してくれってよ」

ハオとブォが下品な笑い声を響かせる。智沙子が暗い顔でうつむき、かすかに唸った。

凜香は虚勢を張ってみせた。うんざりした態度をとってみせた。「で、あんたたちはなんで、拷問だか調教だかをやめようと思ったわけ？」

「俺たちが判断したんじゃねえ」ズーが真顔になった。「結衣が望んだことだ。死刑になる前に、なにか願いごとはあるかときいたら、おまえを傷つけるなといった」

しばし沈黙が生じた。凜香は思わず鼻で笑った。「どういう狙いか知らねえけど、わたしをだましたいんなら、もっとましな嘘をつけよ」

三人は表情ひとつ変えなかった。ズーがつぶやくようにいった。「そういうおまえの反応も、結衣は予測してた」

「嘘に嘘を塗り重ねんな。股がかゆくなる」

「本人にきけ」ズーは奥のドアに顎をしゃくった。

また沈黙が降りてきた。室内の空気が張り詰めていく。凜香はズーを見つめた。

「本人って？」

「結衣と話せ。俺たちにも兄弟の絆ってもんがある。おまえは結衣の妹だろ。せめてもの情けだ」

凜香はドアを眺めた。まだ嘘に思えて仕方がない。皮肉な笑みを浮かべてみせた。

だが巨漢三人の顔には、もう笑いはなかった。

「……やれやれ」凜香はドアに歩きだした。「なにがまってるか知らねえけどさ。そこまでいうんなら、スべることまちがいなしの出し物を見物してやる」

ズーがドアを開け放った。通路が数メートル、その先は下り階段だった。ためらいが生じたものの、もう後には退けない。

依然として後ろ手にカフを嵌められている。ウェイ兄弟らもカフを切る気はないらしい。凜香はそのまま通路を歩きだした。慎重に一歩ずつ階段を下る。

ワンフロア下の通路に降り立った。前方の突きあたりに鉄扉があった。さっきの三人と似た体型のふたりが立っている。サングラスの四男がいった。「やっと来たかよ」

顔の焼けただれた五男が、鉄扉を開けにかかる。凜香は猜疑心とともに歩きだした。扉の向こうに足を踏みいれる。その瞬間、衝撃が全身を包みこんだ。

独房の真んなか、天井から鎖が下がっている。両手首を枷に固定され、吊された状態の結衣が、ぐったりとうなだれていた。北朝鮮の高校の制服は、いたるところが破れ、大小の血痕が浮きあがる。

まさか。凜香はあわてて駆け寄った。「結衣姉!」

結衣がゆっくりと顔をあげた。負傷の痕が見てとれる。頬は片方だけ腫れていた。口の端から血が滴っている。

激しい動揺が凜香のなかにひろがった。「な……なんだよこれ。結衣姉。なんで捕まってんだよ」

「……あんたこそ」結衣が力なくつぶやいた。「凜香。怪我はない？」

「なにされた？　あいつらになにをされたんだよ」

背後でサングラスのソンがいった。「心配するな。レイプはしてねえ。架禱斗の妹を犯すなんて、俺たちゃそこまで鬼じゃねえからな」

凜香は怒鳴った。「でてけ！」

意外にもソンとリュウは、その場に留まらなかった。ふたりとも通路に立ち去る。鉄扉が閉ざされた。室内は凜香と結衣だけになった。

両手が自由なら、結衣の手枷を外せるかもしれない。だが不可能だった。凜香も後ろ手にカフを嵌められている。結衣にカフを噛み切らせたいが、口の高さまで届かない。

結衣は凜香の考えを読んだらしい。「そのカフは歯じゃ無理」

焦りと苛立ちが同時にこみあげる。凜香は結衣を見つめた。「どんな狙いだよ。打つ手があるんだろ？　教えろよ」

「狙いって」結衣はぼそりといった。「そんなものない」

「馬鹿いうな！　結衣姉があんなデブどもに捕まるかよ」

「あん？　智沙子を人質にとられた」

「智沙子姉は架禱斗の仲間だろ。死んでもしょうがねえ」

「それがそうもいかなかった」

「なんでだよ」

「チュオニアンであんたと会ったときと同じ」

心が不安定になり、しきりにぐらついた。胸を締めつけてくる感覚を、全力で拒絶したかった。だが抗えない。あのとき結衣が凜香に向けた情愛は本物だった。いままでもそう信じたかった。

「よせよ」凜香は震える声でうったえた。「やめろってんだよ。柄にもなく姉に同情したって？　あんなの人殺しの異常者じゃねえか」

「あんたもそうだった。わたしもだけど」

「結衣姉はあとでわたしを叩きのめしたじゃねえか」

「やんなきゃあんたは、ただの無差別殺人犯になってた」結衣のつぶらな瞳がまっすぐに凜香をとらえた。「知ってるよ。あんたはいままで、半グレやヤクザしか殺してない」

身体を秋風が吹き抜ける、そんな思いがひろがった。凜香は首を横に振った。「わたしは結衣姉ちゃんみたいに立派じゃない。誰彼かまわずぶっ殺してきた」

「吹かさないでよ。紗崎玲奈も殺せなかったくせに」

「結衣姉ちゃんの邪魔がなかったら殺してた。わたしは原宿のころとちがうんだよ。もう無差別殺人犯になってる」

「坂東さん一家の話？　ほんとに殺せたと思ってんの？」

凜香は思わず絶句した。見かえす結衣の目が、いちど瞬きしたとき、わずかに潤みだした。

むろんこの部屋には盗聴器がある。だからこれ以上、結衣に本当のことを話させるわけにいかない。凜香は声を張った。「殺したよ！　嫁も娘も、確実に」

結衣は小さくため息をついた。穏やかな結衣の表情を見た瞬間、凜香は理解した。あの一家三人はまだ生きている。

原宿、印旛沼、秦野。凜香は見境なく、罪のない人間を殺そうとした。その一線を踏み越えてこそ、本物の半グレになれる、そう確信していた。本物の半グレになって、その後どうするかは考えなかった。ただ引きかえせない道を歩きだしたかった。どうせ半グレでしか生きられない。それ以外の将来など早く捨て去りたい、そんなふうに思ってきた。

だが無差別殺人に及ぼうとするたび、結衣に阻まれた。凜香はいまだ半グレとしては半端者だ。とはいえ悔しさなどない。むしろ救われた気がする。

武装半グレによる無差別殺人。父や架禱斗と同じ。母とも同じ。生き方の継承になんの意味があるのだろう。連続殺人魔になる運命から逃れられずとも、結衣はクズしか殺してこなかった。凜香は結衣ではない。クズ以外の一般人を早く殺したい、そう望んできた。けれども結衣がそれを許さなかった。

まだ優莉家の血に染まりきっていない。だから引きかえせる。結衣のまなざしには、いつもそんな思いがのぞく。

とても耐えられない、責任の重さに打ちのめされそうになる。凜香はいつしか涙ぐんでいた。「わたしは結衣姉ちゃんみたいに生きられない」

「凜香」結衣が静かにいった。「あんたはまだ何者でもない。人生がこうだなんてきめないでよ。お父さんとはちがう。兄貴とも。母親のツラの皮をかぶっただけの、あの女とも」

「これからどうすりゃいいの？　自由なんかない。架禱斗兄の天下じゃん」

「こんな世のなか、どうせ長くはつづかない。凜香。妹の弘子と仲よくしてあげて。あの子はせいぜい不良レベルでしょ。非行に走る前に止めてあげて。伊桜里や耕史郎もまだ幼い」

「ずっと会ってない。向こうが会うのを嫌がる」

「ほんとはそうじゃない。わたしも凜香に会うのは嫌じゃなかった」

「マジで？　だけど、結衣姉……」

「瑠那も神社で問題なく育ってる。あの子、あんたと同じ学年でしょ」

「あいつは優莉匡太の子とはバレてない。むしろ関わるべきじゃない」

「でももしバレそうになったら、手を差し伸べてあげて。一緒に高校に進学して」

不穏な焦燥にとらわれる。凜香は結衣に顔を近づけた。「なんでそんな言い方するんだよ！　まるでほんとに殺されるみたいじゃねえか」

結衣の視線が落ちた。「死刑にならなきゃ、智沙子やあんたが……」

「わたしたちの心配なんかすんなよ！　まさかマジで死ぬ気じゃねえんだろ？」凜香は語気を強めた。「おい結衣姉！　あんた友里佐知子の娘なんだろ？　市村凜よりずっと格上じゃねえか。しおらしいふりして、なにか企んでるんだろ。じつはあのデブたちを丸めこんでるとか、打つ手があるんだろ⁉」

鉄扉が開いた。巨漢たちがぞろぞろと入室してくる。片目の潰れたズーがいった。

「聞き捨てならねえな。俺たちは信念を曲げねえ。架禱斗から処刑を命じられた以上、絶対にぶっ殺す。例外なんかねえ」

凜香は怒りとともに振りかえった。「殺そうと思えば、もう殺せたはずでしょ。なんでグズグズしてんの」

「結衣が確実に死んだという証拠を残せといわれた。射殺して心臓がとまるまでの一部始終を記録しなきゃならねえ。いま準備を万全に整えてる。おまえら兄弟姉妹にも立ち会ってもらわねえとな。処刑は今夜だ」

心のなかを掻きむしられるようだった。凜香は結衣に向き直った。息がかかるほど間近に顔を突きあわせ、凜香は必死でうったえた。「結衣姉！　こんな奴らの言いなりになるな！　巨悪の娘のくせに、わたしや智沙子なんか気にかけんなよ！　頼む。お願い。結衣姉。死なないって約束してくれよ。結衣姉……」

ふいに結衣は凜香に頰を寄せた。体温が自然につたわってくる。結衣が穏やかにささやいた。「妹や弟を守ってあげて。もうわたしたちみたいな苦しみを継がせないで」

凜香は羽交い締めにされた。巨漢らが力ずくで凜香を結衣から引き離す。凜香は死にものぐるいで身をよじった。「放せブタゴリラども！　触んじゃねえよ！　よせ。外に連れてくな！　結衣姉。結衣姉ってば！」

鎖に吊(つる)された結衣は、その場から動けず、ただ黙って見送るだけだった。涙を溜(た)めた目が凜香に向けられる。すなおな気遣いに満ちたまなざし。いままでいちども向けられたことがなかった。拒みたくても現実がとって代わっていく。永遠の別離が近づいている。

通路に連れだされてもなお、凜香は激しく抵抗し、声を張りあげていた。「結衣姉！　結衣姉！」

鉄扉が固く閉ざされた。静けさに施錠の音が重く響いた。

23

凜香は独房のなかで、なにも考えられない時間を過ごした。

窓がないため、日没に至ったかどうかもさだかではない。ただ晩飯の差しいれがあった。だから夜だとはわかった。むろん食事にはいっさい手をつけなかった。毒を盛られて死ぬなんて、あまりに冴えない。

そのうち武装兵らが迎えにきた。凜香と篤志はそれぞれ後ろ手にカフを嵌められ、通路に連れだされた。前とは異なる方向に連行される。

階段を上ったり下りたりしたのち、やたらと広いホール状のフロアにでた。やはりコンクリート壁が囲むだけの空間でしかない。間仕切りも窓もいっさいなく、四角柱があちこちで天井を支える。照明はほかにない。地階かもしれなかった。床じゅうに無数のLEDランタンが据えてある。照明はほかにない。ワゴン台に刃物がたくさん並べられていた。医療用メスからノコギリまでが含まれる。拷問用だろうか。

人影がいくつも蠢く。車椅子に座っているのは囚人服姿の智沙子だった。会うたび結衣とのちがいが顕著になっていく。智沙子は青白い顔で唸っていた。これから結衣がどうなるか、姉の彼女もすでに知っているはずだ。いまなにを考えているのか、心のなかをのぞきたくなる。

白いノースリーブのワンピースが、ぶらりと近づいてきた。市村凜はやけに濃い化粧をしていた。からかうような口調で声をかけてくる。「凜香。あんたやっぱ拘束されてる姿が似合うのね。十八になったらその手の風俗に就職したら?」

「死ね!」凜香は怒鳴った。

「なにそれ。勉強のできない中三は、ほんと駄目ね。母親への礼儀もなってない」

「おめえが母親かよ。優莉匡太とやって、胎んだだけのメスブタだろが」

　市村凜はむっとして、凜香に平手打ちを浴びせようとした。だが運動に関しては一般人の母親に、むざむざと頰を叩かれる凜香ではなかった。ひょいと身を退き、凜の手を躱した。

「次は？」凜香は挑発した。「ウェイ五兄弟に協力してもらえよ。ひとりじゃなにもできねえインチキ女」

「わたしはね」市村凜は冷やかに応じた。「結衣の処刑を見物しに来たの。あんたや篤志も、そのために連れてこられたんでしょ？」

「ほざけ」凜香は声を張った。「結衣姉が殺されるかよ。格がちげえんだよ。友里佐知子は二度も日本を滅ぼしかけた伝説の女だぜ？　もぐりの探偵やって、ストーカー殺人を唆してたていどのゴミが、足もとに及ぶとでも思ってんのかよ！」

　市村凜の表情が硬くなった。乾燥した化粧が剝がれ落ちるのでは、そう思えるほどのこわばりようだった。次の瞬間、凜は近くのワゴン台からナイフをとりあげた。

　異常な半笑いに転じた市村凜が、わめきながらナイフを振りかざした。凜香に襲いかかってくる。

太い腕がすばやく伸び、凜の手首をつかんだ。刃が振り下ろされるのを、寸前で阻止した。

ウェイ五兄弟の長男、片目のズーが凜を睨みつけた。「勝手な殺しはよせ」

「なんでよ」凜は敵愾心を剝きだしにした。「娘をどうしようが、母親の勝手でしょ」

「そうはいかねえ。死刑囚の望みはきいてやるきまりだ。結衣は凜香を傷つけるなといった」

「はぁ?」凜が嘲るような表情になった。「そんなでかい図体して、なに紳士ぶってんの? どうせ結衣をぶっ殺すんだから、約束もへったくれもないでしょ」

ふいに凜はひきつった叫び声を発した。痛そうに顔をしかめる。ズーが握力をこめたらしい。

「俺はな」ズーが低い声を響かせた。「弟たちのため、命を投げだしてもいいと思ってる。架禱斗にも恩がある。奴が死ぬ気だったとしても、俺たちは全力で助ける。いったん同胞とみなした奴は、兄弟も同然だからな。俺たちの絆はとてつもなく強い」

市村凜は臆したような反応をしめした。だがすぐにまた吠えだした。「テロリストで強盗殺人鬼のくせに甘ちゃんかよ。結衣の処刑も中止しかねないね」

ズーの眉間に深い皺が寄った。突き飛ばすように凜の手を放すと、ズーは暗がりを指さした。「あれを見ろ」

壁ぎわに異様な物体が並んでいた。直径五十センチ、長さ一メートルほどの円柱が五本、横倒しになっている。円柱の両端は半球状になっていた。

凜香はぞっとした。同じ形状を前に見たことがある。伊賀原という高校教師が製造した、ウラン型原子爆弾だ。しかもここにある五本はどれも手製ではない。側面にアラビア語が刻んであった。れっきとした工業製品の兵器とわかる。

「いいか」ズーが市村凜にいった。「俺たちは原爆もろとも吹っ飛ぶ。この国の五大都市に深々と爪痕を刻みこむ。死ぬために日本に来た。その前に架禱斗との約束を果たす。結衣を確実に殺し、動かぬ証拠を残す。架禱斗がそれを望んでいるからだ」

五兄弟のほかの四人が、フロアに三脚を運びこんでは、暗視カメラを設置する。いずれのカメラも、レンズをなにもない壁の一か所に向けている。そこが処刑場なのだろう。

篤志が口をきいた。「架禱斗は来ねえのかよ。じつは腰抜けじゃねえのか」

市村凜は軽蔑のまなざしを篤志に向けた。「あんたたちとちがって架禱斗は忙しいの。国そのものを牛耳ってんのよ。結衣ごときの処刑なんかに立ち会ってる暇もない」

ズーが凜に要求した。「ナイフをかえせ」

凜は硬い顔になり、ナイフをワゴン台に投げだした。凜香に向き直ると、甲高い声でいった。「わかったでしょ。結衣なんかとるに足らない。女子高生が暴れたところで、日本の支配体制に手が届くはずもないし」

醒めた気分で凜香はつぶやいた。「架禱斗にしたって、せいぜい二十四の青二才だろうが」

「あの子はIT富豪と同じ。世界を相手に、若くして一代で富を築いた天才」

「あんたさ」凜香は母親を睨んだ。「さっきわたしを本気で刺し殺そうとしたよね」

市村凜が口をつぐんだ。凜香は目を逸らさなかった。またも凜の表情がこわばりだした。

「そ」凜は微笑した。「そんなの、躾の一環だってわからない？　本気でお母さんが凜香を殺すと思う？」

凜香は無言で母親を凝視しつづけた。市村凜は頰筋を痙攣させながら見かえした。

にわかにフロアが騒然となった。武装兵の群れがぞろぞろと立ちいってくる。智沙子と同じ囚人服ひとりを連れこんだ。後ろ手に拘束された結衣だった。

結衣はもう抵抗をしめしていなかった。ほとんど引きずられるように、処刑場となる壁の前へと連行される。

「ゆ」凜香は思わず駆け寄った。「結衣姉！」

だが接近するや、武装兵のひとりが反応した。すばやい体術だった。アサルトライフルの銃床で、凜香の腹をしたたかに打った。

息が詰まる。凜香はむせながら両膝をつき、その場にうずくまった。

ズーが怒鳴った。「馬鹿野郎、よせ！」

凜香は視線をあげた。武装兵らが立ちどまっている。結衣が凜香の前に身をかがめた。

やつれきった結衣の顔がすぐそばにある。凜香は上体を伸ばし、結衣に頬を寄せた。ふたりとも後ろ手に拘束されている。触れあうすべはそれしかなかった。

結衣が穏やかにささやいた。「凜香。お別れのときがきた」

「やだよ」凜香は焦燥とともに声を震わせた。「結衣姉。あきらめんなよ。なにか手はあるだろ」

「ねえ、凜香」結衣が語りかけてきた。「わたしには母の記憶がない。友里佐知子の写真を見て、目もとが似てるとは思った。でもなにもおぼえてない。それは幸せなことだった」

友里佐知子は幼少の結衣を捨てた。智沙子を選んだ。結衣に母の記憶がないのはそのせいだ。幸せだという言葉の意味はわかる。凜香の視界が涙に揺らぎだした。「わたしには母親が……。あんな奴が……」

「凜香も母親のことなんか忘れてほしい。猛毒親がすり寄ってきても、あんたには自分の人生がある。いつまでも親のせいにしないで。あんたはあんたらしく生きればいい」

「そんなの……。ただの人殺しになっちゃうよ。結衣姉ちゃんがいなきゃ」

「あんたはひとりじゃないでしょ。妹や弟がいる。いいお姉ちゃんになって。わたしみたいに汚れたまま生きないで」

武装兵らが結衣を羽交い締めにし、凜香から遠ざけていった。凜香はあわてて追いかけようとした。だが武装兵に突き飛ばされた。凜香は尻餅(しりもち)をついた。結衣が壁ぎわへと連行されていく。

智沙子とすり替えてしまいたい。あるいは取りちがえてあってほしい。だが無理な話だ。処刑されるのはまぎれもなく結衣だった。妹の凜香が頬を寄せあって、区別がつかないはずがない。げっそり痩(や)せた智沙子は車椅子で震えている。

壁を背にし、結衣がひとり立たされた。後ろ手の拘束は解かれないままだ。すべての暗視カメラが結衣に向けられる。間もなく処刑が執行されてしまう。

武装兵が結衣に頭巾をかぶせようとする。結衣は身体をひねり、しきりに抵抗した。

「いらない」結衣は吐き捨てた。

ズーがいった。「おまえがいらなくても、俺たちにとっては必要だ。目玉が飛びだして、脳髄がぶちまけられたんじゃ、拾い集めるのが大変でな。生首はまとめて架禱斗に届ける約束だ」

次男のハオもつづけた。「それとも妹の頭を先にぶち抜くか?」

結衣が神妙な面持ちになった。仕方ない、そういいたげな態度で静止した。

市村凜は突如笑いだした。「結衣。小五のあんたと過ごしたアパートのボロ部屋、それなりにいい思い出になってる。あんたが中一のときのマンションも。でもあんたの反抗的な態度は気に食わなかった。いなくなってせいせいする」

凜香は憤りとともに怒鳴った。「黙ってろクソババア!」

鼻ピアスの三男、ブォが結衣に近づく。タブレット端末と、小さなワイヤレスの電極を持っていた。いきなり結衣の服の下、胸もとに手を突っこむ。結衣は不快そうに抵抗をしめしたが、ブォが怒鳴った。「じっとしてろ!」

電極を心臓に貼りつけると、タブレット端末が心拍のペースを電子音で奏で始めた。心電計と同じ音が一定間隔でこだまする。ブォは画面を眺めながら、結衣に背を向け、足ばやに遠ざかった。

武装兵のほとんどは、すでに引き下がっている。残るひとりが結衣に頭巾をかぶせる。顔が隠れる寸前、結衣の目が凜香をとらえた。希望を託すようなまなざし。凜香にはそう見えた。

頭巾をかぶせられた結衣は、壁の前で孤立した。心拍の電子音が加速していく。武装兵が退避したとたん、ウェイ五兄弟がアサルトライフルを水平にかまえた。間髪をいれず一斉射撃した。

数秒の余裕もなかった。銃火が稲光のごとく閃（ひらめ）き、銃声もけたたましく反響した。

優莉匡太の子として育った凜香の目には、すべてがまやかしでないことがあきらかだった。空砲ではない。五つの銃口から、たしかに実弾が発射された。誰ひとり狙いを逸らしてはいない。全弾が結衣に命中した。

結衣の胸部に大量の血飛沫（ちしぶき）があがった。被弾もまぎれもなく現実だった。瞬時に壁一面が真っ赤に染まった。結衣はのけぞり、その場に両膝をつくと、力尽きて倒れた。ピーという甲高い電子音がした。ブォがアサルトライフルを放りだし、タブレット端末を拾う。画面を眺めながらブォが報告した。「心肺停止」

　禿げで黒髭の次男ハオが、前方に駆けていった。ぐったりとした結衣の胸倉をつかみあげる。「即死だぜ」

　顔の焼けただれた五男のリュウも走り寄った。結衣の手首をつかんで脈をとる。

「ああ。まちがいなく死んでる」

　ハオは床を一瞥した。「心臓と肋骨のかけらがぶちまけられてる。俺の弾だな」

　長男のズーと四男のソンも、結衣の死体に近づいた。ズーが吐き捨てた。「馬鹿いえ。心臓を撃ち抜いたのは俺の弾だ」

「ふうん」ソンが仏頂面でこぼした。「あとでスーパースローで観てみるか」

　五人が結衣の死を確認する。凜香は茫然とたたずんだ。目に映る光景が信じられない。

　終わった。結衣はもうこの世にいない。

　篤志が後ろ手に拘束されたまま、床にうずくまっていた。肩を震わせながら嗚咽を漏らす。

　ズーは武装兵らに指示を送った。「そっちに運べ。頭と両腕両脚は切り離す。ぜんぶ架禱斗のもとに送る。血液もできるだけ多く保存しとけ。ＤＮＡメチル化だっけ、結衣の死体だと科学的に実証する根拠になるとよ」

ハオがからかうようにきいた。「智沙子じゃなく結衣の死体っていう証明か？　慎重なこった」

凜香は車椅子の智沙子を見た。これが智沙子になりすました結衣であれば、こんなに嬉しいことはほかにない。だがそれはありえなかった。衰弱しきった智沙子は、あきらかに智沙子だった。いっさい喋ることなく、ただ唸り声を発している。目に悲哀のいろが浮かんでいた。大粒の涙が膨れあがるたび、重力に耐えきれず滴下する。

殺しあった双子の妹の死を、いまになって哀れに感じている、そんな心情だろうか。命をとりあった仲だからこそわかりあえる。この兄弟姉妹に特有の思いだった。

市村凜がスキップしながら、五兄弟のもとに近づこうとする。「バラバラ死体は大好き。結衣ならなおさら」

激しい憤怒を抑制できない。凜香はわめきながら母親に突進した。後ろ手にカフを嵌められているため、両手の自由はきかない。凜の背中に体当たりを食らわせた。つんのめった凜に覆いかぶさり、肩を嚙んだ。凜が悲鳴をあげた。

篤志が駆け寄ってきた。「おい凜香！　よせ。離れろ！」

嚙んだまま食いちぎってやる、その一心だった。だがウェイ五兄弟が力ずくで引き離しにかかる。背中を強く殴られたとき、凜香は口を開けてしまった。ズーやハオが凜香を羽交い締めにし、母親から遠ざける。

「放せ！」凜香は怒鳴った。「こんななめくさった女、何度ぶっ殺してもまだ足りねえ！」

市村凜の極度にひきつった顔があった。凜香への殺意と恐怖心、相反するふたつの感情がないまぜになっている。ただし娘に向ける母親の視線、それだけはどこにも見てとれない。

ズーが怒号を響かせた。「部外者どもはでてけ！　邪魔だ！」

武装兵らが篤志や市村凜を連れだす。智沙子の車椅子も通路へと運ばれていった。

凜香は両腕をつかまれ、後方に引きずられた。両脚をばたつかせ、全力で抵抗しながら、凜香はわめき散らした。「結衣姉！　死んだなんて嘘だろ。嘘だっていえよ。起きやがれ、結衣姉！」

ホールの隅に敷かれたビニールシートの上に、五兄弟が輪になって座りこんだ。横たえた結衣の死体を囲んでいる。嬉々としてノコギリを引きだした。巨漢どもの背の向こう、死体の切断とともに血飛沫が噴きあがった。

意識が朦朧としてきた。じきに失神するかもしれない。そう自覚しながらも、凜香はわめきつづけた。死んでも呪ってやる。奴らを呪い殺してやる。

24

玲奈は古い国産セダンの助手席に乗っていた。運転席でステアリングを握るのは坂東だった。

車外には夕闇がひろがっている。環七(かんなな)から眺める街並みは陰気で、黒ずんだ大小のビルは、墓標に似たシルエットとしか思えない。都会の全体が墓地だった。じきに誰もがこの大地に葬られる。

道路のいたるところにNシステムがあり、クルマのナンバーを読みとる。緊急事態庁の管理下にある国家では、迂闊(うかつ)に運転すらできない。自家用車がどこに向かったか、たちどころに把握されてしまう。

このセダンは坂東が調達した。廃車手続きを済ませた車両の貸しだしについて、捜査一課の身分証は功を奏するらしい。捜査に必要と主張した結果、難なく借りられたという。じきに上の許可なく動いたことが発覚するだろう。そのころには無論、こんなクルマなど乗り捨てている。

カタブツの坂東が法に背かねばならない。それがこの国の現状だった。司法は徹底的にねじ曲げられている。なにが起きるかわからない。予断を許さない。

玲奈は新聞に目を落とした。けさからずっと眺めている。わりと小さな記事だった。

優莉結衣（18）のバラバラ死体を科警研が確認。そんな報道内容だった。

殺害の経緯は不明。ウェイ五兄弟の手にかかったとも噂されるが、証拠はないという。遺体のDNA型鑑定の結果によると、友里佐知子の娘の可能性が高いとも書いてあった。

自己への呵責に打ちひしがれそうになる。玲奈は嘆いた。「結衣が死んだのはわたしのせい」

「ちがう」坂東は運転しながらいった。「きみはいちど会ったにすぎない」

そのいちどきりの機会に、結衣に怯えることしかできなかった。突然の事態だったとはいえ、もっと深く理由を問いただしていれば。

坂東の言葉は空虚な慰めそのものだった。「きみは平穏な暮らしに戻ってた。たとえ調査会社に在籍していても、いまじゃ緊急事態庁の通達により、不穏な行動は許可されない。対探偵課なんて過去の話だ」

「この新聞記事……。優莉結衣は連続殺人犯だったと断定してる。辻舘鎚狩を殺したのも結衣だって。ウイングスーツで横浜ランドマークタワーの頂上から飛んで、アリバイを偽装した……？」

「ないとはいいきれないが、どうも腑に落ちん」坂東は渋い顔になった。「結衣の生前には、すべて逮捕が見送られ、当然起訴もされなかった。なんで彼女が死んだいまになって、芋づる式に真相がでてくる？　ウイングスーツだって物理的証拠が見つかったわけじゃない」

「……兄なら事実を知ってた可能性がある」

「そうとも。架禱斗が緊急事態庁に情報提供してる。警察はただの受け皿だ」

「友里佐知子って、何度もテロを起こしたカルト教団の教祖でしょ」

「優莉匡太は半グレ同盟がファミリービジネスだと強調した。一家による暴力革命で国家権力の乗っ取りを謀ると見せかけた。そのため子供たちに優莉姓の戸籍をとらせた。じつは架禱斗の父の代から、緊急事態庁を発足させ、陰から政府を操る案があった。結衣が打ち明けてくれたのはそれだけだ」

　ユウリという同じ呼び名の苗字について、凶悪犯どうしの血縁に共通項があるのでは、そんな噂がなかったわけではない。ＹＵＲＩはロシアやウクライナの男性名であるため、そちらの血筋ではとも囁かれた。だがＤＮＡ鑑定ではっきりしている。優莉家も友里佐知子も純粋な日本人だ。

父母それぞれが無差別テロの実行に明け暮れた。そんな両親のもとに生まれた娘は、十八歳で人生を終えた。どれほど苛酷な毎日を送ったか想像もつかない。

玲奈は思いのままを言葉にした。「この記事がすべて本当だったとしても、結衣が手にかけたのは、死んで当然のゴミばかり」

「殺人は殺人だ。生きてれば裁かれた。十八は死刑の対象になる」

「まだ刑事のつもりなの」

坂東は表情を険しくしたが、ほどなくため息まじりにいった。「結衣は凜香の暴走を食いとめようとした。それはたしかだ」

妹だからだろう。玲奈はかつて、妹の咲良が不良だったとしたら、その死を悼んだかどうかを考えた。無意味な空想だ。咲良を失った辛さを和らげたかったのかもしれない。

結論ははっきりしていた。性格が歪んでいても妹は妹だ。

咲良を殺した犯人はすでに死んでいる。だがその犯人に、咲良の居場所を教えたのは市村凜だ。行方をくらました凜は、おそらく逃げ惑ってなどいない。

初代野放図は優莉匡太の半グレ集団だった。二代目野放図とつながりのあった市村凛は、架禱斗に匿われている可能性が高い。警察が捜査しようにも、緊急事態庁が阻んでくる。

陰鬱な気分に浸りきる。玲奈は新聞記事を眺めたままこぼした。「以前から警察は理不尽だった。少しはましになるかと思ったのに、もっと理不尽になった」

「……そこは俺にも責任がある」坂東がいった。「組織の変化にもっと敏感であるべきだった。いまできることを命懸けでやるしかない」

クルマは環七からわき道に入った。低層マンションの前で路肩に駐車する。坂東が車外に降り立った。玲奈もそれに倣った。辺りはすでに暗くなっていた。

ここのエントランスはオートロックではない。一階のドアのひとつに近づく。坂東がチャイムを鳴らした。

ドアが開いた。キューバシャツを羽織った長身、若い男のすっきりとした顔がのぞいた。年齢は十九だとわかっている。アスリート風の引き締まった身体つきが見てとれる。表情には怪訝ないろが浮かんでいた。

玲奈はきいた。「錦織律紀君？」

「……醍醐律紀です」

坂東が微笑した。「母親の姓だ。おい、錦織。いるのか。坂東だ」

父の同僚だとわかったからだろう、律紀はなかに招いた。「どうぞ」

「悪いな。邪魔するよ」坂東が靴を脱いであがった。

玲奈も同じようにした。ごく短い廊下を歩く。律紀が案内した先は和室だった。明かりを点けもせずほの暗い。テレビだけがおぼろな光を放つ。

卓袱台を前に座る柔道選手のような体型、角刈りの三十代後半が立ちあがった。いかつい顔に驚きの反応が表れる。「坂東さん?」

「総理のSPに抜擢されたときの祝賀会以来だな」坂東は座ろうとせず、室内を見まわしていった。「質素な暮らしだ」

錦織が応じた。「息子とふたりきりなので……」

「だからといって、なんだか辛気くさくないか。通夜みたいな暗さだ」

律紀がぼそりとつぶやいた。「優莉結衣が……」

「よせ」錦織が片手をあげ制した。「律紀。悪いがお茶をだしてくれないか」

浮かない顔の律紀が廊下にでていった。向かいのキッチンへと立ち去る。錦織はリモコンを手にとった。テレビにニュースが映っている。その画面を消した。

静寂が漂う。錦織が坂東を見つめた。「あなたの行方を知っていたら報告しろと、警視庁から通達がありました」

「報道発表もないのに、俺の居場所だけは気にかけてるのか。奇妙な話だ」

「なにがあったんですか」

坂東は質問に答えなかった。「錦織。ずっと非番がつづいてるのか？」

「ご承知のとおりですよ」錦織が表情を曇らせた。「矢幡前総理とともに、私もお役御免です」

「いま宮村総理のSPを務めてるのは、きみのチームじゃないな？」

「ええ、ちがいます。正直、性根の腐った奴らばかりが集められました。どうやってSPに採用されたんだか。緊急事態庁の差し金のようですが」

「座っていいか」

「どうぞ」

坂東はようやく座布団に腰を下ろした。「政府は緊急事態庁に操られてる。原爆騒ぎもマッチポンプかもしれん」

錦織が深刻な顔で座りこんだ。「どういうことですか」

玲奈は和室をでた。キッチンをのぞく。そちらには明かりが灯っていた。律紀が電気ポットの湯をティーカップに注いでいる。

「律紀君」玲奈は声をかけた。「結衣と知り合い？」

「ええ」律紀は手を休めなかった。

「どこで会ったの？」

「いっても信じないでしょう」

「結衣のことになると、みんなそんな言いぐさになるのね」

ふと律紀が静止し、玲奈に視線を向けてきた。「きいてどうするんですか」

「ただ知りたい」玲奈は自分の心のままにささやいた。「ほかのなによりも」

25

凜香は眠れぬ夜を過ごした。窓のない独房で、一日の経過を知るすべはテレビと、食事とともに差しいれられる新聞だけだった。

優莉結衣の死は報じられたものの、記事の扱いはかなり小さかった。ウェイ五兄弟に関するニュースに埋もれている。五大都市で原爆が爆発する日が、刻一刻と迫る。国民の関心事がほかにあるはずもない。

緊急事態庁が犯行予定の日時を特定した、それがトップニュースになっていた。八月十五日、終戦の日、正午。凜香は笑う気力すらなかった。

茶番だ。本来なら日時が判明しても、警察は公表を控えるだろう。犯人が日時を変更してしまうからだ。だがいま政府は堂々と、事前に情報をあきらかにしている。原爆が仕掛けられる爆心地も新聞で発表された。東京都東村山市、大阪府箕面市、愛知県名古屋市、北海道札幌市、福岡県福岡市。避難対象地域はそれぞれの市の中心部から、半径十キロ以内。

ふつうに考えれば、犯人は漏洩した場所を避けるはずだ。けれどもすべては茶番だった。常識は通用しない。

数日が瞬く間に過ぎた。八月十五日の朝を迎えた。朝から各テレビ局はニュース一色だった。ＣＮＮもＢＢＣも日本の危機を報じている。

すでに自衛隊が当該地域から住民を退避させた。何日も余裕があったのだから、避難も完了できて当然だった。それらの地域では公共交通機関も、もちろん動いておらず、商業施設も営業していない。

正午になれば、緊急事態庁の情報どおり、それぞれの場所で核爆発が起きる。しかし犠牲者はひとりもでない。さすが緊急事態庁、みごとな危機管理。名声が世界じゅうに轟く。日本政府の威信も確固たるものになる。と同時に、核攻撃を受けたことは既成事実となり、対中国強硬論が高まる。日本の核武装も進むだろう。

大人たちは思考停止している。いつもそう感じる。だから茶番に操られる。コロナ禍でも無能を晒(さら)した、それが大人たちの本性だった。日本がいつこんなことになっても、いっこうにふしぎではなかった。

午前のうちに凜香は独房から連れだされた。井野西中の制服姿のままだった。武装兵らの強制により、建物内のガレージらしき場所に連行される。ワンボックスカーに乗った。車内は武装兵ばかりだった。篤志とは別々の車両で運ばれた。

クルマが建物の外にでた。しかし目が痛くなるような眩(まばゆ)さは感じない。曇り空のせいかもしれない。辺りには山ばかりが連なる。自動車専用道路を走行するものの、ほかに往来するクルマはない。窓から道路の表示板が見えた。奥多摩町(おくたままち)の山奥だとわかる。東京都内の西の果てだった。

高台を上っていくと、古い集落があったが、やはり住民は見かけなかった。校門に乗りいれる。すぐ前方に二階建ての木造校舎がある。児童生徒の姿がないのは、夏休みだからではなさそうだ。割れた窓のいくつかにベニヤ板が貼りつけてある。とっくに廃校になったらしい。

校舎を迂回(うかい)し、グラウンドへと向かった。未舗装の地面がひろがる一帯は、軍事基地さながらの様相を呈していた。数十台の幌(ほろ)つきトラックが停車する。アサルトライフルを携えた武装兵が、複数の部隊に分かれ、グラウンドじゅうに散開している。全員がクリームいろの迷彩服だった。隠密(おんみつ)行動が原則のはずが、堂々と屋外に姿をさらす。おそらくここは、緊急事態庁の権限により、警察も自衛隊も寄りつけない地域なのだろう。

凜香はワンボックスカーから降ろされた。後ろ手のカフを武装兵が切断した。両手が自由になったものの、ここでひと暴れは不可能だった。幾十もの銃口がこちらに向けられている。無言のまま校舎へと連行される。凜香は黙って歩きだした。

昇降口から校内に入る。土足であがってかまわないらしい。木造校舎の木板の床は、歩くたびびしなる。ウグイス張りもさながらにきしみ、靴音も大きく響く。

廊下のあちこちにも武装兵が立つ。万一の襲撃に備えてか、一定間隔ごとに砂袋が積み上げられ、バリケードが築いてあった。校舎を要塞(ようさい)化している。神経質すぎると凜香は皮肉に思った。この国にはもう架禱斗を脅かす勢力など残っていない。

階段を二階に上る。埃(ほこり)っぽい廊下をさらに歩いた。校舎のいちばん端の教室を入る。児童用の小さな木製の机と椅子が、撤去されることなく、そこかしこに点在していた。先に着いた篤志が背を丸め、ミニチュアのような椅子に座っている。凜香と同様に、後ろ手の拘束からは、すでに解き放たれていた。

はちきれんばかりに張り詰めていた篤志のネルシャツは、いまになって少し余裕が生じている。囚われの身になってから、いくらか体重が減ったようだ。無精髭のめだつ疲弊しきった顔が、ぼんやりと凜香に向けられる。

智沙子も教室内をうろついていた。Tシャツの袖から人工筋肉繊維がのぞく。立って歩けるからには、下半身にも人工筋肉を装着しているのだろうが、デニムにはなお細い脚が浮きあがる。結衣とのちがいが顕著になったとはいえ、まなざしがまだ双子の妹と重なる。智沙子は無表情に凜香を一瞥し、すぐに目を逸らした。

きょうは市村凜がいない。凜香は内心ほっとしていた。それと同時に残念でもあった。両手が自由になったいま、武装兵に背中を撃たれようとも、母親の首を絞めあげたかった。

男の低く落ち着いた声がいった。「そんなふうに考えるな。凜香。母親は母親だろう」

鳥肌が立つ。凜香ははっとして振りかえった。

武装兵らとともに、長身の痩せた青年が入室してきた。Tシャツにテーラードジャケットを羽織っている。スラックスに包みこまれた両脚がすらりと伸びる。華奢に見えるのは外見だけでしかない。体脂肪率は四パーセントだときいた。瞬発力を生む細かな筋肉ばかりが全身を構築する。その運動機能は精密機械並みだと噂される。長く伸ばした前髪が目もとを覆う。その隙間から鋭い眼光がのぞく。鼻筋がすっきり通っていた。

外見は中性的だ。しかし長男が内に秘めた獰猛さを、凜香はよく知っていた。

架禱斗は教室内に立った。凜香から篤志に目を移し、最後に智沙子を見やる。ぶらりと歩きだし、窓辺に向かった。粗末な木枠の摺りガラスを開け放った。

篤志が立ちあがった。「架禱斗。ここでなにが始まる？」

「べつに」架禱斗は外を眺めたままだった。「高台だから東村山市のキノコ雲が見える。この方角、山の谷間あたりだ。安全圏から見物できる」

武装兵らが機材を搬入する。パラボラを備えた衛星通信機器が設置される。動力源はバッテリーらしい。机の上にノートパソコンが置かれた。モニターには定点カメラの映像が表示されている。報道陣で混みあう屋内だった。総理官邸の記者会見室らしい。スーパーインポーズで時刻が表示されている。午前十一時三十二分。

凜香はささやいた。「架禱斗兄。結衣の死体と対面したのかよ」

「忙しかった」架禱斗はまだ振りかえらなかった。「だが信頼できる複数の医療機関から、検視結果が寄せられた。結衣の身体のパーツをそれぞれ保管してる。残念なことだが、結衣の死は確定した」

「残念？」凜香のなかに憤りがこみあげた。「架禱斗兄が殺させたんだろうが！」

架禱斗が振り向いた。冷酷きわまりない目つきだった。視野にとらえた物がなんであろうと、たちどころに凍りつかせてしまう、氷柱のように尖ったまなざし。体温が一瞬にして奪われる気がした。凜香はすくみあがった。身じろぎひとつできなくなった。

「凜香」架禱斗が静かにいった。「俺たちは優莉匡太の子だ。あの親父に育てられた。教えを継ぐのはきょうだいの義務だろ。逆らえば結衣と同じ運命がまつ」

篤志が顔面を紅潮させ、怒声を張りあげた。「どうしようってんだよ！　半グレ同盟の再結成とかほざいといて、結局は道化の集まりじゃねえか。そりゃ架禱斗は海外でやっていけるだろう。だが俺たちはどうなる。日本がぼろぼろになったら……」

架禱斗は平然と応じた。「無秩序状態なら好きなだけ暴れられるだろ」

「食うにも困る極貧国で、略奪に明け暮れろってのか。戦争直後のヤクザ稼業と変わらねえ」

「おまえらがそのていどの器なら、そういう結果に終わる。それだけのことだ。実力があれば成り上がれる」

凛香は鼻を鳴らしてみせた。「なあ篤志兄。架禱斗兄は身内ってだけの理由で、馬鹿をコネ採用はしないってよ。シビックへの非正規雇用はあきらめなきゃな」

智沙子が視線を落とし、なにやら物憂げに唸った。

架禱斗は気にしたようすもなく、窓枠に腰かけながらつぶやいた。「親父は世のなかが歪んでるといってた。たしかにいまの社会はまちがってる。特にこの国はそうだ。だからいちどぶっ壊す。まともな人間は新たに育ってくる」

「まとも？」凛香は毒づいた。「誰がまともだよ。その代表格は架禱斗兄だって？異常の極みってんなら納得いくけどな。唯一まともだった結衣姉を殺しやがって……」

風圧を全身に受けた。凛香は言葉を失った。架禱斗がすさまじい速度で接近し、目の前に立った。まるで瞬間移動も同然に、凛香の間合いに飛びこんできた。しかも息ひとつ乱れていない。

次の瞬間、架禱斗の長い腕が鞭のように唸り、凛香の顔面を強打した。身体が浮きあがるのがわかる。それも後方に長く飛んだ。凛香は黒板に背を打ちつけ、ずるずると落下した。

痛みを忘れるほどの衝撃だった。鼻血が噴きだすとともに、全身に痺れがひろがった。足腰に力が入らず、立ちあがれない。無理に動こうとすれば激痛が走る。

篤志が目を剝き、架禱斗に背後から襲いかかった。だが架禱斗は振りかえりもせず、驚くべき機敏さで、瞬時に回し蹴りを放った。高々と上がった脚が篤志の顎を直撃した。篤志は仰向けに飛び、開放された窓から外に放りだされそうになった。

架禱斗の身のこなしは旋風に等しかった。すばやく篤志に追いつき、胸倉をつかんだ。篤志の巨体を教室内に引き戻すと、机に叩きつけた。篤志は痛そうに両手で顔を覆いながら、床を転げまわった。

智沙子は架禱斗に抗う素振りをしめさなかった。過去に試したのかもしれない。怯えたように目を泳がせる。いまや兄への恐怖しか見てとれない。

架禱斗が平然と前髪を撫でつけた。「おまえたちを呼んだのは、きょうだいの結束を強めるためだ。それぞれに役割がある。半グレとして暴れ、愚劣な国民どもを恐怖に陥れろ。単細胞で暴力に歯止めがきかないおまえらには、適した仕事のはずだ」

幼いころの記憶がよみがえってくる。架禱斗の言いぐさは父にそっくりだった。表情も目つきもよく似ている。優莉匡太もこんなふうに子供を見下していた。尊大さを誇示することに固執しつづけた。身内にそんな態度ばかり向けて、いったいなんになるのだろう。通いあう心も絆もあったものではない。凜香は長いことそれらの存在を知らなかった。結衣が微妙にでもしめしてくれるまでは。

武装兵が機材から顔をあげた。「準備完了。音声通信もつながった」

架禱斗はマイクを受けとりながら、凜香に冷やかな視線を投げかけた。「よく目に焼きつけとけ。きょうが最終戦争勃発の日になる」

26

総理官邸の一階に記者会見室がある。ワインレッドの幕を背に、マイクの立つ演壇が備えられている。幕のいろは状況に応じて変わる。官房長官の定例会見では薄い青いろになる。総理の会見でも平和な案件であれば、藍いろの幕が採用される。いまはそんな状況ではなかった。

宮村邦夫総理は演壇に立った。右斜め後ろに日本の国旗が掲げられる。まっすぐ前方を向いた。すべての記者席が埋まっている。その向こうにはテレビカメラもひしめきあう。両側の壁にはＳＰが並び、鋭い視線を絶えず周りに向ける。かつては頼もしいボディガードだった。いまはちがう。警戒のまなざしは、ときおり宮村にも向けられる。滞りなく、指示どおりにことを運べ。架禱斗に代わり、ＳＰたちが無言の圧を加えてくる。

壁の時計を眺めた。午前十一時五十六分。正午まで四分。五大都市の核爆発まで四分。

口のなかが乾く。発声が可能か否かも疑わしい。気が遠くなりそうだった。いま国家が終焉を迎える。欺瞞に次ぐ欺瞞の果てに、もう退路は断たれた。ただ絶望に向かうしかない。

最前列で官邸報道室の職員がささやいた。「総理。すべての放送局で中継が始まっています」

宮村はうなずいた。震える手で原稿用紙を開く。官僚の綴った文章のとおりに読みあげる。「緊急事態庁が把握した、ウェイ五兄弟によるテロ行為の決行時刻を迎えようとしております。全国五大都市の当該地域から、住民の避難は完了しました。この前代未聞のテロを後押しする国家に、以下のように通達します。わが国で核爆発が生じた場合、いかなる理由があろうとも戦争行為とみなし、米軍と連携し、すみやかに……」

声が震えた。全国民の前で演説をしている、その実感を喪失しそうになる。記者たちが固唾を呑んで見守る。誰も戦争など望んでいない。だがもう後には退けない。

すべては原油自給という大嘘から始まった。詐欺を働く意志などなかった。架禱斗にまんまと乗せられた。いつしか緊急事態庁は、政府が制御しきれないほどの、巨大な化け物に成長していた。

いまさら嘘をついていたとは明かせない。外交面で強気にでていたぶん、諸外国から猛烈に糾弾されてしまう。日本はペテン国家の汚名を着せられる。経済が破綻する。そんな事態を避けるため、なおも架禱斗の嘘に乗る。戦争勃発、壊滅の危機がまっと知りながら、踏みとどまれない。

宮村はつづけた。言葉が喉に絡んだ。「すみやかに反撃にでるものとします。これは先制的自衛権に基づく、わが国の自衛措置であり、憲法に反するものではないと考えます」

会見場は静まりかえっていた。十一時五十八分、残り二分。誰もが本当に核爆発が起きるか、そこだけを気にかけている。その後にまつ中国への報復には、意外なほど抵抗がない。野党の抗議はとっくに緊急事態庁が封じてしまった。日本に反対分子はほとんど存在しない。

一致団結といえばきこえはいい。一枚岩の国家は元首にとっての理想郷だろう。だが実現したいまは恐怖しかない。これは独裁国家だ。しかも欺瞞に端を発している。

総理である自分が、過ちを自覚したうえで突き進んでいる。

ほかに方法はないのか。嘘を認めてしまいたい。妻にも打ち明けられなかった嘘。

しかしその先には、軍事的敗北以上の苛酷な日々がまつかもしれない。

イヤホンから架禱斗の冷静な声がきこえてきた。「総理。残り一分を切った。もういちど演説を繰りかえせ。核爆発の報せが届いたのちは、わが国は強硬手段にでる、それだけ告げて退室しろ。記者の質問は受けつけるな」

逆らえない。SPたちが見張っている。自殺すれば救われる、この日を迎えるまで、何度となくそんな思いがよぎった。だが実行できなかった。総理大臣を欠けば、架禱斗の支配が強まるだけだ。緊急事態庁の息がかかった者が総理の座を継ぐ。国家はシビックの完全支配下に置かれてしまう。

宮村はいった。「繰りかえし申しあげます。わが国で核爆発が生じた場合、いかなる理由があろうとも戦争行為とみなし、米軍と連携し、すみやかに反撃にでるものとします」

狂気だ。異常だ。平和憲法は戦争を阻む抑止力、そうではないのか。実際に攻撃を受けたのなら、反撃の決定は正しい。だがいまはちがう。マッチポンプだ。国家の自滅行為だ。

優莉匡太を死刑にし、すべてが終わったかに思えた。長男が引き継ぎ、日本への復讐を果たした。権力のすべてを奪われ、国家存亡の危機を招いてしまった。

記者たちの目はもう宮村を見ていなかった。壁の時計に釘付けになっていた。残り十五秒。十秒。五秒。四、三、二、一……。

記者会見室は静寂に包まれていた。東村山市で核爆発が起きてから、四秒で永田町にまで震動が伝わってくる、そのはずだ。

四秒が経過した。揺れはなかった。おかしい。記者たちがざわつきだした。原爆は爆発しなかったのか。

そのとき職員の緊迫した声が飛んだ。「危機管理センターから連絡です。四か所で核爆発を確認」

ふたたび室内の空気が張り詰める。職員たちが書類を手に、演壇に駆け寄ってきた。五か所でなく四か所か。宮村は動揺とともにきいた。「四か所とはどこだ」

「それが」職員のひとりが血相を変え、書類を差しだした。「本土ではありません。いずれも海上です。山口県沖北西二百十七キロ、福井県沖北北東二百五十四キロ、新潟県沖北西北二百八十一キロ、青森県沖西北西二百三十六キロ」

「なに⁉」宮村は衝撃を受けた。「それらは……」

イヤホンから架禱斗の声がきこえる。苛立ちの響きを帯びていた。「総理。なにが起きた?」

ふいに別の音声がイヤホンに割りこんできた。中国語訛りの日本語が呼びかけた。「架禱斗! やったぞ。兄弟たちが目的を果たした。俺が最後の仕上げだ」

「……ズー?」架禱斗の声が怪訝に問いただす。「なにをやってる。いまどこだ!」

「太陽がこんなに眩しいなんてな。俺は世界の覇者になった」

「ズー、なんの話だ⁉」

「日本の生命線を断ってやる! 死んでやる、いま死んでやるぞ! ウェイ五兄弟と優莉架禱斗、優莉結衣に栄光あれだ!」

雑音がきこえた。それっきり音声が中断した。

別の職員がタブレット端末をしめした。「新たな核爆発です! 山形県沖西北西三百三キロ。五か所はすべて日本海、排他的経済水域内です」

宮村は驚きとともに声を張った。「それらは油田だろう!」

記者がどよめいた。会見室は騒然とした。宮村は気が動転していた。必死にイヤホンの音声に耳を傾ける。架禱斗は沈黙している。茫然自失の表情が目に浮かぶようだ。

27

結衣は独房にひとりきり、鎖に吊されていた。手枷が両手首に食いこむ。見上げると血が滲みだしていた。

解錠の音が響く。正面の鉄扉が重々しく開いた。ウェイ五兄弟の長男と次男、ふたりの巨漢が入ってきた。

片目の潰れたズーが睨みつけた。「きょうが死刑執行の日になる。凜香と篤志、智沙子が立ち会う。市村凜が到着しだい決行する」

返答の必要など感じない。結衣は無言で見かえした。

沈黙があった。禿げ頭に黒髭のハオを、ズーがうながす。ふたりは背を向け、鉄扉に歩きだした。

「まってよ」結衣は声をかけた。

巨漢ふたりが足をとめた。ズーが振りかえった。「なんだ」

「架禱斗から伝言がある」

「あ？　なにをいってる」

ハオが鼻でせせら笑った。「こいつ、俺たちと架禱斗の仲を知らないらしいぜ?」

結衣は無表情を努めた。「充分に知ってる」

「ならなにが伝言だよ」

「誰にもきかれちゃ困るから、こうして伝えに来た」

「時間稼ぎか？　それとも命乞いか。無駄なこった」

「処刑は予定どおりおこなえばいい。架禱斗もそう指示したでしょ。命なんかもう捨ててる」

「戯言だ」ハオが声高にいった。「強がりのハッタリをかますな、クソアマ」

だがズーは眉間に皺を寄せ、ハオを押しのけた。「結衣。本当は架禱斗の仲間だっていいたいのか。問い合わせりゃすぐにわかるぜ?」

結衣はなおも動じなかった。「あんたたちへの極秘指令なのに？　きいてからでよくね?」

ハオがズーに嚙みついた。「おい。こんなくだらねえ話……」

「黙ってろ」ズーが結衣を見つめた。「なんだ?」

「報道発表された五大都市の攻撃目標は、ぜんぶ陽動。あんたたちには油田を爆破してほしいって」

「油田だ？」

「そう。日本海の排他的経済水域内、原油が掘り当てられた五か所、すべての油田」

横須賀に向かう電車の窓から、結衣は東京湾に浮かぶ運搬船を目にした。国家〝断捨離〟政策で、貨物を海外に運んだ帰りのはずなのに、船体側面の喫水線が深く沈んでいた。やけに重い船だった。

あのとき確信した。架禱斗は父の計画を忠実に実行している。原油自給は政府を詐欺の主犯に仕立てるための嘘だ。じつは原油など掘り当てていない。だがその事実は部外者にいっさい知らされていない。むろんウェィ五兄弟が知るよしもない。

ズーが顔いろを変えた。「油田を吹っ飛ばせと、架禱斗がいったってのか」

結衣は淡々と応じた。「日本経済は破綻する。原油自給も不可能になり、資源を失った日本は軍備が増強できなくなる」

「油田はどこも警備が厳重だ」

「だから兄貴もあんたたちに託したんでしょ。ウェィ五兄弟ならやれる」

「誰にも頼らず、俺たちだけで警備を突破し、原爆を仕掛けろって？」

「どうせ片道だけでしょ。帰りはない。それとも怖くなった？」

「馬鹿いえ。おい結衣、ハッタリじゃねえだろうな」

「あんたたちは知らないだろうけど、じつは架禱斗の最終目標は日本壊滅」

「俺たちが驚くと思ったか。架禱斗の本心は承知してる」ズーは納得したような顔になった。「なるほどな。油田爆破となれば、さすがに政府内にも抵抗が生じる。警察も阻止に動く。架禱斗が極秘任務を託せるのは、俺たちぐらいしかいねえ」

ハオが目のいろを変えた。「ズー。ひょっとして、俺たちの死に場所としちゃ、こりゃ最高じゃねえか？」

「ああ」ズーもうなずいた。「そもそも五大都市といったって、東京と大阪は中心部を避けてる。政府の機能を存続させるためとはいえ、面白くねえとは思ってた」

「総理ご自慢の油田を五つとも、原爆で吹っ飛ばすんだぜ？　こんな爽快なことはねえ。これぞウェイ五兄弟の有終の美ってやつじゃねえか」

「俺たちは祖国の英雄になる」

「マジか……。俺たちが、祖国の英雄……」

「さすが架禱斗だ。油田を奪いとるんじゃなく、ひとつ残らず潰しちまう気とはな」

結衣は内心冷やかにふたりのやりとりを眺めた。暴力だけが売りものの馬鹿兄弟ども。思ったとおり食いついてきた。

ハオが鼻息荒くいった。「こりゃ架禱斗からの最高のプレゼントだぜ？」

「だが」ズーが結衣に向き直った。「いまの話が本当ならな」

結衣は鼻を鳴らした。「架禱斗はわたしの処刑命令を撤回してない。メッセージを伝えるため、あんたたちに捕まった。誰にも怪しまれないよう、ちゃんとわたしを殺しなよ。今後このことはいっさい他言無用」

「死ぬ覚悟だってのか」

「当然」

ズーが結衣をじっと見つめた。結衣もズーを見かえした。いっさいの雑念を生じさせず、ひたすら無言を貫く。その表情が揺るぎない信念を感じさせるはずだ。

やがてズーが口もとを歪めた。「兄貴と同じ目をしてるな。いい度胸だ。その勇敢さは尊敬に値する。架禱斗のメッセージ、たしかに受けとった」

ふたりが鉄扉へと立ち去る。途中でハオが振りかえった。「礼に鉛の弾をくれてやる。しっかり食らっとけ」

開いた鉄扉がふたたび閉じた。結衣はまたひとりきりになった。

これでいい。結衣は静かに思った。たとえ殺されようとも攻撃目標は変更される。原爆に吹き飛ばされるのは虚像の油田のみ。そもそも一滴の原油も汲みあげられないハリボテでしかない。

28

結衣は我にかえった。意識が戻った。失神していたのを自覚する。銃弾を胸部にまともに浴び、激痛に息が詰まった。思考が働かなくなった。そこまではおぼえている。目を開いたものの、視界は真っ暗だった。頭巾(ずきん)をかぶっているせいだ、そう気づいた。冷たい床に横たわっている。どうやら意識不明に陥っていたのは、ほんの短い時間らしい。場所も変わっていないようだ。

ズーの怒鳴り声がきこえた。「部外者どもはでてけ! 邪魔だ!」

凜香がわめき散らしている。「結衣姉! 死んだなんて嘘だろ。嘘だっていえよ。起きやがれ、結衣姉!」

声が遠ざかっていく。ノコギリの刃が間近で耳障りな音を立てた。結衣の受刑者服の下、人工筋肉繊維が切断されようとしている。

頭巾が上方にずれた。仰向(あおむ)けに寝た自分の腹が見えるようになった。ノコギリが引かれるたび、人工筋肉繊維の赤く染めた潤滑油が、大量に噴出する。智沙子が横須賀で着ていたのと同じ装備だ。完全な防弾仕様だった。

人工筋肉繊維に亀裂が入り、ノコギリが遠ざけられる。五兄弟は力ずくで人工筋肉を割った。除去された鎧の下、結衣の肌が現れた。赤く腫れた箇所はあるものの、命中した弾は一発も肌を抉らなかった。

独房から連れだされる前、人工筋肉繊維を着せられたとき、ウェイ五兄弟が自分を助ける気だとわかった。結衣が企んだとおりの結果だった。けれども結衣はいま、あえて茫然としてみせた。「なんでわたしを……」

ズーが神妙に見下ろした。「俺たち兄弟は、命を投げだしてでも助けあう。志を同じくする同胞は兄弟と同じだ。架禱斗も、それにおまえもだ」

ハオもうなずいた。「極秘指令を伝えるために死を覚悟するなんざ、そう真似できることじゃねえ。根性が据わってやがる」

「ああ」ズーがしゃがみこんだ。「結衣。おまえは俺たちの同胞だ。死なせるわけにいかねえ」

まんまとうまくいった。そう思いながらも、息をとめることで、無理やり目に涙を滲ませた。結衣はむせび泣くふりをした。「馬鹿いうな。さっさと殺せよ」

「おい、結衣。おめえはまだ若い。それに美人だ。命を粗末にするな」

「駄目だってば。架禱斗に知らせた時点で、周りの奴らの耳に入る。不審がられて油田への攻撃がバレる」

「ぶれない信念の持ち主だな、おめえは。心配すんな。架禱斗への連絡は控えておく。あいつは死体の検視を医療機関に命じてるが、俺たちが担当者を脅し、偽の報告書を書かせる」

結衣は怒ってみせた。「それじゃ架禱斗への裏切り行為だろうが！」

「おめえがなんといおうと、決行の日には架禱斗のもとに帰してやる」

ズーが手を差し伸べてきた。結衣はためらう素振りをしたのち、その手を力強く握った。

「ウェイ五兄弟」結衣はわざと声を震わせた。「さすが兄貴が見こんだことはある」

「八月十五日、おめえは俺たちから架禱斗への餞別となる。最高の贈り物だと、あいつも感謝するだろうよ」

「……架禱斗、驚くよね」

「ああ。とんでもないサプライズになるだろうな」

さも嬉しそうに笑い、肩を叩きあう五兄弟を、結衣は冷やかに見上げていた。いささかも動じず、難なく人をだませるのも、友里佐知子の血のなせるわざかもしれない。

この世には、犯罪者のほかにも嘘つきがいる。政治家という、うわべだけは常識人を装いながら、二枚舌を生活の糧とする大人たちだ。総理大臣はその最たるものだ。突然の異変にも、うまく機転をきかせることだろう。

29

宮村総理は茫然と立ち尽くしていた。

記者会見室はいまやパニック状態だった。記者たちが腰を浮かせ、演壇に殺到せんばかりに身を乗りだし、矢継ぎ早に質問を浴びせてくる。危機管理センターの職員らは、宮村の目の前に次々と書類を突きつける。

油田の被害状況があきらかになっていた。五か所すべてが壊滅、火災の発生は見あたらない。ただし放射能汚染の懸念があり、船舶も近づけない。

犯人の声は死にぎわに優莉結衣といった。これは兄に反抗する結衣のしわざか。

皮膚の表面がちりちりと粟立つ。なにかが内面から湧き立ってくる。真意など偽ればいい。状況に応じ、有権者の支持を得るであろう、最善の演説を口にする。それが政治家の仕事だ。総理大臣ならなおさらだ。

「静粛に！」宮村は声を張った。

誰もが動きをとめた。会見室は静まりかえった。職員らが退いていく。記者たちもみな着席した。

宮村は悲痛な表情を心がけた。「国民の皆様。情報に誤りがあったようです。核爆発は五か所の油田で発生しました。ご承知のとおり、わが国の原油自給の源です。それらがすべて消失したのです」

いまは官僚の助言を頼れない。原油を掘りだしていたはずなのに、火災が起きていない、そこを突っこまれる前に先手を打たねばならない。宮村は持てる知識を総動員し、もっともらしく演説をつづけた。「かつてアメリカでは、油田火災の消火のため、原爆が使用されました。しかし放射能汚染が深刻だったため、以後は実施されておりません。今回、核爆発により破壊された油田は五か所とも、この先数十年は再採掘が不可能と考えられます。残念ながらわが国は、資源輸入国に戻らざるをえないと考えられます」

記者たちの深刻な表情に、宮村はむしろ勇気づけられた。語気を強めながら宮村はいった。「大変恐縮ながら諸外国には、わが国の被害状況を考慮していただき、外交面における諸問題の議論について、いちど白紙に戻させていただけないかと存じます。なおわが国は、これまでもまたこれからも、テロに屈することなく、国民の安全と平和を第一とする姿勢に変わりはありません」

友好国は復興への協力を申しでるだろう。敵対国もうわべだけは同情を寄せるにちがいない。いずれにせよ、どの国の元首も本音では、日本の原油自給崩壊をざまあみろと思うはずだ。

だが真の勝者は宮村だった。詐欺師呼ばわりされず、国際関係を険悪にもせず、まんまと原油自給の嘘を葬り去った。これでテロ被害者として堂々と資源輸入国に戻れる。日経平均株価が暴落しようが、たいした問題ではない。平和を願う人々の国際支援の輪が、寄付のみならず、日本との商取引を活性化させる。怪我の功名としての経済復興が期待できる。

記者のひとりがきいた。「油田では多くの人々が働いていたと思います。人的被害も深刻だと思いますが、テロを後押しした国家への対抗策は?」

油田の労働者は雲英石油の社員、すなわちシビックの非正規労働者ばかりだ。一掃されてせいせいした。そう思いながらも、宮村は目に涙を溜めてみせた。「被害状況はまだあきらかではありませんが、緊急事態庁の事前情報は、完全にまちがっておりました。油田を含む排他的経済水域を、中国の領海であると主張してのテロという動機も、油田が使用不能になった現在となっては眉唾です。原油採掘権を奪いたがっている勢力の犯行とは思えません」

記者の声が当惑の響きを帯びた。「緊急事態庁への批判ともとれますが……」

「そのとおりです。情報の過ちにより、わが国は産油国でなくなったのです。これは緊急事態庁の責任です。これまで緊急事態庁に委任してきた権限や裁量について、ただちに見直さねばなりません」

壁ぎわのSPたちが、じわじわと距離を詰めてくる。総理の警護と見せかけて、じつは身柄の確保に動きだす、そんな気配があった。

「総理」イヤホンから架禱斗の声が告げてきた。「勝手な発言は命とりになるぞ」

宮村はイヤホンを外し、早口にまくしたてた。「総理大臣の権限により、緊急事態庁主導のあらゆる政策を中止させます。私は記者諸君と一緒に公邸に向かう。途中なんでも質問をどうぞ。では参りましょう」

誰の了解も得ず、返事もまたず、宮村は記者席のなかを突き進んだ。記者らは大慌てで宮村を囲み、歩調を合わせながら質疑してくる。SPらが当惑をしめし、遠巻きに見守る。宮村の意志に反し、SPが報道陣を追い払うわけにいかない。いまここで起きていることは全国、いや全世界に生中継されている。

国民は原油自給崩壊に打ちひしがれているだろう。景気のよさも高給も露と消える。

激しい怒りの矛先は緊急事態庁に向けられる。総理が公然と批判したがゆえ、緊急事態庁への信頼は失墜する。内閣支持率も低下するだろうが、この期に及んでの緊急事態庁の切り捨ては、むしろ世論の賛同を得る。

嘘つき総理という後ろめたさはなくなった。もう事実を暴露されても、そんなことがあったわけがないとシラを切れる。架禱斗が脅してこようが、総理暗殺を謀ろうが、ISやアルカイダに攻撃させようがかまわない。むしろそうなったらしめたものだ。緊急事態庁は役立たず、駄目押しでそう強調できる。国民の絶大な支持のもと、緊急事態庁を解散に追いこめる。

宮村は報道陣に揉みくちゃにされながら、記者会見室をあとにした。このまま記者たちに守られながら公邸に帰る。SPの総入れ替えも命じる。

政治家は嘘つきだ。巨悪だ。毒には毒を、嘘には嘘を。権力はこうやって奪回するものだ。若造ごときにいつまでも振りまわされはしない。

30

凜香は腹を抱えて笑った。目に涙が滲むほど笑い転げた。「マジかよ！　ウケすぎ」

篤志も机を激しく叩きながら、高らかに笑い声を発していた。「架禱斗。きのこ雲は見えたかよ。俺にはさっぱりだけどな！」

窓の外を眺める架禱斗の後ろ姿が、よけいに笑いを誘う。このまま殺されても充分にいい気分だ、そう思えてきた。凜香の笑いはとまらなくなった。

架禱斗は振りかえらずにいった。「おまえたちはなにもわかってない」

「なにが？」篤志が嘲るようにおどけた態度をしめした。「油田がなくなったんじゃ、この国は戦争もできねえ。また弱腰外交に逆戻りだ。おめえにとっても利用価値がないよな？　認めろよ。思惑が外れたんだろ」

「ちがう」架禱斗が振りかえった。「油田なんてそもそもありはしない。この国は原油なんか掘り当てていなかった」

……ああ、そういうことだったのか。凜香は理解した。「総理大臣を詐欺師に仕立てて、意のままに操りたかったのかよ。宮村のほうが一枚うわてだったんだよな？　インチキ油田は吹っ飛んで証拠なし。被害者ヅラされちまって、架禱斗兄も立つ瀬なし」

架禱斗の表情は一見、冷静さを保っているものの、目には憎悪の炎が燃えあがっていた。架禱斗は凜香に歩み寄ってきた。「あの馬鹿総理ひとりで思いつけるような策略じゃない」

ふとひとつの可能性が凜香の頭をよぎった。凜香はまた笑ってみせた。「結衣姉がウェイ五兄弟を唆したんだろ。やられたな、架禱斗兄。結衣姉を殺すなら、証拠を残すとかほざいてないで、さっさと殺るべきだった」

「黙れ」架禱斗が距離を詰めてきた。

亡き姉への想いが胸を締めつける。哀愁が架禱斗への恐怖と激しく葛藤した。震える声を自覚しながら、凜香はなおも笑い飛ばそうとした。「哀れだな、架禱斗兄。死んでもまだ結衣姉は、架禱斗兄を苦しめつづけてるぜ？　架禱斗兄の負けってこと。きょうだいのなかのいちばんは結衣姉で確定」

「黙れといってるだろ、凜香」

「なんたって結衣姉は友里佐知子の娘だもんな！　架禱斗兄とは格がちが……」

架禱斗の手にはアーミーナイフがあった。いつしか刃を頭上高く振りかざしている。圧倒的な速度だった。目にもとまらぬ早業とはこのことだ。

「よせ！」篤志が駆け寄ろうとしている。だが間に合うはずもない。

いまにも胸部を刺し貫かれる。凜香は一瞬にしてそう覚悟した。身を退くすべすらない。

ふいに何者かの手が、架禱斗の腕をつかんだ。ナイフは宙に留まった。阻止したのは智沙子だった。架禱斗は智沙子を睨みつけた。智沙子は手を放さなかった。人工筋肉による腕力が架禱斗と拮抗する。架禱斗は無表情を維持せんと努めている。それでも歯を食いしばっているのが見てとれる。

架禱斗が忌々しげにつぶやいた。「智沙子」

智沙子はじっと架禱斗を見つめた。架禱斗が息を吞む反応をしめした。凜香にはその理由がわかった。智沙子の目だ。つぶらな瞳が結衣にうりふたつだった。

人工筋肉繊維が支える、極端に華奢な身体つきは、まぎれもなく智沙子だった。だが結衣の魂が宿ったかのようだ。架禱斗はたじろがないまでも、なんらかの微妙な感情を、その冷淡なまなざしに浮かびあがらせた。

いきなり衝撃が突きあげた。木造校舎が地震のように激しく揺れだす。グラウンドに面したガラスがいっせいに割れた。震動のせいではない。砕け散った破片が熱風とともに勢いよく飛んでくる。凜香は猛烈な風圧から顔をそむけた。

智沙子の握力が弱まったらしい。架禱斗は智沙子の手を振りほどき、窓辺に駆け寄った。智沙子が追う。篤志も窓の外に目を向けた。

凜香もそれに倣った。とたんに衝撃的な光景をまのあたりにした。

眼下のグラウンドは地獄の業火に焼かれていた。数十台の幌つきトラックが炎上し、巨大な火柱を立ち上らせる。全車の燃料タンクがいっせいに爆発した、そうとしか思えない。爆風に薙ぎ倒された武装兵らは火だるまになっていた。まだ死んでいない者も、燃え盛りながら地面をのたうちまわっている。

階下で銃撃音が鳴り響いた。木造だけに凄まじい轟音となって耳に届く。侵入者がいるらしい。だが銃声や絶叫がたちまち接近してくる。防衛ラインが次々と、瞬く間に突破されている。戦車でも乗りいれたかのような猛進だった。

教室内にもまだ武装兵らが居残っていた。架禱斗が命じた。「ここを死守しろ」

武装兵の群れが廊下へと繰りだしていく。敵が間近にいたのか、とたんに銃撃戦が始まった。しかし数秒しかつづかなかった。廊下に爆発が起き、戸口には巨大な火球が膨張した。炎に呑まれた武装兵らの叫びがきこえ、すぐに途絶えた。さらに閃光が連続し、嵐のような爆風が生じる。壁も天井も紙細工のように吹き飛んだ。無数の木片が舞い散り、屋根瓦が頭上から降り注ぐ。

静かになった。気づけば凜香は瓦礫のなかを這っていた。教室の床の上にはちがいない。けれども周りに視線を遮る物は、もはやなにもなかった。四方の壁が消滅し、いまや外気に包まれている。吹き寄せる微風は熱を帯びていた。グラウンドの火災を眺め渡せる、そこまで視野が開けていた。

埃まみれの智沙子が身体を起こした。篤志も同様のありさまだった。ひとりだけ倒れることなく、片膝をつくに留まっているのは架禱斗だった。それでも砂埃を浴び、全身が真っ白に染まっている。

架禱斗のまなざしが、さっきまで戸口のあった辺りに向けられる。唐突に両目が見開かれた。

篤志がその視線を追うように振りかえった。とたんに篤志は驚嘆の声を発した。

「うお!?」

凜香は愕然とした。雲の切れ間から光が直下に射す。幻影を眺めているかのようだ。くすぶる廃墟と化した校舎跡、かろうじて残った廊下に、武蔵小杉高校の制服が立っていた。冬服のブレザーにスカート、手には榴弾発射機つきのアサルトライフル。長い黒髪が風に泳ぐ。色白の端整な小顔は、いつも治癒が早い。もう傷や痣がめだたなくなっていた。やはり智沙子とはちがう、本物のつぶらな瞳がそこにある。

「架禱斗」優莉結衣が低く凄みのある声で問いかけた。「歴史に終止符を打つとかいってなかった？　笑わせんなカス」

本書は書き下ろしです。

高校事変 XI

松岡圭祐

令和3年 9月25日 初版発行

発行者●堀内大示

発行●株式会社KADOKAWA
〒102-8177 東京都千代田区富士見2-13-3
電話 0570-002-301（ナビダイヤル）

角川文庫 22822

印刷所●株式会社暁印刷
製本所●本間製本株式会社

表紙画●和田三造

ISBN 978-4-04-111529-9 C0193

◇◇◇

角川文庫発刊に際して

角川源義

第二次世界大戦の敗北は、軍事力の敗北であった以上に、私たちの若い文化力の敗退であった。私たちの文化が戦争に対して如何に無力であり、単なるあだ花に過ぎなかったかを、私たちは身を以て体験し痛感した。西洋近代文化の摂取にとって、明治以後八十年の歳月は決して短かすぎたとは言えない。にもかかわらず、近代文化の伝統を確立し、自由な批判と柔軟な良識に富む文化層として自らを形成することに私たちは失敗して来た。そしてこれは、各層への文化の普及滲透を任務とする出版人の責任でもあった。

一九四五年以来、私たちは再び振出しに戻り、第一歩から踏み出すことを余儀なくされた。これは大きな不幸ではあるが、反面、これまでの混沌・未熟・歪曲の中にあった我が国の文化に秩序と確たる基礎を齎らすためには絶好の機会でもある。角川書店は、このような祖国の文化的危機にあたり、微力をも顧みず再建の礎石たるべき抱負と決意とをもって出発したが、ここに創立以来の念願を果すべく角川文庫を発刊する。これまで刊行されたあらゆる全集叢書文庫類の長所と短所とを検討し、古今東西の不朽の典籍を、良心的編集のもとに、廉価に、そして書架にふさわしい美本として、多くのひとびとに提供しようとする。しかし私たちは徒らに百科全書的な知識のジレッタントを作ることを目的とせず、あくまで祖国の文化に秩序と再建への道を示し、この文庫を角川書店の栄ある事業として、今後永久に継続発展せしめ、学芸と教養との殿堂として大成せんことを期したい。多くの読書子の愛情ある忠言と支持とによって、この希望と抱負とを完遂せしめられんことを願う。

一九四九年五月三日

角川文庫ベストセラー

高校事変　松岡圭祐

武蔵小杉高校に通う優莉結衣は、平成最大のテロ事件を起こした主犯格の次女。この学校を突然、総理大臣が訪問することに。そこに武装勢力が侵入。結衣は、化学や銃器の知識や機転で武装勢力と対峙していく。

高校事変 II　松岡圭祐

女子高生の結衣は、大規模テロ事件を起こし死刑になった男の次女。ある日、結衣と同じ養護施設の女子高生が行方不明に。彼女の妹に懇願された結衣が調査を進めると暗躍するJKビジネスと巨悪にたどり着く。

高校事変 III　松岡圭祐

平成最悪のテロリストを父に持つ優莉結衣を武装集団が拉致。結衣が目覚めると熱帯林の奥地にある奇妙な〈学校村落〉に身を置いていた。この施設の目的は？日本社会の「闇」を暴くバイオレンス文学第3弾！

高校事変 IV　松岡圭祐

中学生たちを乗せたバスが転落事故を起こした。過酷な幼少期をともに生き抜いた弟の名誉のため、優莉結衣は半グレ集団のアジトに乗り込む。恐怖と暴力が支配する夜の校舎で命をかけた戦いが始まった。

高校事変 V　松岡圭祐

優莉結衣は、武蔵小杉高校の級友で唯一心を通わせた濱林澪から助けを求められる。非常手段をも辞さない公安警察と、秩序再編をもくろむ半グレ組織。新たな戦闘のさなか結衣はあまりにも意外な敵と遭遇する。

角川文庫ベストセラー

千里眼 キネシクス・アイ (上)(下)　松岡圭祐

突如、暴風とゲリラ豪雨に襲われる能登半島。災害はノン＝クオリアが放った降雨弾が原因だった!! 無人ステルス機に立ち向かう美由紀だが、なぜかすべての行動を読まれてしまう……美由紀、絶体絶命の危機!!

万能鑑定士Qの攻略本　編／角川文庫編集部　監修／松岡圭祐事務所

キャラクター紹介、各巻ストーリー解説、新情報満載の用語事典に加え、カバーを飾ったイラストをカラーで一挙掲載。Qの世界で読者が謎を解く、書き下ろし疑似体験小説。そしてコミック版紹介付きの豪華仕様!!

万能鑑定士Qの事件簿 0　松岡圭祐

舞台は2009年。匿名ストリートアーティスト・バンクシーと漢委奴国王印の謎を解くため、凜田莉子がもういちど帰ってきた! シリーズ10周年記念、完全新作。人の死なないミステリ、ここに極まれり!

万能鑑定士Qの事件簿 (全12巻)　松岡圭祐

23歳、凜田莉子の事務所の看板に刻まれるのは「万能鑑定士Q」。喜怒哀楽を伴う記憶術で広範囲な知識を有す莉子は、瞬時に万物の真価・真贋・真相を見破る! 日本を変える頭脳派新ヒロイン誕生!!

万能鑑定士Qの推理劇 Ⅰ　松岡圭祐

天然少女だった凜田莉子は、その感受性を役立てるすべを知り、わずか5年で驚異の頭脳派に成長する。次々と難事件を解決する莉子に謎の招待状が……面白くて知恵がつく、人の死なないミステリの決定版。

角川文庫ベストセラー

万能鑑定士Qの推理劇 Ⅱ　松岡圭祐

ホームズの未発表原稿と『不思議の国のアリス』史上初の和訳本。2つの古書が莉子に「万能鑑定士Q」閉店を決意させる。オークションハウスに転職した莉子が2冊の秘密に出会った時、過去最大の衝撃が襲う!!

万能鑑定士Qの推理劇 Ⅲ　松岡圭祐

「あなたの過去を帳消しにします」。全国の腕利き贋作師に届いた、謎のツアー招待状。凜田莉子に更生を約束した錦織英樹も参加を決める。不可解な旅程に潜む巧妙なる罠を、莉子は暴けるのか⁉

万能鑑定士Qの推理劇 Ⅳ　松岡圭祐

「万能鑑定士Q」に不審者が侵入した。変わり果てた事務所には、かつて東京23区を覆った〝因縁のシール〟が何百何千も貼られていた！ 公私ともに凜田莉子を激震が襲う中、小笠原悠斗は彼女を守れるのか⁉

万能鑑定士Qの探偵譚　松岡圭祐

波照間に戻った凜田莉子と小笠原悠斗を待ち受ける新たな事件。悠斗への想いと自らの進む道を確かめるため、莉子は再び「万能鑑定士Q」として事件に立ち向かい、羽ばたくことができるのか？

万能鑑定士Qの謎解き　松岡圭祐

幾多の人の死なないミステリに挑んできた凜田莉子。彼女が直面した最大の謎は大陸からの複製品の山だった。しかもその製造元、首謀者は不明。仏像、陶器、絵画にまつわる新たな不可解を莉子は解明できるか。

角川文庫ベストセラー

特等添乗員αの難事件 Ⅳ　松岡圭祐

ラテラル・シンキングで0円旅行を徹底する謎の韓国人美女、ミン・ミヨン。同じ思考を持つ添乗員の絢奈が挑むものの、新居探しに恋のライバル登場に大わらわ。ハワイを舞台に絢奈はアリバイを崩せるか？

特等添乗員αの難事件 Ⅴ　松岡圭祐

〝閃きの小悪魔〟と観光業界に名を馳せる浅倉絢奈に1人のニートが恋をした。男は有力ヤクザが手を結ぶ一大シンジケート、そのトップの御曹司だった!!　金と暴力の罠を、職場で孤立した絢奈は破れるか？

特等添乗員αの難事件 Ⅵ　松岡圭祐

閃きのヒロイン、浅倉絢奈が訪れたのは韓国ソウル。到着早々に思いもよらぬ事態に見舞われる。ラテラル・シンキングを武器に、今回も難局を乗り越えられるか!?　この巻からでも楽しめるシリーズ第6弾！

グアムの探偵　松岡圭祐

グアムでは探偵の権限は日本と大きく異なる。政府公認の私立調査官であり拳銃も携帯可能。基地の島でもあるグアムで、日本人観光客、移住者、そして米国軍人からの謎めいた依頼に日系人3世代探偵が挑む。

グアムの探偵 2　松岡圭祐

職業も年齢も異なる5人の男女が監禁された。その場所は地上100メートルに浮かぶ船の中！（「天国へ向かう船」）難事件の数々に日系人3世代探偵が挑む、全5話収録のミステリ短編集第2弾！

角川文庫ベストセラー

蒼い瞳とニュアージュ 完全版
松岡圭祐

ギャル系のファッションに身を包み、飄々とした口調で大人を煙に巻く臨床心理士、一ノ瀬恵梨香の事件簿。都心を破壊しようとするベルティック・プラズマ爆弾の驚異を彼女は阻止することができるのか？

ジェームズ・ボンドは来ない
松岡圭祐

2003年、瀬戸内海の直島が登場する007を主人公とした小説が刊行された。島が映画の舞台になるかもしれない！　島民は熱狂し本格的な誘致活動につながっていくが……直島を揺るがした感動実話！

ヒトラーの試写室
松岡圭祐

第2次世界大戦下、円谷英二の下で特撮を担当していた柴田彰は戦意高揚映画の完成度を上げたいナチスに招聘されベルリンへ。だが宣伝大臣ゲッベルスは、柴田の技術で全世界を欺く陰謀を計画していた！

水の通う回路完全版 (上)(下)
松岡圭祐

「黒いコートの男が殺しに来る」。自分の腹を刺した小学生はそう言った。この「事件」は驚くべき速さで全国に拡大する。被害者の共通点は全員あるゲームをプレイしていたこと……松岡ワールドの真骨頂!!

図書館戦争 図書館戦争シリーズ①
有川浩

2019年。公序良俗を乱し人権を侵害する表現を取り締まる『メディア良化法』の成立から30年。日本はメディア良化委員会と図書隊が抗争を繰り広げていた。笠原郁は、図書特殊部隊に配属されるが……。